一笑

古龍自署

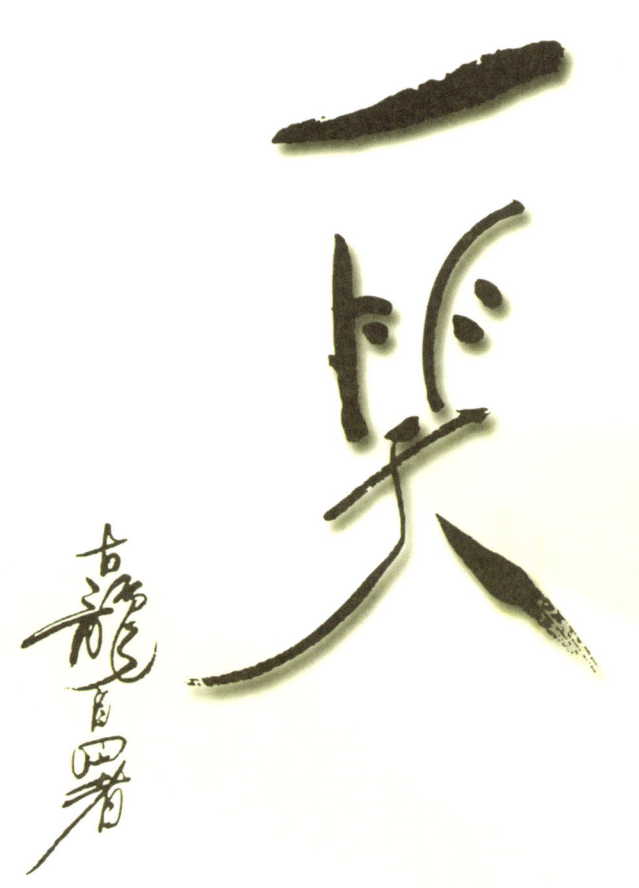

國際學術研討會

古龍武俠小說 領先時代半世紀

【記者賴素鈴／報導】江湖代有才人出，這廂古龍凋零二十載，那廂今朝懸賞百萬獎新秀，浪淘不盡，唯有武俠熱愛，不隨時間變易，在學術研討會上更見分明。以「一代鬼才：古龍與武俠小說」爲主題，淡江大學第九屆文學與美學國際學術研討會昨起在國家圖書館，展開爲期兩天的議程，紀念武俠小說家古龍逝世二十周年，新生代學者與古龍故舊齊聚一堂，以文論劍話武俠。

日前與淡大中文系教授林保淳共同發表《台灣武俠小說發展史》，武俠小說評論家葉洪生昨天在專題演講中，直批胡適1959年底發表「武俠小說下流論」是「胡說」，學界泰斗的不當發言以及隨即展開的「暴雨專案」，反而促成1960年起台灣武俠新秀的繁興，「武俠小說迷人的地方，恰恰在門道之上。」，葉洪生認定，武俠小說審美四原則在文筆、意構、雜學、原創性，他強調：「武俠小說，是一種『上流美』。」

集多年心血完成《台灣武俠小說發展史》，葉洪生認爲他已爲從十歲起迷上武俠小說的半世紀畫上完美句點，並且宣布他「以後決心退出武俠論壇，封劍退隱江湖」。

雖然葉洪生回顧武俠小說名家此起彼落，套太史公名言「固一世之雄也，而今安在哉？」，認爲這是值得深思的嚴肅課題，昨天意外現身研討會而備受矚目的溫世禮，則爲了紀念同是武俠迷的哥哥溫世仁，推出第一屆「溫世仁武俠小說百萬大賞」，即日起至今年10月3日截止收件，經兩階段評選後於明年12月7日公布首獎得主，預料將會是一場武林新秀的龍虎爭霸戰。

看明日誰領風騷？風雲時代出版社發行人陳曉林眼中的古龍，其實領先他的時代半世紀，以致如今雖然古龍逝世20年，陳曉林認爲大家對古龍的了解仍然有限，預言未來世代更能和古龍的後設風格共鳴。

昨天這場研討會，也凸顯武俠小說作爲一項文學研究門類，仍有待開發學習空間。多位與會者都指出，武俠小說的發表、出版方式和管道具考證難度，學術理論與論文格式的建立待加強。而武俠名家的版權之爭、市場競爭力，也增加出版推廣困難，古龍武俠小說的版權糾紛、司馬翎作品的版權官司也成爲研討會的場外話題。

與

武俠小說

第九屆文學與美

一代鬼才

古龍

古龍兄為人慷慨豪邁、跌蕩自如，變化多端，文如其人，且復多奇氣。惜英年早逝。余與古兄當年交好，且喜讀其書。今既不見其人，又無新作可讀，深自嘆惜。

金庸

一九九六、十、十一、香港

（印：金庸）

名劍風流

（一）

【導讀推薦】

破繭之作，露業奠基

——《名劍風流》創作前後

資深主編、評論家 胡正群

直到今天，武俠小說在我們的社會裡，仍被視為是人們茶餘飯後，排遣無聊而「不登大雅」的閒書。文壇、學界人士，又認為只是武俠小說作者憑其個人想像，超越了時空和現實而編出來的故事，不能與反映時代和生活的「文藝創作」等量齊觀。如能平心靜氣的來探討這件事，這些看法和觀念，實在偏於狹隘，同為現今的武俠小說，絕不同於「忠義武俠」說部，也早就揚棄了「公案」小說的框框。

尤其在台港興起的武俠小說，作者群遍及各階層，連昔日貴為行政院副院長的劉兆玄先生，當年就曾一度躍馬江湖、武林爭雄。由於這些菁英的參與，遂使武俠小說呈現了嶄新面貌，其成就與價值就遠非舊時說部所能比擬了。為此，兩岸以及海外的多位學界人士，登高倡議，發起對武俠小說的探討和研究，籲世人賦予她應享有的地位與尊重。

筆者淺陋，但以為，探討、研究一部作品，必須先要了解作者寫作的時代、生活背景、寫作的心路歷程，然後才能摸索到寫作的成長過程，循此往下，才能真正發掘到作者和作品不同凡響的成功之所在。

《名劍風流》不算是古龍成就最高的作品，但卻是他多年發奮圖強之後，脫穎而出、登峰攀極的「破繭之作」，在古龍畢生的著作中，應當是最具代表性的一部極重要作品。

當然，要研究這部作品就必須先簡略地了解古龍這個人和他的背景，還有他寫作的歷程。

躬逢武林盛世

提到台灣的成就，掛在嘴邊的不外乎「經濟奇蹟」、「政治奇蹟」；其實如果換個角度看，說「武俠小說」也是台灣的奇蹟，應非誇張之詞。

台灣，僅是一個小島，當武俠小說最興盛，最風靡，全島租書店就多達三千多處，而投入武俠小說寫作行列的竟高達一千數百人，這難道不是一項空前的奇蹟嗎？

台灣武俠小說的興起，肇始於一九五四、一九五五年，大華晚報倡先刊出郎紅浣先生的作品，緊接著，伴霞樓主在聯合報登場；一九五八年，臥龍生以《飛燕驚龍》崛起大華，諸葛青雲獨霸徵信新聞，司馬翎、伴霞樓主分據民族、自立兩晚報。武林天下，形成割據的局面。同時也爲武俠文壇，群雄紛起，逐鹿爭霸揭開了序幕。

古龍躬逢其盛，就在此時試劍於台北縣的瑞芳鎮。

一九五九年，我主編大華晚報副刊，和臥龍生一見如故。因皆單身，次年春，共賃公園路巷中一樓爲寓所，由於位處鬧市而又無車馬之喧，就成了三五友好談天說地和「論劍」之所。

友好中最常光臨的還是諸葛青雲、司馬翎以及後來替臥龍生「玉釵盟」畫插圖的另人，真善美、呂氏、明祥出版社的老闆等人，而古龍此時正初涉江湖，也有心結識這幾位在武林已享盛名的「前輩」，不時也由瑞芳來訪。

此時的臥龍生、諸葛青雲、司馬翎已是各據一方的霸主，古龍的作品還只有一、二家出版社發行的單行本，論聲勢，比收入都弱了一點，大家雖然交往，古龍依然掩不住有些許鬱邑。

到了一九六〇年十月，中央日報推出臥龍生的《玉釵盟》，立即風靡台灣及東南亞一帶，這陣臥龍生旋風，也成了台灣武俠小說的「激情素」，刺激得讀者如癡如迷，也激發了各種人士，風起雲湧的投入武俠文壇，締造出不但空前也勢必絕後的盛況。而武俠大家的臥龍、諸葛也成了家喻戶曉的人物，聲譽、地位、收入都相對提高，某些上流社會的應酬場合，也有了他們的俠蹤。

在社會各界把他們當偶像、當神奇人物崇拜時，他們自身的生活，也起了巨大變化，不但敦請寫稿的出版商天天登門求稿，其且到了只要給出版商一個書名，或寫一個故事「楔子」就會把花花綠綠鈔票送上門來。

寫稿，已不再是「只爲稻粱謀」，俠蹤已涉及歌台舞榭。興致來時，也在牌技上一較高下。他們筆下創造的豪雄，都是不惜血濺五步的要爭天下第一，絕不能容忍二雄並存。有趣的是，現實生活中他們亦復如此。爭得最尖銳的就是臥龍、諸葛。

就麻將爲例，你「買」兩百、他就要再「插」兩百，雖是逢場作戲，卻都在暗中較勁。既然大家時常玩在一起，古龍雖不愛賭，有時爲了維護自己的自尊，保持「平起平坐」的論交，遇到這種場面，也只有硬起頭皮應戰。我可以體會，這種牌戲，古龍玩得絕不愉快、也不輕鬆。

在寫作路上，各大報都被他們長久盤踞，古龍很難建立創業的根據地。而後起直追的高手如：武陵樵子、古如風、蕭逸、上官鼎……又緊逼在後，對古龍構成了雙重壓力，其沈重也就可想而知。

有幾次，他在我的斗室，我也曾到過他瑞芳的小樓，聽他落寞又堅毅的傾訴心聲：以目前的環境，要想在武林出人頭地，實在不容易，所以必須「面壁潛修」，必須突破。

他小樓裡，堆了很多像「拾穗」、「今日世界」、「自由談」之類的書刊。還有他奉為經典的「宮本武藏」。

有很長一段時間，他沒有到台北，我知道，他是在「閉關苦修」了。

一段傳奇旅程

如果你看過或喜歡古龍的小說，尤其是經過蛻變後的作品，你一定會驚歎於他對人物、人性刻畫的成功。

他那麼年輕，怎麼對「人」有如此深刻的了解？

這應當得自於他不太幸福的家庭以及此後浪子型，多采多姿也多變的生涯。

不必為這位成功的小說名家諱，古龍的童年以至少年，過得都不溫馨，和父母姊妹處得很不好，對「家」，他是既憎恨又憧憬，想擁有又想擺脫，在他短短的人生舞台上，扮演得最成功的角色就是略帶悲劇性，寂寞、蒼涼而浪漫的浪子，而且是多重性格的浪子。

他的確愛酒，那是因為他怕寂寞，也景慕劉伶、李白、東坡的瀟灑，但有時豪飲又似是為了告訴別人「古龍在飲酒了」，也彷彿表示古龍的人生觀就是：「人生得意須盡歡，莫使金樽空對月」，「古來聖賢皆寂寞，唯有飲者留其名」。

除了醇酒，他也愛美人，應該說是女人，因爲浪子是不能沒有酒和女人。

正因他的家庭、生活背景、內心世界如此的奇特、複雜，對人生、人性以及價值觀，看得更爲洞澈，而了不起的是，古龍能匠心獨運的將之融入筆下，把每個人物都刻劃得躍然紙上。古龍創造、鮮活了他作品中的人物，而上述的諸多因素，卻爲武俠文壇塑造出一位劃時代，不世出的作家——古龍。

堂皇破繭之作

了解古龍寫作的環境背景、家庭、生活及內心世界，等於拿到了一把探索古龍作品的鑰匙，而《名劍風流》正是古龍小說的分水嶺、新的里程碑，是很具探討、很具代表性的一部作品。

就筆者的記憶，應當是一九六一年夏秋之交。

苦思突破的古龍，蟄伏在瑞芳「閉關潛修」了一陣之後，適時「破繭」而出。

這時，他的作品雖未見於國內報刊。但香港「新報系」的報紙和「武俠世界」期刊，已刊出他的小說。

正在連載臥龍生《絳雪玄霜》的星洲日報，稍後也向古龍邀稿，於是他的《劍毒梅香》和《絳雪玄霜》，在同一版上平分秋色。

這對古龍當然是一大鼓舞，信心隨之大增，更激揚起他逐鹿爭霸的雄心壯圖。寫《劍毒梅香》的同時，還有兩部按月出版的單行本要陸續交稿，也就是說手上正在寫三部稿子。

既然誓志爭雄，就必須拿出「不飛則已，一飛沖天」的作品來，於是他聚集了「閉關面壁」潛修的功力，一是沒有向外宣揚，從從容容，慘澹經營，細心雕琢的寫起《名劍風流》來。而這部「破繭」的新作，既不是連載、又不急於出單行本，完全是「慢工出細活」的做法。

寫了一部分，海外傳來《劍毒梅香》的佳評，出版商又要求他開新稿，於是擱下《名劍》後，中輟了一年多才又繼續，由於事業得意，生活就有了改變，浪子更放浪形骸。朋友也愈交愈廣。就在此時，香港邵氏公司導演毛毛（徐增宏）來台發展。

交上了香港導演，尋歡作樂占去了寫稿的時間，《名劍風流》停了將近兩年。但和毛毛「聊」的故事「絕代雙驕」卻在此刻動了筆。而《名劍風流》也在此時推出單行本，正式問世。此書一出，果然不同凡響，同時他在海外的聲譽也節節上升，一時聲名大噪，與臥龍生、諸葛青雲、司馬翎被譽為台灣武林四大天王。

踞登龍門，日正中天的古龍，天天酒相伴，夜夜溫柔鄉，陸續寫了五年多的《名劍風流》雖近尾聲，又因應書商要求另開新作再度中輟，而無暇一鼓作氣的以竟全功，出版商在讀者迫不及待的催促下，請擅寫「時代動作」的作家喬奇拔刀相助續寫最後萬餘字，收結全書。雖然文筆、風格仍可看出斧鑿痕跡，唯代人續稿有此成績，已很不容易了。

這部《名劍風流》寫寫停停的等於寫了六年，是朋友贊許的「破繭之作」，也是作者自許為問鼎武林的前驅力作。

在長達六年的寫作歷程裡，我們依稀可以看到作者一步一步走過來的足跡；初時仍難全然擺脫傳統方式的框框，逐漸才有了自己的風格和唯美的句法，創出自己思維體系「古龍式」的邏輯，也汲取了電影鏡頭運用、剪輯、蒙太奇手法，熔化為自己的獨特風格。

在整部書中，我們可以清晰地看出萌芽時的青澀，隨時間而成長，終至圓融成熟，締造出「古龍式的新派武俠小說」，而將中國武俠小說推向一個嶄新的里程和境界。

綜觀全篇，作者可能是在類似「拾穗」雜誌中看到某篇作品，或是醫學，人類學、生理學乃至心理學的某種報告中，涉及直系親屬發生婚姻關係而衍生的基因反應或病變而導致的畸型、白癡、精神分裂等不幸後果，觸發他內心的敏感，用作故事的導引，而寫出姬氏家族幾近瘋狂的行徑，衍演詭異情節的主軸。

揭開書頁，就是勢如驚雷的飛來橫禍，先設定出一個「大陰謀」，重量級人物紛紛登場。而這些人物一個比一個神秘高強，以凸顯故事的震撼力。

古龍的確是金庸所稱許的「奇才」，創出一個人物，在某些作者是非常不容易的，但幾個照面，古龍隨即再創出一個更強的，毫不吝惜的就把前一個解決掉，一個比一個強，緊緊扣住讀者好奇的心，創造人物，在古龍而言，就如口袋裡的花生米，隨手一把就可以抓出好幾顆。

故事愈滾愈大，情節愈來愈奇，而本書寫的是「陰謀」，為加強氣氛，多半是在秘道、地下、石窟中進行，也是特色之一。

假設的陰謀那麼大，牽動的人那麼多，這個謎要怎樣的「小心」才解得開？古龍的推理手段真的高絕，墨玉夫人、東郭兄弟（**千萬注意，此二人出現之初，完全是毫不起眼的「過場」型的小人物**）同台亮了相，故事就像抽絲剝繭，一根線到底的全部解開，而前後照顧呼應，更是天衣無縫，交待得也鉅細靡遺。情節雖奇譎即謹守「情理之中、意料之外」分際，不愧是他破繭而去、逐鹿武林的代表之作。

依文筆思路看，第三十九章「風波已動」的後段——朱淚兒抽刀刺向靈鬼——以後的故事，即是另一位作家喬奇先生所代續。

替這樣一位奇才的作家，續寫如此奇絕的故事，實在是太不容易，但續得雖然「急」了一點，卻能保有故事的完整性，確實難能可貴了。

接下來，特摘錄幾段雋永精彩之處，與讀者來探索、並共用他文字、風格的清新甘醇，思維邏輯的縝密精蘊。

當然，我們也不必爲賢者諱，有質疑、有微疵，也會客觀的予以指出。

俗語說得好「會看的，看門道；不會看的，看熱鬧」，筆者只能憑主編近卅年副刊審閱稿作的經驗，爲喜愛古龍小說的讀者，提供一點「看熱鬧」的「門道」，獻出一愚之得而已！

嫵媚催眠的魅力

自這部小說開始以至以後的許多部，有時候在書中看不到「金鐵交鳴的搏殺」，沒有「氣撼山嶽的壯烈」，看到的則是甘醇、優美、溫馨、充滿詩情、畫意、哲理、禪機以及剖析人性、謳頌人性的令人心動的佳構。也是不像武俠小說，偏又獨領風騷的武俠小說。

如第七章「海棠夫人」中的：

花光月色，映著她的如夢雙眸，冰肌玉膚，幾令人渾然忘卻今夕何夕，更不知是置身於人間，還是天上？

這完全是由東坡先生詞中化出來的幽美意境。

海棠夫人笑道：「如此明月，如此良宵，能和你這樣的美少年共謀一醉，豈非人生一快……」

俞佩玉微微一笑，走到海棠夫人對面坐下，自斟自飲，連喝了三杯，舉杯對月，大笑道：「不錯，人生幾何，對酒當歌，能和夫人共醉月下，正是人生莫大快事……」

這一段充滿李白舉杯邀月的飄逸、曹操橫槊高歌慷慨的「詩情」。

她突然拍了拍手，花叢間便走出個人來。

夢一般的月光下，只見她深沈的眼睛裡，凝聚著敘不盡的悲哀，蒼白的面靨上，帶著種說不出的憂鬱，這深沈的悲哀與憂鬱，並未能損傷她的美麗，卻更使她有種動人心魄的魅力，她看來已非人間的絕色；她看來竟似天上的花神，將玫瑰的豔麗、蘭花的清幽、菊花的高雅、牡丹的端淑，全部聚集在一身。

這已彷彿是一幅仕女圖畫，而借四種名花爲喻，是既別致也雅致。

老人以「明明是山，我畫來卻可以令它不似山、我畫來明明不是山，但卻叫你仔細一看後，又似山了……」

老人話畫理、暗寓「先天無極」武功的神髓，這一段看來完全是談玄說禪，隱含禪機。

姬靈燕微笑著，緩緩道：「……他們都說老鷹沒什麼可怕的，世上最可怕的就是人！」

俞佩玉喃喃道：「不錯，人的確是最可怕，想不到你們竟已懂得這道理，而人們自己卻反而始終不懂……」

姬靈燕幽幽道：「人們就算懂得這道理，也是永遠不肯承認的。」

這對話不是滿含深邃的哲理嗎？

接下來的第八章「極樂毒丸」中，有一段描述俞佩玉和姬靈燕「一場對手戲」。兩人走進小店吃飯，再走近「金殼莊」一路娓娓喁喁說著鳥兒的事。

這一段，情景、文字意境，純摯、醇香、細緻，根本不像武俠小說，而完全宛如一篇令人心醉的童話。也是所有武俠小說中絕難見到的妙筆，而鑄成古龍獨有的風格。

再如第二十九章「黑夜追蹤」裡的朱淚兒跟蹤姐妹二人的一篇中，有一段雋美的寫景的「小品」。

這時東方已漸漸有了曙色，熹微的晨光中，只見前面一片水田，稻穗在微風中波浪起伏。水田畔有三五間茅舍，牆角後蜷曲著的看家狗，似乎已嗅到了陌生人的氣味，忽然躍起，汪汪的對著人叫。

茅屋後還有個魚池，池畔的小園裡，種著幾畦碧油油的菜，竹籬旁的小黃花，卻似正在向人含笑招呼。

這一段看來如此的恬靜、煦和，教人一點也嗅不出武俠的味道，但筆鋒一轉，由發現這幅

「農家樂」的現實中卻沒有雞。農家怎會不養雞呢？於是又引出一串情節。

鏡頭、情、景的交互變換，是古龍作品中一大特色。這些例子是舉不勝舉，卻代表了古龍令人耳目一新，不落窠臼的清新、雋永的風格。

古龍長於造景，而景又與故事緊密融合，本書故事屢見秘室、地道、石窟、凶屋，他都營造出各異的氣氛，憑著這營造出的氣氛，就把讀者導入動人的故事之中。

特別要提出的，古龍塑造一種帶有病態、刁鑽精靈、古怪慧黠、有點令人吃驚，卻又極感可愛的人物——朱淚兒乃至姬氏家族，是這一類型，在與本書同一時期的《蕭十一郎》裡面，也有一個「小公子」，卻又是另一種教人又恨又憐的女性了。

朱淚兒、小公子，是古龍創造這類典型的「基因」，有了這「基因」，當然可以複製出更多「分身」，這就如同金庸創造了「東邪」、「西毒」的公式人物一樣。是生生不息、用之不竭的。

體驗悟出的邏輯

古龍在小說中，建立出屬於他特有的辯證上的邏輯。這是其他武俠小說中所僅見。他創出了這套邏輯，無論是對人性，對處世，對待任何事件，在他的小說天地裡，真有「放諸四海皆準」的妙用。即使是一再翻覆使用，也使讀者覺得言之成理而不嫌多餘。

寫本書之初，是這套邏輯的醞釀期，隨著時間與歷練，運用得愈來愈嫻熟圓通，在此也舉幾則例子。

第十章「同命鴛鴦」中：

但世上又有那個女孩子，在男人身旁不顯得分外嬌弱呢？她們在男人身旁，也許連一尺寬的溝都要別人扶著才敢過去，但沒有男人時，卻連八尺寬的溝也可一躍而過；她們在男人身旁，瞧見老鼠也會嚇得花容失色，像是立刻就要暈過去，但男人不在時，就算八十隻老鼠，她們也照樣能打得死。

——作者由生活中體悟出的「相當然耳」的推繹。

第十七章「去而復返」中：

挨了打不疼，原該開心才是，但銀花娘說出這兩個字，眼睛裡卻已駭出了眼淚……

這刀雖不十分鋒利，但要切下個人的手來，還是輕而易舉，誰知這一刀砍下，銀花娘的手上只不過多了道小傷口……

別人一刀沒砍斷自己的手，她本來也該開心才是，但銀花娘卻更是駭得面無人色……

——用一種尖銳的正反對比，加強效果，也是作者開始運用，以後並套用的一種邏輯。

第二十三章「懷璧其罪」中：

俞佩玉柔聲道：「但無論多麼深的創傷，都會平復，無論多麼深的痛苦，日久也會漸漸淡忘，只有歡樂的回憶，才能留之久遠。就為了這原因，所以人才能活下去。」

朱淚兒嫣然一笑，道：「不錯，一個人若永遠忘不了那些痛苦的事，活下去就實在太沒意思了。」

——這有點作者的「夫子自道」，他「得意須盡歡」的浪子人生，正透現出他的寂寞和無奈。

第二十四章「幸脫危難」中，朱淚兒被桑二郎圍在山洞裡，她心裡暗暗叫苦的盤算：

朱淚兒也不禁緊張起來，她知道這已是自己的生死關頭，若不再想個法子，等這人來了，大家都只有死路一條。

可是落在這樣的瘋子手上，又有什麼辦法可想呢？

在這種地方，自然更不會有人來救他的。

那麼，他們今天難道就真要死在這瘋子手上麼？

——反覆演繹，是古龍獨創，也運得最妙的「古龍邏輯」。

第三十章：

烏雲下的山嶽，看來是那麼龐大、那麼神秘、那麼不可撼動，他的對手卻比山嶽更強大，又如烏雲般高不可攀，不可捉摸……

——古龍很會巧妙的運用周邊的景與物，來襯托情節的氣氛，用到極致的妙處，形成了他思維邏輯的格律，而讀者都一一欣然接受。

古龍在第三十四章「刀光劍影」中說：

「一個驕傲的人，在不得已非要誇獎別人不可時，自己總會對自己生氣的。」

——這完全是他的「自畫像」，當年他剛出道，諸葛、臥龍如日中天之際，在某些場合他還是要「捧場」的對二位名家恭維幾句，事後他會翻著斜白眼，哼哼冷笑，氣得像在練「蛤蟆功」似的。這是我過去常常親見的有趣鏡頭，特附記一筆以爲本節殿末。

吹毛求疵找微瑕

在全書中，發覺到一些心存疑問，有待高明指正的地方：

在武俠小說的習慣上，「在下」是男子的謙稱，但第十章「撲朔迷離」中，金燕子也稱「在下」，似乎有點存疑。

說部中道家包括「道長」、「道姑」，行禮都用「稽首」，或「口宣無量壽佛，立掌問訊」，唯佛門僧侶才「合什」，而「撲朔迷離」中的芙蓉仙子徐淑真竟以「合什」爲禮，如此用法也令人存疑。

喬奇兄在代續的最後情節，可憾的是林黛羽、紅蓮花沒有顧到，而令讀者懸念不已！

而古龍在此書中設計的「回聲谷」、「應聲蟲」雖如奇峰突起，令人驚駭，後來卻並沒有正式登場，也覺可惜。

古龍精品集 21

名劍風流（一）

目・錄

一　禍從天降

庭院深沉，濃蔭如蓋，古樹下一個青袍老者，鬚眉都已映成碧綠，神情卻是說不出的安詳悠閒，正負手而立，靜靜地瞧著面前的少年寫字。

這少年盤膝端坐在張矮几前，手裡拿著的筆，粗如兒臂，長達兩丈，筆端幾已觸及木葉，赫然竟似生鐵所鑄，黝黑的筆桿上，刻著「千鈞筆」三個字，但他寫的卻是一筆不苟的蠅頭小楷，這時他已將一篇南華經寫完，寫到最後一字，最後一筆，仍是誠心正意，筆法絲毫不亂。

木葉深處有蟬聲搖曳，卻襯得天地間更是寂靜，紅塵中的囂鬧煩擾，似已長久未入庭院。

那少年輕輕放下了筆，突然抬頭笑道：「黃池之會，天下英雄誰肯錯過？你老人家難道真的不去了麼？」

青袍老者微微笑道：「你直待這一篇南華經寫完才問，養氣的功夫總算稍有進境，但這句話仍是不該問的，你難道還勘不破這『英雄』兩字？」

少年抬頭瞧了瞧樹梢，卻又立刻垂下了頭，道：「是。」

有風吹過，木葉微響，突然一條人影自樹梢飛鳥般掠下，來勢如箭，落地無聲，竟是個短小精悍的黑衣人，黑色的緊身衣下，一粒粒肌肉如走珠般流竄，全身上下，每一寸都佈滿了警戒之意，當真如強弩在匣，一觸即發。

但這老少兩人神色卻都絲毫不變，只是淡淡瞧了他一眼，也不說話，彷彿這黑衣人早就站在那裡似的。

黑衣人突然笑道：「樂山老人俞放鶴，果然是泰山崩於前而色不變，卻不想公子竟也鎮定如此，我黑鴿子總算開了眼界。」抱拳一禮，眉宇間頓現敬佩之色。

俞放鶴笑道：「原來是輕功七傑中的黑大俠。」

黑鴿子道：「前輩總該知道，武林七禽中，就數我黑鴿子最沒出息，既不能做強盜也不能當鏢客，只有靠著兩條跑得快的腿，一張閉得嚴的嘴替人傳遞書信來混日子。」

俞放鶴悅聲道：「黑兄平生不取未經勞力所得之財物，老朽素來佩服，卻不知是那位故人勞動黑兄爲老朽傳來書信？」

黑鴿子笑道：「傳信之人若不願透露身分，在下從來守口如瓶，此乃在下職業道德，前輩諒必不至相強，但在下卻知道這封書信關係著前輩一件極重大的秘密，是以必須面交前輩。」慎重地取出書信，雙手奉上。

俞放鶴微微沉吟，卻又將那封信送了回去，道：「既是如此，就請閣下將此信大聲唸出來吧。」

黑鴿子道：「但此信乃是前輩的秘密……」

俞放鶴笑道：「正因如此，老朽才要相煩閣下，老朽平生從無秘密，自信所做所爲，沒有一件事是不能被人大聲唸出來的。」

黑鴿子聳然動容，軒眉大笑道：「好個『從無秘密』，當今天下，還有誰能做到這四個字！」

雙手接過書信撕了開來，三頁寫得滿滿的信紙，竟黏在一起，他伸手沾了點口水，才將信紙掀開，瞧了一眼，大聲唸著道：「放鶴仁……」

那「兄」字還未說出口來，身子突然一陣抽搐，倒了下去。

俞放鶴終於變色，一把抓住了他的手，就在這眨眼間他脈息便已將斷，俞放鶴不及再問別的，大聲問道：「這封信究竟是誰要你送來的？誰？」

黑鴿子張開了嘴，卻說不出一個字，只見他面色由青變白，由白變紅，由紅變黑，眨眼間竟變了四種顏色，面上的肌肉，也突然全都奇蹟般消失不見，剎那前還是生氣勃勃的一張臉，此刻竟已變成個黑色的骷髏。

那少年手足冰冷，尖聲道：「好毒！好厲害的毒。」

俞放鶴緩緩站起，慘然長嘆道：「這封信本是要害我的，不想卻害了他，我雖未殺他，他卻因我而死……」

只見黑鴿子身上肌肉也全都消陷，懷中滾出了幾錠黃金，想來便是他傳信的代價，也正是他生命的代價。

俞放鶴瞧著這金子，突然拾起了那封書信。

少年目光一閃，驚呼道：「你老人家要怎樣？」

俞放鶴神色又復平靜，緩緩道：「此人爲我而死，我豈能無以報他，何況，要害我的這人手段如此毒辣，一計不成，想必還有二計，就說不定還要有無辜之人陪我犧牲，我活著既不免自責自疚，倒不如一死反而安心。」

那少年顫聲道：「但……但你老人家難道不想知道究竟是誰要害你？你老人家一生與人無爭，又有誰會……」

話未說完，突聽「轟」的一聲巨震，那幾錠金子竟突然爆炸，震得矮几上的水池紙硯全都掉了下來。

俞放鶴身子看似站著不動，其實已躍退三丈後又再掠回，他平和的目光中已有怒色，握拳道：「好毒辣的人，竟在這金錠中也藏有火藥，而且算準黑鴿兄將信送到之後再爆，他不但要害我，竟還要將送信人也殺死滅口……」

少年目光變色，恨聲道：「這會是什麼人？既有如此毒辣的一顆心，又有如此巧妙的一雙手，此人不除，豈非……」

俞放鶴黯然一嘆，截斷了他的話，慘笑道：「其實，這也不能怪他，他如此處心積慮地要害我，想必是我曾經做錯了什麼事，他才會如此恨我。」

少年目中淚光閃動，顫聲道：「但你老人家一生中又何嘗做錯了什麼事？你老人家如此待人，卻還有人要害你老人家，這江湖中莫非已無公道。」

俞放鶴緩緩道：「佩玉，莫要激動，也千萬莫要說江湖中沒有公道，一個人一生之中，總難免做錯件事，我也難免，只是……只是我一時間想不起罷了。」

突聽遠處有人大喝道：「俞放鶴在哪裡？……俞放鶴在哪裡……」

這喝聲一聲接著一聲，愈來愈近，喝聲中夾著的驚呼聲、叱罵聲、暴力撞門聲、重物落地聲，也隨著一路傳了過來，顯見俞宅家人竟都攔不住這惡客。

少年俞佩玉動容道：「是什麼人敢闖進來？」

俞放鶴柔聲道：「有人來訪，我本就不應阻攔，何況，客已進來，你又何苦再出去……」突然轉頭一笑，道：「各位請進吧。」

花園月門中，果然已闖入五條錦衣大漢，人人俱是滿面殺機，來勢兇惡，但瞧見這父子兩人安詳鎮定的神色，卻又都不禁怔了怔，當先一條虬髯紫面大漢，手提金背九環刀，厲聲狂笑道：「俞放鶴，好惡賊，我總算找著你了。」

狂笑聲中金環震動，瘋狂般向俞放鶴一刀砍下，樹葉都被刀風震得簌簌飄落，俞放鶴卻凝立不動，竟似要等著挨這一刀！

少年俞佩玉頭也未抬，手指輕輕一彈，只聽「嗤」的一聲，接著「噹」的一響，虬髯大漢掌中金刀已落地。

他半邊身子都已發麻，耳朵裡嗡嗡直響，面上更早已變了顏色，眼睜睜瞧著這少年，既不敢進，又不敢退。

俞佩玉已緩緩走了過來，突聽俞放鶴沉聲道：「佩玉，不得傷人。」

俞佩玉果然不再前走一步，虬髯大漢濃眉頓展，仰天狂笑道：「不錯，俞放鶴自命仁者，手下從不傷人，但你不傷我，我卻要傷你，你若傷了我一根毫髮，你就是沽名釣譽的惡賊。」

他居然能將不通之極的歪理說得振振有詞，臉厚心黑，可算都已到家了，俞放鶴卻不動容，反而微笑道：「如此說來，各位無論如何都是要取老朽性命的了？」

虬髯大漢獰笑道：「你說對了。」

突然往地上一滾，金刀便已搶入掌中，振刀大喝道：「兄弟們還不動手。」

喝聲中九環刀、喪門劍、虎頭鈎、判官筆、練子槍，五件兵刃，已各自挾帶風聲，向老人擊出，就在這時，突聽一人長笑道：「就憑你們也配傷得了俞老前輩！」

一條人影隨著清朗震耳的笑聲，自樹梢衝入刀光劍影中，「嘩啦啦」一響，九環刀首先飛出，釘入樹幹，「喀嚓」一聲，喪門劍也折為兩段。接著，一對判官筆沖天飛起，虎頭鈎挑破了使劍人的下腹，練子槍纏住了使鈎人的脖子，刹那之間，五條大漢竟全都倒地不起。

這人來得既快，身手更快，所用的招式，更如雷轟電擊，勢不可當，俞氏父子不禁聳然動容。

直到現在他們才瞧清這人乃是個紫羅輕衫，長身玉立的英俊少年，目光炯炯，英氣逼人，只是一張蒼白的臉，冷冰冰的沒什麼表情，顯得有些寒峻冷漠。

此刻他竟已拜倒在地，恭聲道：「小子在路上便已聽得這五人有加害前輩之意，是以一路跟來，見得前輩如此容讓，這五人竟還如此無禮，小子激怒之下，出手未免重些，以致在前輩府中傷了人，還請前輩恕罪。」

他出手解圍，竟不居功，反先請罪。

俞放鶴長嘆道：「世兄如此做法，全是為了老朽，這『恕罪』兩字，但請再也休要提起，只是這五人……唉，老朽委實想不起何時開罪了他們，卻害得他們來此送死。」

默然半晌，展顏一笑，雙手攙扶這羅衫少年，笑道：「世兄少年英俊，若為老朽故人之子，實是不勝之喜。」

羅衫少年仍不肯起來，伏地道：「前輩雖不認得小子，小子之性命卻爲前輩所賜，只是前輩仁義廣被四海，又怎會記得昔年曾蒙前輩翼護的一個小孩子。」

俞放鶴攙起了他的手，笑道：「但如今這孩子非但已長大了，而且還反救了老朽一命，看來天道果然……」雙臂突然一震，將那少年直摔了出去，倒退三步，身子發抖，顫聲道：「你……你……你究竟是什麼人？」

羅衫少年凌空一個「死人提」飄然落地，仰天大笑道：「俞老兒，你掌心已中了我『立地奪魂無情針』，便是神仙也救不活你了，你再也休想知道我是什麼人……」

俞佩玉早已衝到他爹爹身旁，只見他爹爹一雙手在這刹那間便已腫起兩倍，其黑如漆，其熱如火。再瞧這老人面目，也已全無血色，顫抖的身子已站不直，嘴裡已說不出話，俞佩玉心膽皆裂，嘶聲道：「我父子究竟與你有何仇恨？你要下此毒手？」

羅衫少年大笑道：「我和姓俞的素無冤恨，也不過是要你們的命而已。」

他口中大笑，面上卻仍是冰冰冷冷，全無表情。

俞佩玉瞧了瞧地上屍身，咬牙道：「這都是你佈下的毒計？」

羅衫少年道：「不錯，我爲了要取你父子性命，陪著你父子死的已不止這六個……」

突然撮口而嘯，四面牆頭，立刻躍入了二十餘條黑衣大漢，各展刀劍，人人俱是腳步輕靈，身手矯健，看這撲了過來的二十餘條大漢，竟無一不是江湖中獨當一面的高手，只是人人都以一方紫羅花巾蒙住了臉，竟都不願被人瞧出來歷。

羅衫少年仰天大笑道：「姓俞的，我瞧你還是束手認命了吧，咱所畏懼的只不過是俞老兒一雙天下無敵的金絲綿掌，俞老兒既已不中用，你還想怎樣？」

俞佩玉目光一轉，便已瞧出這些人身手不弱，他心中不但悲痛之極，憤怒之極，也難免要驚駭之極。

若是換了別人早已神智失常，縱不膽裂氣餒，也要瘋狂拚命，但這少年卻大是與眾不同，身子一轉揹起了他爹爹，將老人的長衫下襬往腰間一束，右手已抄起了那隻千鈞鐵筆。

這時黑衣大漢們已摸到近前，瞧見這少年居然還能氣定神凝地站在那裡，也不覺怔了一怔，方自展刀撲上。

只見刀光閃動，寒芒滿天，雖是十餘柄刀劍同時搶攻，但章法卻絲毫不亂，攻上的攻上，擊下的擊下，砍頭的砍頭，削足的削足，十餘柄刀劍同時刺向同一人，竟絲毫不聞刀劍相擊之聲。

但突然間，一陣狂風著地捲起，千鈞鐵筆橫掃而出，金鐵交鳴之聲立時大作，鋼刀鐵劍，彎的彎，折的折，脫手的脫手，十餘大漢身子齊被震出，但覺肩痠腕麻，一時間竟抬不起手。

這面如冠玉，溫文爾雅的少年，竟有如此驚人的神力，當真是他們做夢也想不到的事。

但這些大漢終究不是俗手，雖驚不亂，十餘人後退，另十餘人又自搶攻而上，俞佩玉千鈞筆再次揮出。

這一次卻再也無人敢和他硬碰力拚，只是乘隙搶攻，四下遊鬥，只聽風聲震耳，震得樹葉如花雨般飄落。

二十餘條大漢左上右下，前退後繼，竟無一人能攻入筆風圈內，只是這千鈞鐵筆威勢雖猛絕天下，畢竟太長太重，施展既不能如普通刀劍之靈活，真力之損耗也太多，二十餘招過後，俞佩玉白玉般的額角上已滿是汗珠。

羅衫少年撫掌大笑道：「對，就是這樣，先耗乾他力氣再說，老鼠已被捉進了罐子，還怕他跑得了麼？」他雖然戴著面具，但聽他語聲，年齡也的確不大。

俞佩玉雖在和別人動手，眼睛卻不斷在留意看這狠毒的少年，更留意著這少年的一雙手，手中的無情針。

只聽他背後老父的呼吸已愈來愈微弱，終至氣若遊絲，而面前這強敵的身子卻漸漸走近，一雙手似乎已將揮出。

俞佩玉心已碎，力已竭，突然大呼道：「罷了。」

他明知此番若是脫走，只怕再也難查出這些仇人的真象來歷，但情勢卻已逼得他非走不可。

話聲出口，千鈞筆「橫掃千軍」，突然往一條使刀的大漢當胸砸了過去，那大漢心膽皆喪，魂不附體，跌在地上，連滾幾滾，千鈞筆竟插入地下，俞佩玉身子竟藉著這一戳之力，「呼」的自眾人頭頂上飛過，飛過樹梢，就好像一隻長著翅膀的大鳥似的，飄飄盪盪，飛了出去。

千鈞筆居然還有這點妙用，更非眾人始料所及。

羅衫少年頓足道：「追！」

他腳一頓，人也箭一般竄了出去，但他終究還是慢了一步，何況他輕功本就和俞佩玉差著三分，俞佩玉藉了那一戳之力，輕功更無異加強了一倍，等他飛掠出牆，但見牆外柳絲在風中飄拂，河水在陽光下流動，一條黃犬夾著尾巴從小橋上走過。

俞佩玉卻已瞧不見了。

俞佩玉其實並未走遠，只是躲在橋下荒草中。

背後揹著一人，他餘力實已不能奔遠，只有行險僥倖，以自己的性命來和對頭的機智賭上一賭。

只聽那羅衫少年輕叱道：「分成四路，追！」

一人道：「橋下……」

羅衫少年怒道：「姓俞的又不是呆子，會在橋下等死？」

接道，衣袂帶風之聲，一個接著一個自橋上掠過，「噗通」一聲，那條黃犬慘吠著跌入河裡，想是那羅衫少年惱怒之下，竟拿狗來出氣，水花消失時，四下已再無聲息，俞佩玉一顆心提起，又放下，還是伏身草中，動也不動。

他當真沉得住氣，直到了盞茶時分，確定那些人不再回來，方自一掠而出，不奔別處，卻筆直奔回自家庭院——

別人算準他不敢回來，他就偏要回來。

庭院依舊深寂，濃蔭依舊蒼碧，像是什麼事都沒有發生過，只是那六具屍身，卻又在提醒他方經慘變。

俞佩玉筆直奔入內室，將他爹爹放在床上，自櫃中取了瓶丹藥，全都灌入他爹爹嘴裡。這本是老人秘製的靈藥，也不知道曾經救過多少人的性命，但此刻卻救不活他自己的性命，俞佩玉的眼淚，直到此刻才流下來。

陽光自小窗中斜斜照進來，照在老人已發黑的臉上，他胸中還剩下最後一口氣，茫然張開了眼，茫然道：「我錯了麼？……我做錯了什麼？……」

俞佩玉以身子擋住陽光，淚流滿面，嘶聲道：「爹爹，你老人家沒有錯。」

老人像是想笑，但笑容已無法在他逐漸僵硬的面上展露，他只是歪了歪嘴角，一字字道：「我沒有錯，你要學我，莫要忘記容讓，忍耐……容讓……忍耐……」語聲漸漸微弱，終於什麼也聽不見了。

俞佩玉直挺挺跪倒，動也不動，淚珠就這樣一滴滴沿著他面頰流下，直流了兩個時辰，還沒有流乾。

窗外陽光已落，室內黝黑一片。

黑暗，死寂，突然間，一陣腳步聲響了起來。

這腳步聲緩慢而沉重，每一腳都能踩碎人的心，這腳步聲自曲廊外一聲聲響了過來，終於走到了門口。

門，輕輕被推開——

俞佩玉還是跪在黑暗中，動也不動。

只見那人影竟自門外一步步走了進來，就像是幽靈般，還是走得那麼慢，他身子纖小，腳下卻似拖著千斤重物。

俞佩玉終於站了起來。

那人一驚，倒掠而出，退到門口，道：「你……你是什麼人？」

這句話本該俞佩玉問他的，他卻先問了出來，俞佩玉靜靜地瞧著，朦朧中只見「他」腰肢纖細，長髮披散，竟是個女子。

那知這女子竟然嘶聲狂呼道：「好惡賊，好毒的手段，你……你居然還敢留在這裡。」反手抽出了背後長劍，劍光閃動，發狂般撲了過來，連刺七劍。

她方才腳步那般沉重，此刻劍勢卻是輕靈飄忽，迅急辛辣，俞佩玉展動身形，避開了這一氣呵成的七著殺手，沉聲道：「菱花劍？」

那女子怔了一怔，冷笑道：「惡賊，你居然也知道林家劍法的威名？你……」

俞佩玉再退數步，嘆了口氣，道：「我是俞佩玉。」

那女子又是一怔，住手，長劍落地，垂下了頭，道：「俞……俞大哥，老伯難道……」她一面說話，目光已隨著俞佩玉的眼睛望到那張床上，說到這裡她已依稀瞧見了床上的人，身子不由得一震，風中秋葉般顫抖起來，終於撲倒在地，放聲痛哭道：「我不能相信……簡直不能相信……」

俞佩玉還是靜靜地瞧著她。直到她哭得聲音嘶啞，突然道：「好了，我已哭夠了，你說話吧。」

俞佩玉還是不說話，卻燃起了燈，燈光照亮了她一身白麻的孝衣，俞佩玉這才不禁爲之一震，失聲道：「林老伯難道……難道也……」

那少女斷聲道：「我爹爹六天前也已被害了。」

俞佩玉慘然失色，道：「是……是誰下的毒手？」

那少女道：「不知道……我不知道……」

她霍然回過了頭，燈光下，只見她的面容是那麼清麗，又是那麼憔悴，她的眼睛雖已哭紅，雖然充滿了悲痛，卻還是能瞪得大大的，瞧著俞佩玉，眼色也還是那麼倔強，她瞪著俞佩玉一字字道：「你奇怪麼？我爹爹死了，我卻不知是被誰害的，那天我出去了，等我回去時，他老人家屍身已寒，我們家裡已沒有一個活著的人。」

俞佩玉實在想不到這看來弱不禁風的女孩子，在經過如此慘變後，還能遠自千里趕來這裡，此刻竟還能說話。

在她這纖弱的身子裡，竟似乎有著一顆比鐵還堅強的心，俞佩玉長嘆垂首，也不知道該說什麼才好。

那少女卻又接道：「你奇怪麼？我居然會說已哭夠了，只因我委實已哭夠，我已哭得不想再哭了，這一路上我已哭過五次。」

俞佩玉失聲道：「五次？」

那少女道：「不錯，五次，除了你爹爹和我爹爹外，還有太湖之畔的王老伯、宜興城的沈大叔、茅山下的西門……」

俞佩玉不等她說完，已聳然截口道：「他們莫非也遭了毒手？」

那少女目光茫然移向燈光，沒有說話。

俞佩玉道：「太湖王老伯金剪如龍，號稱無敵，宜興沈大叔銀槍白馬，少年時便已橫掃江南，茅山西門大叔一身軟功，更是無人能及，他們怎會遭人毒手？」

那少女悠悠道：「菱花神劍與金絲綿掌又如何？」

俞佩玉垂下了頭，黯然道：「不錯……莫非他們竟都是被同一人所害？這人是誰？」

那少女道：「只是，我並未瞧見他們的屍身。」

俞佩玉霍然抬頭，道：「既未瞧見屍身，怎知已死？」

那少女道：「沒有人……他們家裡雖然沒有死屍，卻也瞧不見一個活人，每棟屋子都像是一個墳墓……你的家，和我的家也正是如此。」

俞佩玉默然半晌，喃喃道：「家？……我們已沒有家了。」

那少女目光逼視著他，忽然道：「你要去哪裡？」

俞佩玉緩緩道：「這所有的事都是件極大的陰謀，大得令人不可思議，我現在雖猜不透，但總有一天會查出來的，你若是主使這陰謀的人，要對我如何？」

那少女道：「斬草除根？」

俞佩玉慘笑道：「不錯，你若是我，又當如何？」

那少女道：「逃……但逃向哪裡？」

俞佩玉道：「何處安全，便去那裡。」

的，普天之下，又有何處才是安全之地？」

那少女道：「安全？……你我連仇人是誰都不知道，他就算到了你身旁，你也不會知道

俞佩玉道：「有一處的。」

那少女道：「是什麼地方？」

俞佩玉：「黃池！」

那少女失聲道：「黃池？……如今天下武林中人，都要趕去那裡……」

俞佩玉截口道：「正因爲天下英雄都要趕去那裡，那惡賊縱有天大的膽子，也不敢在那裡出手傷人的。」

那少女緩緩點了點頭，緩緩道：「很好，你在此時此刻，居然還能想得如此周到，想必不至於被人害死了，你……你去吧。」

俞佩玉道：「你……」

那少女大聲道：「我用不著你管。」轉過身子，大步走了出去。

俞佩玉也不阻攔於她，只是靜靜地在後面跟著，跟出了門，那少女腳下一軟，身子跌倒，俞佩玉已在後面輕輕扶著，長嘆道：「你吃的苦太多，太累了，還是先歇歇吧。」

那少女目中又有淚光閃動，咬了咬嘴唇，道：「你何必故意裝成關心我的樣子，我……我自千里外奔到你們家來，你……你……你卻連我的名字都不問。」

俞佩玉道：「我不必問的。」

那少女突然掙扎著站起，咬著牙叫道：「放開我……放開我……你再碰我一根手指，我就

殺了你。」

俞佩玉輕輕嘆了口氣，道：「我雖然沒有見過你，卻又怎會不知道你的名字。」

那少女展顏一笑，瞬即垂下了頭，幽幽道：「只可惜你我相見的時候錯了……」

話猶未了，門外又有腳步聲響起，一個蒼老的語聲輕喚道：「少爺……少爺……」

俞佩玉橫身擋在少女前面，道：「什麼人？」

那語聲道：「少爺你連俞忠的聲音都聽不出了麼？」

俞佩玉鬆了口氣，那少女卻抓緊他肩頭，道：「誰？」

俞佩玉道：「他是自幼追隨家父的老僕人！」

那少女道：「但……但我來的時候，一個活人都未見到。」

俞佩玉怔了怔，道：「他……只怕也躲過了。」

說話間一個白髮蒼蒼的青衣老家人已走了進來，躬身道：「秣陵來的王老爺已在廳中等著少爺前去相見。」

俞佩玉動容道：「可是『義薄雲天』王雨樓王二叔？」

老家人俞忠道：「除了他老人家，還有哪位？」話未說完，俞佩玉已大步走了出去，但見曲折的長廊兩旁，不知何時已燃起了紗燈，就像是平時一樣。

俞佩玉心裡奇怪，腳步卻未停，大步衝入前廳，廳中竟是燈火通明，一個濃眉長髯，面如重棗的紫袍老人端坐在梨花椅上，正是俠名遍江湖，仁義傳四海的江南大俠，「義薄雲天」王雨樓王二爺。

佩玉奔過去跪地拜倒，哽咽道：「二叔，你……你老人家來得……來得遲了。」

王雨樓嘆道：「你和你那老爹爹的事，二叔我聽了也難受得很。」

俞佩玉慘聲道：「小侄不幸……」

突然抬起頭來，滿面驚詫道：「二叔你……你怎會這麼快就知道了？」

王雨樓手捋長髯，含笑道：「自然是你那老爹爹，我那俞大哥告訴我的。」

俞佩玉聳然失聲道：「我爹爹，他……他……何時……」

王雨樓笑道：「方才他怒氣沖沖地走出來，連我都不願理睬，我雖不知你父子兩人是爲了什麼爭執起來，但是四十年來，倒真未見過他動如此大的火氣，只有叫你雲三叔陪他出去散散心，也免得你父子又……」

俞佩玉早已驚得怔住，聽到這裡，忍不住脫口呼道：「但……但我爹爹方才已……已經被害了。」

王雨樓面色一沉，皺眉道：「少年人與父母頂嘴，也是常有的事，你這孩子難道還想咒死你爹爹不成。」

俞佩玉嘶聲道：「但……我爹爹明明已……已……」

王雨樓怒叱道：「住嘴。」

俞佩玉咬牙道：「他老人家屍身還在寢室，你老人家不信，就去瞧瞧。」

王雨樓怒沖沖站起，道：「好，走！」

兩人大步而行，還未走過迴廊，便瞧見方才昏暗的寢室此刻竟已燈火明亮，俞佩玉一步衝了進去，床上的被褥疊得整整齊齊，一絲不亂，放鶴老人的屍身竟已赫然不見了。

王雨樓厲聲道：「你爹爹屍身在哪裡？」

俞佩玉身子顫抖，那裡還能說得出話，突然大喝一聲，衝入庭院，廊旁紗燈映照，照著那濃蔭如蓋的老樹，樹下莫說那六具屍身，就連方才被筆鋒舞落的落葉，都已不知被誰掃得乾乾淨淨。

千鈞筆還在那裡，矮几上水池、紙硯，也擺得整整齊齊，依稀還可瞧見紙上正是他自己方才寫的南華經。

俞佩玉手足冰冷，這幽靜的庭院，在他眼中看來，竟似已突然變成了陰森詭秘的鬼域。

王雨樓負手而立，沉聲道：「你還有什麼話說？」

俞佩玉失魂落魄，茫然道：「我……我……」

只見花叢中人影移動，正是方才那少女，俞佩玉如見救星，衝過去抓住她的手，大聲道：「她方才瞧見的……她就是『菱花神劍』林老爺子的女兒林黛羽，她方才親眼瞧見了我爹爹的屍身。」

王雨樓目光如炬，厲聲道：「你可是真的瞧見了？」

林黛羽道：「我……我方才……」

突然間，四個人大步走上曲廊，齊聲笑道：「王二哥幾時來的，當真巧得很。」

當先一人錦衣高冠，腰懸一柄滿綴碧玉的長劍，頭髮雖然俱已花白，但看來仍是風神俊朗，全無老態。

林黛羽瞧見這四人，語聲突然頓住，身子也似起了顫抖，俞佩玉更是如見鬼魅一般，面容大變，驚呼道：「林……林老伯，你……你老人家不是已……已死了麼？」

來的這四人竟赫然正是太湖金龍王、宜興沈銀槍、茅山西門風，以及蘇州大豪「菱花神劍」林瘦鵑。

林瘦鵑還未答話，他身旁西門風大笑道：「三年未見，一見面就咒你未來的岳丈大人要死了，你這孩子玩笑也未免開得太大了吧。」

俞佩玉霍然轉身，目光逼視林黛羽，道：「這可是你說的，你……你……你為何要騙我？」

林黛羽緩緩抬起頭來，目光清澈如水，緩緩道：「我說的？我幾時說過這話？」

俞佩玉身子一震，倒退五步，轉過頭，只見這五位武林名人都在冷冷瞧著他，眼神中帶著驚訝，也帶著憐憫。

那老家人俞忠不知何時已彎著腰站在那裡，陪笑道：「少爺你還是陪五位老爺子到廳中奉茶吧。」

俞佩玉縱身撲過去，緊緊抓住了他肩頭，道：「你說！你將方才的事說出來。」

俞忠竟也怔了怔道：「方才的事？方才哪有什麼事？」

俞佩玉慘然失色，王雨樓道：「除了我五人外，今天可有別人來過？」

俞忠搖頭道：「什麼人也沒有……」

俞佩玉緩緩放鬆手掌，一步步往後退，顫聲道：「你……你……你為何要害我？」

俞忠長嘆一聲，凝注著他，目中也充滿了憐憫之色，嘆道：「少爺最近的功課太重了，只怕……」

俞佩玉突然仰天狂笑起來，狂笑道：「只怕我已瘋了，是麼？你們這樣瞧著我，只因你們都認爲我已瘋了，是麼，你們都盼望我發瘋，是麼？」

林瘦鵑嘆道：「這孩子只怕是被他爹爹逼得太緊了。」

俞佩玉狂笑道：「不錯，我的確已被逼瘋了。」

一拳擊出，將窗子打了個大洞，一腳又將地板踢了個窟窿。

王雨樓、沈銀槍、西門風齊地搶出，出手如風，抓住了他的肩膀，林瘦鵑自懷中取出個小小的黑木瓶，柔聲道：「玉兒，聽我的話，乖乖將這藥吃下去，好生睡一覺，明天起來時，必定就會好多了。」

拔開瓶塞，往俞佩玉嘴裡塞了過去，但聞一股奇異的香氣，中人欲醉。

俞佩玉緊緊閉著嘴，死也不肯張開。

沈銀槍嘆道：「賢侄你怎地變了，難道你岳父也會害你麼？」

突聽俞佩玉大喝一聲，雙臂振起，沈銀槍、西門風如此高手，竟也禁不住這天生神力，手掌再也把持不住，喝聲中俞佩玉已沖天躍起，足尖一蹬，燕子般自樹梢掠過，如飛而去。

西門風失聲道：「這孩子好厲害，縱是俞放鶴少年時，也未必有如此身手。」

王雨樓目光閃動，長嘆道：「只可惜他已瘋了，可惜可惜……」

林黛羽撲倒在地，放聲痛哭起來。

星光滿天，夜涼如水，俞佩玉躺在星光下，已有整整三個時辰沒有動過了，甚至連眼睛都沒有眨一眨。

他瞪著大眼睛，瞧著那滿天繁星，每一顆星光都像是一張臉，在朝著他冷笑：「你瘋了……你瘋了……」

星光剛剛疏落，晚風中突然傳來悽涼的哭聲，哭聲漸近，一個又瘦又矮，鬍子卻長得幾乎拖到地上的老頭子，隨著哭聲走了過來，坐到一株楊樹下，又哭了一陣，拾了幾塊石頭墊住腳，解下腰帶懸在樹枝上，竟要上吊。

俞佩玉終於忍不住掠過去，推開了他。

那老頭子賴在地上哭道：「你救我則甚?世上已沒有比我再倒楣的人了，我活著也沒意思，求求你讓我死吧，死了反而乾淨。」

俞佩玉嘆了口氣，苦笑道：「世上真的沒有比你更倒楣的了麼?……今天一天裡，我沒有了家，沒有了親人，我說的話明明是真的，世上卻沒有一人相信，世上也再無一個我能信任的人，平日在我心目中大仁大義的俠士，一日間突然都變得滿懷陰謀詭譎，平日就最親近的人，一日間也突然都變得想逼我發瘋，要我的命，我難道不比你倒楣得多。」

那老頭子呆望了他半晌，吶吶道：「如此說來，我和你一比，倒變成走運的人了，你委實比我還該死，這繩子就借給你死吧。」

哈哈一笑，揚長而去。

俞佩玉呆望著他走遠，將自己的脖子，往繩圈裡試了試，喃喃道：「這倒容易得很，一死之後，什麼煩惱都沒有了，但我又真的是世上最該死的人麼？」

突也哈哈一笑，道：「就算我已死過一次了吧。」

解下繩索，拍手而去。

一路上他若走過池塘，池塘裡採菱的少女瞧見他失魂落魄的模樣，常會嬌笑著將菱角往他身上拋，他就接過來吃了。

他若走過桑林，採桑的少女也會將桑葚自樹梢拋在他身上，他也接過就吃，走得累了，他就隨便找個稻草堆睡下，醒來時卻常會有微笑的少女紅著臉端給他一碗白糖煮蛋，若被少女的母親瞧見，提著掃把出來趕人，但瞧過他的臉後，卻又多給了他兩個饅頭，幾塊鹹菜。

這一路上他也不知是如何走過來的，他心裡想著的事也不敢向任何人透露，口中只是不斷道：「忍耐……莫忘了，忍耐……」

他似乎全不管身後是否有人追蹤，其實此刻根本已無人認得出他，他衣著本來樸素，再加上全身泥污，幾個破洞，就和叫花子相差無幾，他臉也不洗，頭也不梳，但這迷迷糊糊，失魂落魄的可憐樣子，卻更令女子喜愛。

但此刻別人是喜歡他，是討厭他，他全不放在心上，走了多日，終於走入河南境內，道上的行人，武士打扮的已愈來愈多，一個個都是趾高氣揚，意興匆匆，黃池盛會，七年一度，天下武林中人，誰不想趕去瞧瞧熱鬧。

過了商邱，道上更是鞭絲帽影，風光熱鬧，若有成名的英雄豪傑走過，道旁立刻會響起一片艷羨之聲：「瞧，那穿著紫花袍的就是鳳陽神刀公子，他腰上掛著的就是那柄截金斷玉的玉龍刀。」

「那位穿著黃衣服的姑娘你可認得？」

「我若不認得金燕子還能在江湖混麼？唉，人家可真是天生一對，郎才女貌。」

「呀，千牛拳趙大俠也來了。」

「他自然要來的，少林已一連七次主盟黃池之會，今年的牛耳，自然是不能讓別人搶去，趙大俠身為少林俗家弟子之長，不來行麼？」

這些話俞佩玉雖然聽在耳裡，卻絕不去瞧一眼，別人自然也不會來瞧這窩窩囊囊，走在道旁的窮小子。

走到封丘，夜已深，他沒有入城，胡亂躺在城外一家小客棧的屋簷下，夜更深，別人都睡了，但黃池已近在眼前，他怎麼睡得著，他睜著眼睛發愣：「林瘦鵑、太湖王這些人真的會來嗎？他們究竟想幹什麼？為何定要說我爹爹未死，難道……」

突聽一人道：「紅蓮花，白蓮藕，一根竹竿天下走。」

一個乾枯瘦小，卻長著兩隻大眼睛的少年乞丐，手裡拿著根竹竿，正瞧著他笑。

俞佩玉也瞧著他笑了笑，卻不說話，他根本不知道該說什麼，這少年乞丐眨眨眼睛，笑道：「你不是咱們丐幫的？」

俞佩玉搖搖頭。

少年乞丐笑道：「你不是丐幫的，怎地卻打扮得和要飯的一樣，睡覺也睡在要飯的睡的地方，別的生意有人搶，不想要飯的生意也有人搶。」

俞佩玉笑了笑，道：「對不起。」

站起來走出屋簷，呆呆地站在星光下發愣。

那少年乞丐兩隻大眼睛眨也不眨地瞧著他，像是覺得這人很有趣，用竹竿點了點他的肩頭，笑道：「聽你口音，可是從江南來的？」

俞佩玉道：「是。」

少年乞丐道：「你叫什麼名字？」

俞佩玉回過頭，又瞧了他幾眼，只覺這雙大眼睛雖然精靈頑皮，但卻只有善意，沒有惡意，也笑了笑：「我叫俞佩玉。」

那少年乞丐笑道：「我叫連紅兒，只因我穿的衣服雖破，但還是要穿紅的。」

俞佩玉道：「哦，原來是連兄。」

連紅兒大笑道：「你這人不錯，居然跟窮要飯的也稱兄道弟。」

俞佩玉苦笑道：「小弟卻連飯都要不到。」

連紅兒眼睛更亮，緩緩道：「瞧你武功根基不弱，若不是武林世家的子弟，絕不會紮下這麼厚的根基，卻又爲何要裝成如此模樣？」

俞佩玉一驚，道：「我……我沒有裝，我不會武功。」

連紅兒臉一板，冷笑道：「你敢騙我。」

竹竿一揚，閃電般向俞佩玉「靈墟穴」點了過去。

這一竿當真快如電光石火，點的雖是「靈墟穴」，但竿頭顫動，竟將「靈墟」四面的「膺窗」、「神藏」、「玉堂」、「膻中」、「紫宮」……等十八處大穴全都置於竹竿威力之下。

俞佩玉連遭慘變，已覺得天下任何人都可能是他那不知名的惡魔對頭派來的，肩頭一滑，閃開七尺。

那知連紅兒竹竿點到一半，便已收了回去，瞧著他冷冷笑道：「年紀輕輕，便學會騙人，長大了那還得了。」

俞佩玉垂下了頭，道：「我實有難言之隱。」

連紅兒道：「你不能告訴我？」

俞佩玉道：「你若有難言之隱，是否會告訴給一個素不相識的人？」連紅兒瞧了他半晌，終於又笑了，道：「這句話問得妙，瞧你文文靜靜，你是從來不喜歡多話，不想說出句話倒厲害得很。」

身子懶洋洋的躺了下去，懶洋洋道：「只是，你這趟恐怕是白來了，黃池之會你是去不成的。」

俞佩玉又是一驚，道：「你……你怎知道……」

連紅兒笑道：「我這雙眼睛就是照妖鏡，無論什麼人，只要被我這雙眼睛瞧過三眼，我就知道他是什麼變的。」

俞佩玉瞧著這雙眼睛，不覺又是驚奇，又是佩服。

連紅兒的眼睛卻瞧著天，悠悠道：「黃池之會，可不是人人都可以來的，若沒有請帖，就得是發起此會之江湖十三大門派的弟子，你呢？」

俞佩玉垂下了頭，道：「我……我什麼都不是。」

連紅兒道：「那麼你不如此刻就回去吧。」

俞佩玉默然半晌，道：「丐幫可是那十三大門派之一？」

連紅兒笑道：「自然是的，這四十多年雖然每次主盟的都是少林，但若咱們丐幫不給他面子，那隻牛耳朵只怕早就被武當、崑崙搶走了。」

俞佩玉喃喃道：「我若混在丐幫弟子中，想必沒有人能瞧得出來……」

連紅兒大笑道：「如意算盤倒是打得真響。」

俞佩玉突然跪了下去，道：「但求連兄相助小弟這一次，在貴幫幫主面前說個情，小弟只求能進去，別的事都不用費心。」

連紅兒笑嘻嘻瞧著他，道：「我和你素不相識，爲何要幫你這個忙？」

俞佩玉呆了一呆，道：「因爲……因爲……」

長嘆一聲，緩緩站起，他實在說不出因爲什麼，他只有走。

連紅兒也沒有喚他回來，只是笑嘻嘻地瞧著他垂頭喪氣地走入黑暗裡，就像是瞧著個快淹死的人沉到水裡去。

黑暗中，俞佩玉也不知走了多久，前面還是一片黑暗，突然間，遠處火光閃動，一群人拍手高歌。

「紅蓮花，天下誇，壞人遇著他，駭得滿地爬，好人遇著他，拍手笑哈哈，走遍五湖加四海，也只有這一朵紅蓮花。」

俞佩玉什麼人都不願瞧見，轉頭而行，那知這群人卻突然圍了上來，圍在他四周大笑著，拍著手。

火光閃動中，只見這些人一個個蓬衣赤足，有老有少，俞佩玉怔在那裡，還未說話，那知這些人卻又拍手高歌。

「俞佩玉，人如玉，半夜三更裡，要往哪裡去？」

俞佩玉倏然變色，失聲道：「各位怎會認得在下？」

一個老年乞丐走了出來，含笑行禮道：「我家幫主聞得公子遠來，特令我等……」

俞佩玉大聲道：「但我卻根本不認得你家幫主。」

那老丐笑道：「公子雖不認得我家幫主，幫主卻久聞公子大名，是以特命我等在這裡等著公子大駕前來，並且還要送東西給公子。」

俞佩玉雙拳緊握，冷笑道：「好，送來呀。」

那老丐一笑道：「公子莫要誤會，我等要送上的可不是刀劍拳頭。」

自懷中取出個黃色的信封，雙手奉上，笑道：「公子瞧一瞧就明白了。」

俞佩玉不由得接了過來，心念閃動，突然想起那封「死信」，雙手一震，一把抓住了那老丐衣襟，將信封送到他面前，厲聲道：「你舔一舔。」

那老丐含笑瞧了他一眼，道：「公子倒真仔細。」

竟果然伸出舌頭舔了舔，還舔了舔信封裡面那張帖子，笑道：「這樣公子可放心了麼？」

俞佩玉倒覺有些不好意思，手掌鬆開，只見那帖子上寫著的竟是「恭請閣下光臨黃池之會」。

他又是一驚，再抬頭時，老老少少一群人竟已全都走了，只留下那堆火光還在黑暗中閃動不熄。

俞佩玉瞧著這堆火，不覺又發起愣來，這幫主是誰他都不知道，卻又為何要送他這張請帖？

這些天來他所遇見的，不是荒唐得可笑，就是詭秘得可怖，毒辣得可恨，件件卻又都奇怪得不可思議，無法解釋。

他手裡拿著請帖，又不知怔了多久，黑暗中竟突然又有腳步聲傳來，他又想走，卻又聽得有人輕叱道：「站住！」

俞佩玉嘆了口氣，不知又有什麼事，什麼人來了，這些天他遇見的事沒有一件是可以預料得到的，遇見的人也沒有一個他能猜出身分來意，他索性想也不去想，只見這次來的人竟有七個。

這七人兩個穿著道袍，一個穿著僧衣，還有三個緊衣勁服，最後一人竟是個披著繡花斗篷的女子。

但這七人裝束雖不同，卻都是精明強悍，英氣勃勃的少年，身手也俱都十分輕靈矯健。

當先一個黑衣少年目光炯炯，瞪眼瞧著他，喝道：「朋友站在這裡想幹什麼？」

俞佩玉冷笑道：「連站都站不得麼？」

那少年劍眉一挑，還未說話，身旁的僧人已含笑合什道：「施主有所不知，只因黃池之會已近在明日，天下武林中人大多聚集此地，難免便有不肖之徒乘機滋事，主會的十三派掌門人有鑒於此，特令弟子們夜巡防範，貧僧少林松水，這幾位師兄乃是來自武當、崑崙、華山、點蒼、崆峒等派。」

俞佩玉展顏道：「原來各位乃是七大劍派之高足……」

那黑衣少年一直瞪著他掌中請帖，突然道：「這帖可是你的？」

俞佩玉道：「正是。」

話猶未了，劍光一閃，已迫在眉睫，這少年果真不愧名門高足，眨眼間便已拔劍出手，俞佩玉猝不及防，全力閃身避過，耳朵竟險些被削去半邊，不禁怒道：「你這是幹什麼？我這請帖難道是假的？」

黑衣少年掌中劍已化做點點飛花，逼了過來，冷笑叱道：「不假！」

他劍勢看來並不連貫，但卻一劍緊跟著一劍，絕不放鬆，俞佩玉避開了十七劍才喘了口氣，喝道：「這……這究竟是怎麼回事？」

那少女突然冷冷道：「等問過話再動手也不遲吧。」

黑衣少年倒是真聽話，劍勢一收，眼睛瞪得更大，厲聲道：「你說，這請帖是哪裡來的？」

俞佩玉道：「別人送我的。」

黑衣少年嘿嘿笑道：「各位聽見沒有，這是別人送他的。」

俞佩玉道：「這很好笑麼？」

少林松水也沉下了臉，緩緩道：「你這請帖，卻嫌太真了。施主有所不知，此次黃池之會，請帖共有七種，這黃色請帖最是高貴，若非一派掌門，也得是德高望重的前輩才能有這種帖子，也唯有十三位主會的掌門人才能送出這種帖子，而閣下……」

黑衣少年冷笑道：「而閣下卻不像是和這十三位掌門人有什麼交情的人，這帖子不是偷來的，就是騙來的。」

喝聲中長劍又復刺出，這一次那少女也不開口了，七個人已成合圍之勢，將俞佩玉圍在中央。

俞佩玉滿肚子冤枉，卻又當真不知如何解釋，那見鬼的「幫主」送他這張帖子，莫非就是要害他的？

黑衣少年掌中劍絲毫也不留情，使的正是正宗點蒼「落英飛花劍」，迅急、辛辣，正是點蒼劍法所長，這種劍法也正是最最不易閃避的，俞佩玉苦於不能還手，片刻間已連遇險招。

那少女皺眉道：「你還不束手就縛，難道真要……」

話猶未了，突聽半空中傳下一陣長笑，長笑曳空而過，眾人失驚抬頭，只見一條人影在黑暗中閃了閃，如神龍一現，便消失無影，卻有件東西自半空中飄飄盪盪，落了下來。

黑衣少年劍光一閃，挑在劍尖，竟赫然是朵紅色的蓮花。

黑衣少年面色立變，失聲道：「紅蓮花！」

少林松水卻已向俞佩玉長揖含笑道：「原來施主竟是紅蓮幫主的好友，弟子不知，多有失敬。」

黑衣少年苦笑跌足道：「你……前輩為何不早說。」

俞佩玉怔了半晌，嘆道：「我其實並不認得這位紅蓮幫主的。」

黑衣少年垂首道：「前輩若再如此說，晚輩便更置身無地了。」

俞佩玉只有苦笑，還是無法解釋，那少女一雙剪水雙瞳盯著他，嫣然笑道：「弟子華山鍾靜，敝派在前面設有間迎賓之館，公子既是紅蓮幫主的朋友，也就是華山派的朋友，公子若是不嫌棄，就請移駕到那邊歇歇。」

黑衣少年拊掌道：「如此最好，明日清晨，敝派自當車駕相迎，恭送前輩赴會。」

俞佩玉想了一想，苦笑道：「也好。」

就這樣，他就被人糊裡糊塗地自黑暗中送入了輝煌的迎賓館，但那位紅蓮幫主究竟是何許人也，他還是不知道。

迎賓館終夜燈火通明，寬敞的大廳，未懸字畫，卻掛著十四幅巨大的人像，俞佩玉自最後一幅瞧過去，只見這十四幅人像畫的有僧有俗，有女子，也有乞丐，年齡身分雖不同，但一個個俱是神情威嚴，氣度不凡。

鍾靜跟在身旁，笑道：「這就是發起黃池之會十四位前輩掌門的肖像，七十年前，武林中爭殺本無寧日，但自從這十四派黃池連盟後，江湖中人的日子可就過得太平多了，這十四位前輩先人的功德，可真是不小。」

俞佩玉也不知是否在聽她說話，只是呆呆地瞧著當中一幅肖像，上面畫著的乃是個面容清癯，神情安詳的老者。

鍾靜笑著接道：「公子只怕要奇怪，這當中一幅畫，怎會既不是少林梵音大師，也不是武當鐵肩道長，但公子有所不知，這位俞老前輩，就是黃池之會的第一個發起人，『先天無極派』當時在江湖中地位之尊，絕不在武林武當之下。」

俞佩玉輕輕嘆了口氣，道：「我知道。」

鍾靜道：「俞老人主盟黃池之會一連三次後，雖然退位讓賢，但在會中仍有舉足輕重之勢，直到三十年前，放鶴老人接掌『先天無極派』之後，方自退出大會，家師與少林、武當等派的掌門前輩，雖然再三苦勸，怎奈這位放鶴老人生性恬淡，三十歲時便已退隱林中，絕不再過問江湖中事，所以，現在名帖上具名的，就只剩下十三派了。」

這位風姿綽約的華山弟子，笑容溫柔，眼波始終未曾離開過俞佩玉的臉，這些武林掌故娓娓道來，當真如數家珍。

俞佩玉卻是神情慘然，垂首無語。

這一夜他自是輾轉反側，難以成眠，第二日清晨方自朦朧入夢，鍾靜那嬌脆的語聲已在門外笑道：「公子醒來沒有，點蒼的楊軍璧楊師兄已來接你了。」

她眼波仍是那麼嫵媚，楊軍璧黑衣外已罩上件黃衫，神情也仍如昨夜一般恭敬，躬身笑道：「敝派迎駕的車馬已在門外，掌門謝師兄也正在車上恭候大駕。」

俞佩玉抱拳道：「不敢。」

迎賓館中，人已多了起來，還有幾人在院中練拳使劍，他也不去瞧一眼，眼觀鼻，鼻觀心，隨著鍾靜走出了門。

門外一輛四馬大車，車身豪華，白馬神駿，特大的車廂裡，已坐了九個人。

俞佩玉匆匆一瞥，只瞧見這九人中有個身穿紫花衣衫的少年，還有個黃衫佩劍少女，大概就是那神刀公子和金燕子了，此外似乎還有個華服紫面大漢，兩個裝束打扮完全一樣的玄服道人，車窗旁站著個少年，黃羅衫、綠鞘劍，正探身窗外，和一個牽著花馬的漢子低聲說話。

俞佩玉一眼雖未瞧清，但也不再去瞧，別人既不理他，他也不理別人，仍是垂首在那裡。

鍾靜不住在門外向他招手，笑道：「公子，會中再見吧……」

車門關起，馬嘶車動，那黃衫少年這才縮回頭，轉身笑道：「哪一位是紅蓮幫主的朋友？」

只見他目光炯炯，面色蒼白，赫然竟是害死放鶴老人的那狠毒的少年。

俞佩玉身子一震，如遭雷轟，別人聽得他竟是紅蓮舊交，都不禁改容相向，但他眼睛瞪著這少年，卻已發直了。

黃衫少年淡淡笑道：「在下點蒼謝天璧，與紅蓮幫主亦是故交，不知足下高姓大名？」

俞佩玉嘶聲道：「你……你雖不認得我，我卻認得你……」

突然撲起，雙拳齊出，猛烈的拳風，震得車廂中人衣袂俱都飛起。

黃衫少年謝天璧也似吃了一驚，全力避過兩拳，失聲喝道：「你這是幹什麼？」

俞佩玉拳勢如風，咬牙道：「今日你還想逃麼？我找得你好苦。」

謝天璧又驚又怒，幸好這車廂頗是寬敞，他仗著靈巧的身法，總算又躲過七拳，怒喝道：「我與你素不相識，你爲何……」

俞佩玉大喝道：「六天前秣陵城外的血債，今天就要你以血來還清。」左拳一引，右拳「石破天驚」，直擊出去。

謝天璧終於躲無可躲，只得硬接了這一拳，雙拳相擊，如木擊革，他身子竟被震得「砰」地撞在車門上。

俞佩玉怎肯放鬆，雙拳連環擊出，突聽三、四人齊地叱道：「住手！」眼前光芒閃動，三柄劍抵住了他的後背，兩柄鈎鈎住了他的膀子，一柄白芒耀眼不可逼視的短刀，抵住了他右胸，刀尖僅僅觸及衣衫，一股寒氣，卻已直刺肌膚，車廂中五件兵刃齊地攻來，他那裡還能動。

車馬猶在前奔，謝天璧面色更是煞白，怒道：「你說什麼？什麼秣陵城？什麼血債？我簡直不懂！」

俞佩玉道：「你懂的！」

身子突然向左一倒，撞入左面那使鈎道人的懷裡，右手已搭過另一柄銀鈎，撞上身後兩柄劍，第三柄劍方待刺來，他右手乘勢一個肘拳，將那人撞得彎下腰去，痛呼失聲。

但那柄銀玉般的寒刀，卻還是抵著他右胸。

神刀公子目光也如刀光般冰冷，冷冷的說：「足下身手果然不弱，但有什麼話，還是坐下來慢慢說吧。」

刀光微動，俞佩玉前胸衣衫已裂開，胸口如被針刺，身不由主，坐了下去，那彎下腰去的一人，卻仍苦著臉站不起來。

車廂中人俱已聳然動容，一個名不見經傳的少年，竟和當今天下少年高手中地位最尊的點蒼掌門人硬拚一招，再擊倒「龍游劍」的名家吳濤，縱然有些行險僥倖，也是駭人聽聞之事。

那紫面大漢端坐不動，厲聲道：「瞧你武功不弱，神智卻怎地如此糊塗，謝兄與你素不相識，你為何胡亂出手，莫非認錯了人麼？」

俞佩玉咬牙道：「他縱然身化飛灰，我還是認得他的，六天前，我親眼看見他以卑鄙的毒計，害死了家父……」

謝天璧失聲道：「你……你莫非見鬼了，我自點蒼一路趕來這裡，馬不停蹄，莫說未曾害死你爹爹，根本連秣陵城周圍五百里都未走過。」

俞佩玉怒吼道：「你真未去過？」

那玄服道人沉聲道：「貧道可以作證。」

俞佩玉道：「你作證又有何用。」

玄服道人冷笑道：「仙霞二友說出來的話，從無一字虛假。」

俞佩玉怔了怔，對這「仙霞二友」的名字，他的確聽過，這兄弟兩人武功雖非極高，但正直俠義之名，卻是無人不知，他兩人說出來的話，當真比釘子釘在牆上還要可靠，只是，他自己的眼睛難道不可靠麼？

神刀公子道：「現在你還有什麼話說？」

俞佩玉咬緊牙關不說話。

那「龍游劍」吳濤總算直起了腰，厲聲道：「大會期前，此人前來和謝兄搗亂，必定受人主使，必定懷有陰謀，咱們萬萬放不得他的。」

金燕子始終在冷眼旁觀，不動聲色，此刻突然冷笑道：「不錯，吳大俠若要報一拳之仇，就宰了他吧。」

吳濤臉一紅，想要說話，他瞧了瞧她腰裡掛著的劍，又瞧了瞧神刀公子掌中的玉龍刀，半句話也沒說。

謝天璧沉吟道：「以金姑娘之見，又當如何？」

金燕子瞧也不瞧俞佩玉一眼，道：「我瞧這人八成是個瘋子，趕他下車算了。」

謝天璧道：「既是如此，那麼……」

他話未說完，神刀公子已大聲道：「不行！縱要放他，也得先問個仔細。」

金燕子冷笑一聲，扭過了頭。

吳濤撫掌道：「正該如此，瞧這廝的武功，絕不是沒有來歷的人，公子你……」

神刀公子冷冷道：「我自有打算，不用你費心。」

俞佩玉什麼話也沒說，他實是無話可說，這時車馬已頓住，外面人聲喧嚷，如至鬧市。

謝天璧一笑道：「在下委實太忙，這人交給司馬兄最好，但紅蓮幫主……」

話猶未了，外面已有人呼道：「謝大俠可是在車裡？有位俞公子可是坐這車來的麼？」

一個人自窗外探起頭來，正是將請帖交給俞佩玉的老丐。

仙霞二友齊地展顏笑這：「梅四蟒，多年不見，不想你還是終日沒事忙？」

那老丐梅四蟒笑道：「今天我可有事，我家幫主要我來迎客，事完了我再去找你們這兩個假道士喝個三百杯。」

他像是全未瞧見神刀公子掌中的玉龍刀，開了車門，就把俞佩玉往下拉，口中一面接著笑道：「俞公子，你可知道，江湖中最義氣的門派自然是咱們丐幫，最有錢的就是點蒼，公子你能坐這麼舒服的車子來，可真是走運了……謝大俠，謝謝你老啦，改天有空，我家幫主請你老喝酒。」

神刀公子面色雖難看已極，但眼睜睜瞧著他將俞佩玉拉下車，竟是一言未發。

謝天璧抱拳笑道：「回去上覆紅蓮幫主，就說我必定要去擾他一杯。」

外面人聲嘈亂，俞佩玉的心更亂。

這謝天璧明明就是他殺父的仇人，又怎會不是？這紅蓮幫主又是什麼人？為何要屢次相助於他？只聽梅四蟒悄聲道：「莫要發怔，且回頭瞧瞧吧。」

俞佩玉不由自主回頭瞧了一眼，只見車窗裡一雙明亮清澈的眼睛正在瞧他，目光既似冷酷，又似多情。

梅四蟒拍了拍他肩頭，輕笑道：「這隻小燕子，身上可是有刺的，何況身旁還有隻醋罈子在跟著，你只瞧一眼也罷，還是瞧瞧前面的熱鬧太平得多。」

二 龍虎風雲

黃池本爲春秋古名，位於今之封丘縣西南，左傳，哀公十三年，「會單平公，晉定公，吳夫差於黃池。」

正是龍虎際會，風雲叱咤，於今之黃池大會，也是本此古意，戰況卻也不減當年。

黃池古城已廢，一片平陽，廣被百里。

此刻百里平陽之上，萬頭攢動，既瞧不清究竟有多少人，也瞧不清他們是誰，但每一顆頭顱的價值至少也在千金之上。

人頭仰望，十三面輝煌的旗幟迎風招展於白雲青天下，圍著一座四丈高台，台上有煙雲繚繞，如在雲中。

梅四蟒指著一面錦幟黃旗笑道：「黃爲正色，這種旗幟除了當今天下武林盟主少林之外，還有誰敢用？道家尙紫，紫色的旗幟便是武當，崑崙『天龍八式』威震天下，旗幟上也繡著條張牙舞爪的飛龍，看來好不威風。」

俞佩玉瞧著一面以十色碎布綴成的旗幟，道：「這面旗幟想必就是貴幫的標誌了。」

梅四蟒拊掌笑道：「咱們丐幫什麼事都是窮湊合，別人製旗剩下來的材料，咱們拿來縫縫補補就成了，一個大錢都不必花。」

俞佩玉道：「貴幫紅蓮幫主不知在何處？在下亟欲拜見。」

梅四蟒道：「每面旗幟下，都有座帳篷，那便是幫主的歇息之處。」

分開人叢，走了過去，十個人見了他，倒有七個躬身含笑招呼。

俞佩玉暗暗忖道：「百年以來，丐幫竟能始終保持天下第一大幫之聲名，門人弟子走出來，氣派自與別人不同，這確非易事，想那紅蓮幫主，既要統率屬下萬千弟子，又要保持地位聲威不墜，縱非三頭六臂，也得有通天的本事，我足跡從來未涉江湖，又怎會認得這麼樣的人物。」

他愈想愈想不通，眼前已瞧見兩座高達三丈的帳篷，帳篷之間相隔莫約二十丈，卻有二、三十個少年男女，往復巡邏，神情雖然都是矯健英悍，裝束打扮卻各各不同，想來亦是自十三派弟子中選出之精華。

梅四蟒還未走過去，已有個紫衣道人迎了過來，目光上下打量了俞佩玉一眼，躬身笑這：「梅老前輩此刻才來麼！這位是……」

梅四蟒哈哈笑道：「好教道兄得知，這位就是敝幫幫主的佳賓，俞公子，那帖子……」

俞佩玉早已將請帖平舉當胸，紫衣道人倒退三步，道：「請。」

大會之警戒竟是如此森嚴，常真令人難以擅越雷池一步，俞佩玉這才知道自己的確是個幸運兒，回首望去，此刻在外面巡遊觀望，無法入會的武林豪傑，少說也有一、兩萬人之多。

梅四蟒已走在帳篷外，躬身道：「上覆幫主，俞公子已來了。」神情恭謹，再無絲毫嬉笑之態。

帳篷中一人笑道：「他只怕已等不及了，快請進來。」

俞佩玉委實已等不及要瞧瞧這位神秘的紅蓮幫主，梅四蟒方才掀開帳幕，他便已大步行了進去。

只見偌大的帳篷中，只擺著張破桌子，兩條長板凳，與這帳篷本身之華麗，顯得極是不襯。

一人正伏在桌上，也不知寫些什麼，俞佩玉只瞧見他那一頭亂髮，也瞧不見他面目，只得躬身道：「弟子俞佩玉拜見紅蓮幫主。」

那人抬頭一笑，道：「俞兄還認得我麼？」

只見他矮小枯瘦，穿著件破破爛爛的紅衣服，一雙眼睛，卻是亮如明星，彷彿一眼便已瞧穿你的心。

俞佩玉倒退半步，目定口呆，吶吶道：「足……足下便是紅蓮幫主？」

那人笑道：「紅蓮花，白蓮藕，一根竹竿天下走。」

這名滿天下的「紅蓮幫主」，竟赫然就是俞佩玉昨夜在簷下遇著的那又頑皮、又機伶的少年乞丐連紅兒。

俞佩玉張口結舌，再也說不出話來，紅蓮花笑道：「你奇怪麼？其實做幫主的，也不一定全是老頭子，點蒼掌門今年就未過三十，百花幫的幫主也只有二十多歲。」

俞佩玉道：「在下只是奇怪，在下與幫主素昧生平，幫主爲何如此相助？」

紅蓮幫主大笑道：「沒什麼原因，只是瞧著你順眼而已，你以後就會知道，江湖中怪人很多，有人會莫名其妙地害你，也有人會莫名其妙地幫你忙。」

俞佩玉心頭一動，長嘆道：「不錯……」

紅蓮幫主突然頓住笑聲，目光逼視著他，道：「何況瞧你神情，今日是否能入黃池之會，對你關係必定甚大。」

俞佩玉慘然道：「生死相關。」

紅蓮花道：「這就是了，既然有那許多毫無關係的人都能進去，你卻不能進去，這豈非太不公平，天下的不平事，我都要管的。」

俞佩玉垂首道：「幫主仗義，在下感激不盡。」

紅蓮幫主突又含笑接道：「更何況你不久就是『先天無極派』的掌門，那時咱們要請你來入會，卻只怕請不到了。」

俞佩玉聳然抬頭，失聲道：「你……你知道……」

突聽「轟」的一聲巨響，響聲過後，帳篷外便傳來一陣絲竹管弦之聲，接著，一人大聲道：「黃池之會開始，恭請各派本門人入座。」

語聲宛若洪鐘，遠及四方。

紅蓮幫主挽起俞佩玉的手，走出帳篷，一面笑道：「歷來做丐幫幫主的，不但要會管閒事，而且還得是個萬事通，至於我是怎會知道這許多事，你以後就會明白的。」

十三座帳篷，合抱著一座高台，高台四周，冠蓋雲集，天下武林豪傑中之精華，十中有八，全站在這裡。

台上一具千斤銅鼎，繚繞的煙雲，便是自鼎中發出來的，銅鼎兩旁，有十三張紫檀交椅。此刻椅子上已坐了八九個人，一個身著黃色袈裟的白髯僧人，卓立在銅鼎前，身形矮小，但神情卻重如泰山。

台下一丈外，也有三排紫檀交椅，椅上坐著的自也俱都是氣度威嚴之武林長者，但第一排椅子卻全是空著的，也不知是等誰來坐。

這些倨傲的武林高手們，居然也會虛位而待，禮讓他人，這豈非怪事？

紅蓮花輕聲笑道：「我可得上台唱戲去了，你只管找個位子坐下吧，有紅帖子的就有位子，你若客氣就是別人的福氣了。」

俞佩玉方自尋了個位子坐下，紅蓮幫主已率領著六個丐幫弟子在樂聲中緩緩走上高台的石階，那洪鐘般的語聲道：「丐幫紅蓮幫主！」

嘹亮的呼聲傳送出去，群豪俱都仰起了頭，俞佩玉這才瞧見司儀的那人面如鍋底，眼如銅鈴，身高竟在一丈開外，紅蓮花走過他身旁，還夠不著他肩頭，但群豪的目光，卻只是瞧著矮小的紅蓮花，他縱再長三尺，也沒人會去瞧他一眼。

俞佩玉不覺悄悄笑了笑，突聽身旁一人道：「你朋友如此威風，你也得意，是麼？」

這語聲雖冷傲，但卻嬌美，俞佩玉頭一回，便瞧見了那雙既似冷酷，又似熱情的眼睛。

他無意中竟恰巧坐在金燕子身旁，他只得苦笑了笑，還未說話，神刀公子卻已沉著臉站起來，道：「燕妹，咱們換個位子好麼？」

金燕子冷冷道：「這位子有什麼不好？」

神刀公子道：「這裡突然臭起來了。」

金燕子道：「你若嫌臭，你走吧，我就坐在這裡。」

俞佩玉早已要站起來，金燕子那隻冰冷而又柔軟的纖手，卻拉住了他的腕子，神刀公子咬牙切齒地瞪著他，狠狠道：「好，我走，我走……」

嘴裡說走，卻又一屁股坐在原來的椅子上。

俞佩玉瞧得暗中好笑，卻又有些哭笑不得，他雖然還未真個嚐著「情」之一字的滋味，卻已能覺出那必定是又甜又苦，糾纏入骨，瞧著金燕子的這雙眼睛，也不知怎地他忽然想起了林黛羽的那雙眼睛。

那眼波是多麼溫柔，又是多麼倔強，那目光是多麼清澈，卻又爲何總似蘊藏著濃濃的憂鬱，重重的神秘？那眼睛瞧著他，似乎願意將一切都交給他，卻又爲何要騙他？害他？

他想著想著，不覺癡了，猛聽得那司儀大漢喝道：「百花幫幫主海棠仙子君夫人到！」

俞佩玉一驚抬頭，但覺香氣撲鼻，芬芳滿頰，十二個身披五色輕紗的簪花少女，抬著頂綴滿鮮花的輕兜小轎，自高台左面走了過來，一陣陣濃冽的花香，便是站在最後的人也覺醉人。

鮮花堆中斜倚著個輕紗如蟬羽的絕代麗人，此刻手扶著簪花少女的肩頭，緩緩下了轎。

輕紗飛舞，她身子卻嬌慵無力，彷彿連路都懶得走了，倚在少女身上，緩緩走上石階。

群豪盯著她纖細的腰肢，似已連氣都透不過來，過了許久之後，大家才發覺自己竟沒有瞧清她的臉。

只因她的風神，已奪去了每個人的魂魄。

金燕子突然輕輕嘆了口氣，道：「侍兒扶起嬌無力，百花最嬌是海棠……唉，這位海棠君夫人，果然是天下的絕色。」

她這話自然是對俞佩玉說的，俞佩玉卻全未理睬，他眼睛不住在四下搜索，十三派掌門人已到了十二位。

但他期望中的人，卻一個也沒有來。

莫非他想法錯了？莫非他們根本就不會來的？

這時人叢間已響起了竊竊私語：「海南劍派的魚掌門怎地還沒有來？」

「海南路途遙遠，只怕他懶得來了。」

「絕不會的，前日小弟還見著他在開封城的悅賓樓上喝酒。」

「他在喝酒？嘿，只可惜俺不在開封，否則就有好戲瞧了。」

「那自是免不了的。」

「倒楣的是誰？」

「金氏五虎，只可笑他們也算得老江湖了，竟不識得這位魚大掌門，居然和他爭吵起來。」

「唉！飛魚劍端的可說是天下第一快劍，我只瞧見劍光一閃，金氏兄弟便……」語聲突然停頓，人聲也不復再聞。

只見一個又矮又胖，挺著個大肚子的綠衣人，搖搖晃晃走了過來，他頭戴的帽子已歪到一邊，衣襟也已敞開，一柄又長又細的劍，自腰帶拖到地上，劍鞘頭已被磨破了，露出了一小截劍尖，竟是精芒耀眼，不可逼視。

天下英豪的眼睛都在瞧著他，他卻滿不在乎，仍是一搖一擺，慢吞吞地走著，俞佩玉甚至遠遠便可聞到那滿身酒氣。

那司儀大漢瞧得直皺眉頭，但還是大聲喝道：「海南劍派掌門人魚璇魚大俠到！」

這位以「飛魚快劍」威震南海十八島的名劍客，這才用兩根手指將帽子一頂，走上高台，哈哈大笑道：「某家莫非來遲了，恕罪恕罪。」

少林掌門仍是垂眉斂目，合什為禮，座上一個高顴深腮，鼻眼如鷹的黑衣道人卻冷冷笑道：「不遲不遲，魚兄多喝幾杯再來也不遲。」

飛魚劍客眨了眨眼睛，笑道：「酒中自有真趣，豈足為外人道哉，你們崆峒居然禁酒，某家與你還有什麼話好說的。」

黑衣道人霍然長身而起，厲聲道：「黃池之會萬萬容不得這種好酒好色之人！」

魚璇懶洋洋坐到椅上，卻連瞧也不再瞧他一眼。

少林掌門天雲大師微笑合什道：「絕情道兄暫且息怒……」

絕情子怒道：「此人因酒而誤天下英雄之大事，若不重責，何以立威！」

天雲大師回身轉目去瞧武當的出塵道長，出塵道長只得緩緩長身，道：「魚大俠雖有可議之處，但……」

紅蓮幫主突然大笑道：「各位只當魚大俠真是為飲酒而遲到的麼？」

出塵道長笑道：「紅蓮幫主消息自比貧道等靈通。」

紅蓮花大聲道：「魚大俠昨夜將『粉林七蜂』引至銅瓦廂，一夜之間，連誅七寇，爲到會朋友攜來的婦女家眷除了心腹之患，我紅蓮花先在這裡謝過！」

這句話說出來，群豪無不動容，這七隻採花蜂居然早已混來這裡，居然無人知曉，若有誰家的少女婦人被他玷污，主會的各門各派掌門人還有何面目見人，少林身爲天下盟主，更是難逃其責，天雲大師縱然修爲功深，面上也不禁變了顏色。

飛魚劍客卻只是懶洋洋一笑，道：「紅蓮幫主好靈通的耳目，但這種小事，又提它則甚？」

天雲大師肅然稽首道：「這怎能說是小事，就只一件功德，魚大俠已可居天下盟主之位而無愧，老僧理當退讓。」

這句話若是在別人口中說出，那也不過是客氣之詞，但少林掌門嘴裡說出的話，卻是何等份量，天下武林盟主之位，極可能就在這一句話中易主。

群豪不禁俱都聳然。

飛魚劍客坐直了身子，肅然道：「紅蓮幫主既已知道此事，本座縱不出手，也有紅蓮幫主出手的，本座萬萬不敢居功。」

紅蓮花趕緊道：「要飯的若做了武林盟主，豈非是天大的笑話，天雲大師德望天下所崇，今年的盟主之位，大師還是偏勞了吧。」

天雲大師長嘆道：「老僧年來已覺老邁無力，自知再難當此重任，早有退讓之意，縱無魚大俠此事這句話也要說出來的。」

有少林在前，各門各派本不敢存爭奪盟主之意。但天雲大師竟然自願退讓，一時間武當出塵道長、崆峒絕情子、點蒼謝天璧、華山柳淑真……俱都站了起來。

柳淑真蛾眉淡掃，風姿如仙，清脆的語聲搶先道：「武當乃內家正宗，天雲大師若有禪讓之意，我華山派內舉不避親，出塵道兄當居其位！」

出塵道長微微一笑，緩緩坐下。

絕情子冷冷道：「好個內舉不避親，貧道只可惜沒有個做掌門人的妹妹。」

原來柳淑真竟是出塵道長嫡親妹子，這兄妹兩人各居當代一大門派掌門之位，本為武林一段佳話，只可惜此刻卻變成了絕情子譏嘲的把柄。

柳淑真柳眉微軒，出塵道長卻微笑道：「既是如此，貧道便舉絕情道兄為此會之盟主如何？」

謝天璧突然大聲道：「若是別人主盟，在下全無異議，若由崆峒主盟，本派七百三十一個弟子俱都不服！」

點蒼派雖然遠在滇邊，但近來人才日盛，顯然已可與武當分庭抗禮，謝天璧一句話說出，台下立刻轟然響應。

絕情子變色道：「如此說來，今年主盟之位，少不得要見過高下才能定奪了。」

謝天璧扶劍道：「本座正是要見識見識崆峒的絕情劍。」

一個滿臉水鏽，鬚髮花白的錦袍老人霍然站起，大聲道：「歐陽龍謹代表天下三十六路水道英雄，推舉點蒼謝大俠爲本會盟主，絕情道長的絕情劍，本座……」

他話未說完，身旁一個頭頂已禿，面目卻紅潤如少年的魁偉老人已朗聲大笑起來，接道：「滇邊遠離江河，謝大俠若是做了盟主，歐陽幫主便是天高皇帝遠，不妨自由自在一番了。」

歐陽龍怒道：「你想怎樣，別人怕你蜀中唐門暗器歹毒，我卻不怕。」

那老人笑道：「你想嚐嚐麼？」

他手掌一動，歐陽龍已躍退八尺。

老人捋鬚大笑道：「歐陽幫主好大的膽子！」

天雲大師眼見局面已亂，愁上眉梢，沉聲道：「各位如此相爭，豈非失了老僧原意。」語聲雖低沉，但在這紛亂之中遠傳出去，仍是字字清晰。

眾人不覺靜了靜，突見座上一個面如鍋底，身高八尺，生得和那司儀巨人有七分相似的大漢一躍而出，逕自走到那具千斤銅鼎之前，彎下腰去，一口唾沫吐在掌上，竟生生將這千斤銅鼎舉了起來！

群豪呼聲雷動，俞佩玉也不禁脫口讚道：「好一條漢子！」

金燕子立刻應聲道：「此人乃是關外武林的總舵把子，人稱：『無敵鐵霸王』，兩臂當真有霸王之力，只可惜四肢雖發達，頭腦卻簡單得很。」

俞佩玉還是不睬她，只見這鐵霸王力舉鐵鼎，竟大步走到台口方自退回，面不紅，氣不喘，放下銅鼎，喝道：「誰能將這銅鼎舉起走上三步，鐵某便認他爲天下盟主！」

台上坐著的，雖然俱是一代名匠宗主，但這種硬拚硬的天生神力，卻是學也學不來的。

一時之間，眾人竟都默然。

鐵霸王睥睨四顧，正覺意氣飛揚，只見那百花幫主海棠夫人姍姍走了過來，眼波流轉，嫣然笑道：「不想霸王神力，今日竟能重見，賤妾好不佩服。」

她不笑還罷，這一笑之下，當真是人也在笑，眉也在笑，眼也在笑，甚至連鬢邊一朵鮮花都在笑。

鐵霸王雖是鐵漢，瞧見這傾國傾城的媚笑，也不覺神魂飛飄，呆了半晌，清了清喉嚨，乾笑道：「夫人過獎了。」

海棠夫人仰面瞧著他，柔聲道：「這千金神力，難道真是從你兩條手臂裡發出來的麼？」

她站得遠遠的別人已覺香氣醉人，此刻她就站在鐵霸王面前，一陣陣香氣隨著她語聲吐出來，似蘭非蘭，世上所有蘭花的香氣，也不及她櫻唇一吐，鐵霸王簡直連站都站不住了，連連點頭道：「就是這兩條手臂。」

海棠夫人嫣然道：「不知我可以摸一摸麼？」

鐵霸王面紅耳赤，道：「夫……夫人……在下……」

海棠夫人的纖纖玉手，已在輕輕撫摸著他那鐵一般的手臂，鐵霸王迷迷糊糊，也不知該怎麼辦。

突聽紅蓮花喝道：「鐵兄留意……」

鐵霸王一驚，頓覺海棠夫人的纖手已化做精鋼，他半邊身子立刻麻痺。

群豪但聞海棠夫人銀鈴般笑聲響起，鐵霸王魁偉的雄軀，竟被她一雙纖纖玉手舉了起來。一條鐵塔般的大漢，竟被個看來弱不禁風，嬌慵無力的絕代佳人舉在手裡，這情景當真教人瞧了再也不會忘記。

群豪也不知是該喝采，還是該發笑，總之是采也喝不出，笑也笑不出，也不知究竟是何滋味。

只見海棠夫人輕輕將他放下，替他整了整衣衫，理了理頭髮，柔聲嘆道：「好一條漢子，若是要推身子最重的人做盟主，我一定推舉你。」

嫣然一笑，轉過身子，盈盈走了回去。

鐵霸王手腳雖能動了，但眼睜睜瞧著她走回去，竟是動彈不得，卻見那飛魚劍客已迎著海棠夫人，笑道：「夫人頭上這朵鮮花真美，可以借給我戴戴麼？」

君海棠眨了眨眼睛，笑道：「魚島主若是瘦些，賤妾就將這朵花……」

語聲未了，突見劍光一閃，鬢邊一涼，那朵鮮花竟已被魚璇挑在劍尖，他是如何拔劍，如何出手，竟是沒有一人能瞧清楚。

海棠夫人退了三步，面目變色。

紅蓮花卻大笑道：「夫人海棠既已送給魚兄，就戴上在下這朵紅蓮吧。」

大笑聲中，他人影似乎閃了閃。

再瞧君海棠時，赫然已有一朵鮮紅的蓮花插在她頭上。

這一手輕功之妙，縱是以「飛龍八式」名震天下的崑崙掌門也自愧不如，君海棠面色蒼白，雙手縮入袖中，媚笑道：「兩個大男人欺負個婦道人家，也不害臊麼？」

她笑得雖甜，但人人都知道百花幫的三煞手「花、雨、霧」此刻已準備在她袖中，隨時俱可施出。

飛魚劍客與紅蓮花臉上雖仍是笑嘻嘻的，但在心目中卻已滿含戒備之色，「銷魂花，蝕骨雨，天香霧」，百花幫這三殺手只要使出，至今還無人能全身而退，而飛魚劍客之飛魚俠劍，亦是不發則已，一發必中。

在這劍拔弩張的一刹那間，群豪都不禁屏住了呼吸，有些人眼睛只眨了眨，再瞧天雲大師，不知何時竟已擋在君海棠面前，合什沉聲道：「武功之道，同宗萬流，而各位正是各有所長，各有所短，各位若真動起手來，非但未必便能判出高下，豈非還要令天下英雄取笑。」

眾人俱都默然，出塵道長道：「大師之意，又當如何？」

天雲大師道：「以武功而論，各位各有長短，以聲望而論，各位也俱都是一派之宗主，是以這主盟之位，不如由……」

突聽一人笑道：「這主盟之位，不如由我先天無極派當了吧。」

十幾個人隨著語聲自右側走過來，看似走得極慢，但一句話說完，便已走到近前。

台上台下，數十人俱都聳然動容。

俞佩玉身子卻顫抖起來，喃喃道：「來了……來了……」

這十餘人分成兩行，緩步行來，身上穿的俱是一襲青袍，頷下長鬚拂動，年齡也都在五十以上。

這十餘人容貌雖不驚人，但群豪卻俱都瞧得心驚。

只因這十餘人竟無一不是頂兒尖兒的絕頂高手，群豪縱未見過他們的容貌，卻也聽過別人對他們的描敘。

第一排兩人，左面的竟是當代十大劍客中「菱花劍」林瘦鵑，右面一人便是「江南大俠」王雨樓，後面跟著的還有水上大豪太湖王、槍法冠絕江湖的「寶馬銀槍」、軟功天下知名的茅山西門無骨……

總之，這十餘人雖非十三家名門大幫之掌門，但聲名卻無一人在台上的十三人之下。台下第一排位置，便是爲他們留著的，但他們卻逕自走上了高台，天雲大師快步迎上，合什笑道：「各位遠來，先請在台下觀禮。」

林瘦鵑揚聲笑道：「在下等並非爲觀禮而來。」

王雨樓道：「先天無極門發起此會，難道也上不得這主盟台麼？」

天雲大師微微變色，依舊合什笑道：「各位何時入了先天無極門下，莫非在與老僧說笑？」

林瘦鵑道：「在下等入門之時，未請大師觀禮，還望恕罪。」

天雲大師道：「不敢……但貴派的俞掌門……」

只聽身後一人笑道：「多年不見，大師可好？」

天雲大師霍然轉身，只見一人大袖飄飄，風神脫俗，卻不是「先天無極派」的掌門人俞放鶴是誰？

他竟在眾人目光俱都瞧著前面時，悄然上了高台，就連站在最後的絕情子都絲毫未曾覺察。

天雲大師也不覺怔了怔，瞬即躬身合什道：「俞兄世外神仙，不想今日竟真的重履紅塵，這當真是江湖之福，此會有俞兄前來，老僧就放心了。」

他言下之意，無疑正是在說主盟之座已非放鶴老人莫屬，而放鶴老人也的確是眾望所歸。

絕情子等人，心裡縱然還在戀棧不捨，但瞧見「先天無極派」竟已網羅當代的絕頂高手，也卻不敢再有異議。

出塵道長當先道：「放鶴道兄若肯執此牛耳，武當弟子不勝之喜。」

絕情子道：「崆峒弟子也俱都久慕樂山老人之風采……」

歐陽龍大聲道：「家師在世時，便常說俞老前輩乃是天下之仁者，不想今日終於得見風采，俞老前輩若肯主盟此會，水上朋友俱無話說。」

海棠夫人銀鈴般笑道：「俞掌門大仁大義，總不會是欺負女孩子的小人，我百花幫除了俞掌門外，再也不服別人。」

到了這時，大局可算已定。

台上台下，人人俱都拍掌歡呼，唯有紅蓮花卻是面帶驚訝，目光轉動，似在搜索台下的俞佩玉。

只聽放鶴老人含笑道：「老朽疏懶成性，本無意於此，只是……」

聽到這語聲，俞佩玉再也忍不住了，縱身躍起發狂般撲上高台，嘶聲大呼道：「這人不是我爹爹，這人是假的。」

歡呼之聲立頓，人人俱被驚得目定口呆。

林瘦鵑怒叱道：「佩玉，你瘋了麼？」太湖王、西門無骨雙雙搶出，卻被俞佩玉推得後退數步，站立不穩。

俞佩玉發狂般衝到那「放鶴老人」面前，喝道：「你竟是什麼人？要冒充我爹爹？」

喝聲中一拳擊出，突覺一股柔和而不可抗拒的力道擊來，竟將他身子撞得直跌出五尺開外。

他雙臂立刻被王雨樓等三人的六隻手緊緊捉住。

天雲大師沉聲道：「少年人豈可在此無禮，有什麼話好生說來就是。」

出塵道長皺眉道：「你是誰家弟子？」

俞佩玉熱淚滿眶，咬牙道：「弟子俞佩玉。」

天雲大師目光轉向俞放鶴，道：「這真是令郎？」

俞放鶴慘然一笑，頷首道：「這孩子，他……他……」

仰天長長嘆息，住口不語。

出塵道長叱道：「你怎敢對尊長如此無禮？」

俞佩玉雙臂俱已麻痺，連掙扎都無法掙扎，嘶聲道：「他不是我爹爹，我爹爹已死了，就死在我身旁。」

天雲、出塵對望一眼，面上俱都變了顏色。

王雨樓長嘆道：「這孩子真的瘋了，竟如此胡言亂語。」

謝天璧突然道：「不錯，他確是瘋了，今晨與我同車而來，竟定要說我殺死了他爹爹，而我數日前的行蹤，各位想必都知道的，如今幸好俞老前輩來了，否則……唉。」

眾人方才心裡縱有懷疑，聽了這話，也俱都只有嘆息搖頭。是這許多德高望重的名俠之言可信？還是這一個行動失常的少年之言可信？這自然已是不爭之事。

俞佩玉瞧見他們那憐憫中帶著不滿的眼色，但覺心膽皆碎，淚下如雨，他身遭曠代奇冤，難道真要從此冤沉海底。

林瘦鵑四下瞧了一眼，自也瞧見了眾人面上的神色，厲聲道：「犯上作亂，忤逆不孝，其心可惡，其罪當誅，江湖中有誰放得過你，林某只有大義滅親，為江湖除害。」

做岳父的既已這樣說了，別人還有誰能開口，林瘦鵑反腕拔出長劍，一劍刺下。

突聽一聲輕叱：「且慢……」

林瘦鵑握劍的手已被捏住，但覺半邊身子發麻，竟是動彈不得，喝道：「紅蓮幫主，你……你難道還要為這不孝逆子說情不成？」

紅蓮花也不理他，右手握住他手腕，左手一拍俞佩玉肩頭，大笑道：「這玩笑開得雖忒大了些，總算還不錯吧。」

這句話說出來，台上台下，千萬人一齊怔住。

林瘦鵑失色道：「玩……玩笑？什麼玩笑。」

紅蓮花笑嘻嘻道：「每次黃池之會，都緊張得教人透不過氣來，小弟今年就想出了這法子，讓各位在緊張之餘，也可輕鬆輕鬆。」

天雲大師、出塵道長面面相覷，王雨樓、林瘦鵑等人呆如木雞。

紅蓮花一掌拍開了俞佩玉的穴道，笑道：「現在玩笑已開夠，你已可說老實話了。」

俞佩玉低垂著頭，道：「是……是……」

突也抬頭一笑，向俞放鶴拜倒，道：「孩兒頑皮，爹爹恕罪。」

俞放鶴臉色發青，道：「你……你……咳咳，胡鬧，簡直是胡鬧。」

紅蓮花指掌道：「這就是了，你爹爹已饒了你，你還不起來。」

到了這時有些人已不覺笑了起來，都覺這「玩笑」實在有趣，林瘦鵑、王雨樓等人卻是哭笑不得，手足失措，這變化他們簡直連做夢都未想到。

謝天璧鬆了口氣，笑道：「我早該想到這是紅蓮兄開的玩笑了。」

紅蓮花眨了眨眼睛，笑道：「是呀，你早該想到的，否則世上那有這麼不講理的人，硬說你殺了他爹爹。」

謝天璧哈哈大笑，似乎愈想愈覺好笑。

紅蓮花道：「這玩笑不向別人開，卻找上了俞老前輩，只因我素知俞前輩度量寬宏，絕不會爲些許玩笑生氣的。」

俞放鶴道：「咳咳……這孩子……咳咳……」

他除了咳嗽外，還能說什麼？

紅蓮花扶起俞佩玉，笑道：「我開的玩笑，卻害你罰跪，抱歉抱歉。」

林瘦鵑突然喝道：「且慢！」

紅蓮花道：「你也要他向你叩頭陪禮麼？」

林瘦鵑厲聲道：「黃池會上，豈是無知童子的玩笑之地，如此荒唐無禮，又豈是叩頭陪禮便能作罷的。」

紅蓮花道：「足下之意，又當如何？」

林瘦鵑喝道：「單是取笑尊長一罪，已該廢去武功，逐出門牆。」

紅蓮花微微一笑，道：「足下可是此會之主盟？」

林瘦鵑道：「不……不是。」

紅蓮花道：「足下可是俞佩玉的爹爹？」

林瘦鵑道：「不是。」

紅蓮花面色一沉，道：「那麼，足下又是何許人也？這黃池台上，又豈有足下的發話之地？」

他目光突然變得其冷如冰，其利如刀。

林瘦鵑瞧了一眼，垂下頭再也不敢抬起。

紅蓮花四下一揖，道：「這玩笑全是小弟的主張，各位若覺小弟有何不是，要打，小弟便認打，要罰，小弟便認罰。」

丐幫位居天下第一大幫垂八十年，門下弟子千萬，紅蓮花年齡雖輕，但人望之佳，機智之高，武功之強，江湖中同聲讚揚，此刻他既說出這種話來，又有誰肯真的得罪於他，說出這打、罰兩字。

絕情子事不關己，固是不聞不問，君海棠明知自己說話也無用，聰明人又怎肯說無用的話。

只有飛魚劍客撫劍笑道：「依本座之意，紅蓮兄此舉，爲我等一掃方才之悶氣，非但不該罰，我等還該好好請他喝一頓才是。」

紅蓮花展顏一笑，道：「天雲大師意下如何？」

天雲大師沉吟道：「此事還是該由放鶴兄定奪才是。」

俞放鶴默然良久，還未說話，台下突有一個尖銳的語聲呼道：「虎毒不食子，俞老前輩必也沒有話說的。」

俞放鶴面色似乎變了變，這才苦笑道：「既是紅蓮幫主說情，老夫便放過他這一次。」

台下呼聲初響，紅蓮花已掠到梅四蟒身旁，耳語道：「快快去查出此人是誰？」

梅四蟒悄然自台後掠下，紅蓮花若無其事，躬身道：「多謝。」

拍了拍俞佩玉，笑道：「你還呆在這裡幹麼？快些去換件新衣裳，備下美酒，等下爲令尊消氣才是。」

俞佩玉抬頭瞧了他一眼，這一眼中也不知有多少感激，然後四下深深一揖，快步奔下台去。

林瘦鵑、王雨樓等人眼睜睜瞧著他，臉上的表情，當真也是描敘不出，台下群豪瞧著他，臉上卻都帶著笑意。

只有神刀公子啐道：「癟三！」

他嫉恨之下，竟連家鄉土白都罵了出來。

金燕子冷笑道：「人家現在已是天下武林盟主的公子，無論身分地位，都比你強得多了，你還是少惹他爲是。」神刀公子氣得肚子都要破了，瞪著眼睛，咬著牙，卻說不出話來。

俞佩玉頭也不回，急奔而出，外面也是人山人海，密密層層，他擠入人叢，前面的人見他來了，都閃開了路，後面的人根本不知他是誰，他擠別人也擠，擠得他滿頭大汗，好容易已快擠了出去，突覺腰畔被件硬東西一點，他身子立刻向前衝，別人那禁得起他這天生神力，幾十個人都被他掃得四下跌倒，但聞身後似有一聲輕呼，呼聲才響就停，呼喊的人像是被人突然塞住了嘴。

他也無心查究，擠出人叢，急步而奔，但奔去何處？他心裡千頭萬緒，紛亂如麻，那有什麼主意。

山風吹過，只覺身後涼颼颼的，他以爲是汗，伸手摸了摸，再瞧那隻手，手上竟滿是鮮血。

他這才知道自己方才若不是應變迅速，便已死在人叢之中，兇手是誰？自是永遠無法查出。

一念至此，他熱汗未乾，又出了身冷汗。

一時之間，俞佩玉心裡當真有如倒翻了五味瓶，酸、甜、苦、辣，百感交集，方才那一刀明明是要殺他的，卻有人當了他的替死鬼，他怎能不難受？

紅蓮花與他素昧平生，卻如此相助於他，他怎能不感激？

他爹爹被人暗害而死，情勢卻逼得他非但不能復仇，還不得不認仇人爲父，他怎能不悲，不恨。

家破人亡，眾叛親離，前途茫茫，無所適從，他又怎能不傷心流淚。

回想起來，方才他那笑臉，真不知是如何裝出來的，那也許是因他恨已入骨，他定要復仇，定要活著。

他萬萬死不得。

突聽身後似有腳步之聲輕響，俞佩玉霍然回首，幾條人影閃入木石之後，俞佩玉卻似全沒瞧見，走得更慢了，慢慢地走了幾十步，突然間，三柄刀兩上一下，急地劈來，刀風勁急，又快又狠。

俞佩玉身子向前一伏，右腿向後踢出，一聲慘呼，一條大漢被他踢得飛了出去，另兩人一擊不中，便想逃走。

俞佩玉回身一拳，擊在左面大漢的背上，這大漢又奔出數步，上半身卻向後彎倒，有如根拗斷的竹竿。

右面的大漢既知難逃，回身拚命，一刀劈下，腕子便被俞佩玉捉住，他跟著又是一拳，拳頭也被俞佩玉挾在肋下。

這漢子平時也算是個人物，但他那一身武功，到了俞佩玉面前，竟如兒戲一般，手骨俱斷，痛澈心骨。

俞佩玉厲聲道：「你受何人主使而來？只要說出，我便饒你。」

那漢子竟悽聲長笑道：「你想知道麼？你永遠不會知道的……」

笑聲突斷，面色已青。

俞佩玉一探鼻息，眨眼間他便已氣斷身亡，臉色連變幾變，肌肉奇蹟般沉陷，連眼珠都凹了下去，變爲骷髏。

他嘴裡竟早已藏著毒藥，這毒藥竟與黑鴿子所中之毒完全一樣，這三條大漢，自也必定就是受那害死放鶴老人的那惡魔主使而來。

俞佩玉再去瞧另兩人時，兩人一個胸骨碎裂，一個脊椎折斷，也早已氣絕多時了，他下的手委實太重。

俞佩玉慘然長嘆，垂下了頭，只覺手掌有些發癢，他並未在意，搔了搔，愈搔愈癢，其癢鑽心。

他心頭大駭，已知不妙，但雙手仍是忍不住要去搔它。

頃刻之間，他纖長的手指，竟腫如胡桃，手掌由白變黑，那痲癢之感，也已由手掌傳上手臂。

俞佩玉又驚又怕，掙扎著去拾地上的刀，怎奈手指已不聽使喚，拾起了，又跌下，他拚命咬牙，總算將鋼刀拾起，一刀往自己手上砍下，突聽「噹」的一聲，一點寒光飛來，鋼刀被震得飛了出去。

兩條身著長袍，卻以黑巾蒙面的漢子，自暗處一掠而去，左面的又高又瘦，右面的肩粗而寬闊，整個人像是四方的。

瘦長那人格格怪笑道：「癢呀，癢呀，抓起來真舒服。」

他口中說話，雙手已在作抓癢的模樣。

俞佩玉不知不覺竟也要隨著去抓了，但心頭一凜，右手在左手背上拚命一打，嘶道：「我終於還是中了你們的毒計，你們要殺，就來殺吧。」

瘦長那人道：「你現在才知道中計麼?方才你拳打腳踢，眨眼打死了三個人時，豈非得意得很。」

矮的那人冷笑道：「現在你總該知道，方才那三人只不過是送來讓你打死的，否則我幫又怎會派那麼無用的人出來丟人現眼。」

瘦長那人道：「咱們算準你打死他們後，必定還要檢視他屍身，是以早已在他們衣服上灑了毒粉，你的手一沾毒粉，若是不搔，倒也罷，只要輕輕一搔，毒性立刻發作，嘿嘿，奇癢鑽心，你能忍得住不搔麼。」

矮的那人大笑道：「此刻你兩隻手已腫得像是豬蹄，再也沒有用了，你還能發威，還能打人，還能得意嗎?」

兩人一高一矮，一吹一唱，倒像是戲台上的小丑，令人好笑。

但他們下毒的計劃確是滴水不漏，下毒的法子確是無孔不入，令別人哭都哭不出，那裡還能發笑。

俞佩玉咬牙道：「你等爲了害人，竟不惜連自己的同夥也害死，這……這還能算是人麼？簡直連豺狼都不如。」

瘦長那人冷笑道：「那三人自願爲效忠主上而死，死得正是光榮已極，非但他們自己心甘情願，連他們的家人都覺榮寵。」

矮的那人道：「但你此刻死了，卻是死得無聲無息，別人甚至連你是死是活都不知道，只怕還要以爲你是畏罪潛逃了的。」

俞佩玉倒抽一口涼氣，慘笑道：「不想世上竟有你等這般狠毒的人……」

一句話未說完，眼前已發黑，終於倒了下去。

瘦長那人咯咯笑道：「我砍一刀，你砍一刀，看誰先將他殺死，誰就輸了。」

矮的那人道：「有趣有趣……」

兩人走了過去，一人拾起一柄鋼刀。

俞佩玉嘶聲道：「我臨死之前，你們難道還不能告訴我這究竟是個什麼樣的陰謀？主使之人究竟是誰麼。」

瘦長那人道：「你想做個明白鬼麼？不行，命中注定你是要做糊塗鬼的。」

矮的那人道：「不是我們不告訴你，只因這其中的秘密，連咱們都不知道。」

「道」字方出口，整個人突然跳了起來，面容扭曲，如見鬼魅，慘呼道：「蛇……蛇……」

他右腿之上，果然已釘住兩條碧磷閃閃的小蛇。

還有兩條蛇在地上一滑，閃電般竄向瘦長人，但這瘦長之人身法竟也滑溜如蛇，一閃就避了開去，回手一刀，砍在矮的那人臉上，厲聲道：「我會好生照顧你的家眷，你放心吧。」

矮的那人早已是滿面鮮血，猶自慘笑道：「謝……謝你，我……我能爲主上效命而死，高興得很……」

話說完了，人已倒地，瘦長那人已遠在十餘丈外，再一閃便無蹤影。

俞佩玉瞧得滿身冷汗，眼前漸漸發黑，身子彷彿漸漸在往下沉，沉入無底深淵，終於什麼都瞧不見了。

日色漸漸西沉，暮色籠罩了大地，雖在夏日，但晚風清冷，大地蒼涼，彷彿充滿了死亡的氣息。

屍身已寒，就這樣躺在無邊暮色裡。

俞佩玉醒來時，只覺似乎有許多根釘子釘在他手上，他早已麻木的手，突然也有了知覺，但卻不是癢，而是疼。

他張開眼，暮色蒼茫中，一條人影動也不動地站在他面前，滿頭銀絲般的白髮，在風中不住飄動。

俞佩玉又驚又喜，道：「梅……」

呼喚未出，已被梅四蟒輕輕掩住了嘴。

梅四蟒道：「莫要動，此刻我正要小青、小白、小斑、小點在爲你吸毒，只要毒拔盡，你便完全沒事了。」俞佩玉眼睛往下面一瞧，只見四條小蛇釘在他手上，一條青，一條白，一條帶著花斑，一條帶著白點，想來就是小青、小白牠們了，梅四蟒瞧著牠們，就像是父親瞧著兒子似的，微笑道：「你瞧牠們可愛麼？」

俞佩玉真心地點了點頭。

他見了那些毒辣的人後，再見到這四條小蛇，真覺得牠們比人可愛得多。

梅四蟒笑道：「許多年來，牠們不但已成了我的朋友、我的兒子，也成了我的好幫手，我老了，手腳已不靈便了，但牠們卻還都年輕得很。」

說到這裡，不禁得意地笑了起來。

俞佩玉想到方才那人被蛇咬住時的模樣，目中也不禁有了笑意，多日以來，這是他第一次覺得開心些。

梅四蟒瞇起眼睛，道：「你現在總該知道，我這名字，也是從牠們身上來的……嗯，不是牠們，是牠們的爹爹，但江湖中人卻喜歡叫我『沒事忙』……哈哈，梅四蟒，沒事忙，這不知是那個缺德鬼想出來的。」

俞佩玉心念一閃，突然憶到方才那兩人身手不俗，想來必是江湖中知名人物，梅四蟒飄泊江湖，識人無數，不知可識得他們？

梅四蟒似已知他心意，嘆道：「這人是誰，本來我或許識得的，只可惜被他同伴一刀毀了，唉，那人不但殺人滅口，還毀去面容，心狠手辣，當真少有。」

俞佩玉慘然閉上眼睛，這條線索又斷了。

梅四蟒道：「這些人不但手段毒辣，計劃周密，而且手腳乾淨已極，我方才搜遍他們全身，也找不出絲毫可辨出他們身分之物。」

俯下身子，仔細瞧了瞧俞佩玉的手，突然輕輕呼哨了一聲。

那四條小蛇立刻鬆了口，爬上梅四蟒的身子，自他的腿，爬到他的胸腹，爬過他肩頭。

梅四蟒展顏笑道：「小乖乖，累了吧，回家去乖乖睡覺吧。」

四條小蛇竟也似真的聽話，一齊爬入他背後的痲袋。

梅四蟒拍了拍手，笑道：「幸好你中的毒乃是自肌膚中間接傳入的，幸好你手上沒有傷口，此刻身子難免弱些，卻定然無事了。」

俞佩玉沒有說「謝」字，如此大恩，已不能言謝了，梅四蟒似乎頗是高興，挾起了他，又笑道：「此刻黃山之會，不知完了沒有，若是完了，我家幫主便該在等著你了，咱們回去瞧瞧吧。」

俞佩玉突然道：「我不想去。」

梅四蟒道：「你……你不想去瞧瞧幫主？」

俞佩玉慘笑道：「此刻我四周正有無數惡魔窺伺，隨時都會對我施以毒手，我若回去，只怕他也被連累了。」

梅四蟒淡淡一笑，道：「紅蓮幫主是怕被連累的人麼？」

俞佩玉再也無話可說，垂首嘆息一聲，隨著他走向歸途。

梅四蟒道：「方才我為你放毒療傷時，只聽得會場那邊，歡聲雷動，想必是盟誓大典，已告完成，武林朋友又可過七年太平日子了。」

俞佩玉慘笑道：「真的是太平日子麼？」

梅四蟒瞧了他一眼，長長嘆了口氣，苦笑道：「但願如此。」

走了段路，只見會場那邊，火光閃動，不時有歡呼喧笑之聲隨風傳來，火光與笑聲卻不甚遠，但瞧在俞佩玉眼裡，聽在俞佩玉耳裡，卻彷彿隔著整整一個世界，光明與歡笑，已不是他所可夢想的了。

梅四蟒嘆道：「今年之盛會，看來的確比往昔更熱鬧了，但我參與此會，已有六次，卻只有這一次沒有在會後和朋友們歡呼痛飲，我……我竟似提不起這興致。」

俞佩王道：「黃池會後，莫非還有歡宴？」

梅四蟒道：「歡宴自不可少。」

俞佩玉道：「但酒菜……」

梅四蟒展顏笑道：「每一次黃池大會，到會的朋友，自家都攜得有酒菜，大典之後，大家便席地而坐，找三五好友，燃起堆小小的營火，開懷暢飲，總是一喝就一個晚上，第二日清晨能好生生直著走出來的人，只怕不多。」

他蒼老的面容上，已煥發起少年興奮的光采，接著笑道：「那幾次盛會，當真是使人懷念的日子，處處營火，處處高唱，喝得痛快時，便站起來四下逛逛，也不知那裡會伸出一隻手來，把你拖下去，灌你三五杯，你若已喝得頭重腳輕，一跤跌下去，說不定就會跌入一個你已十年未見的老朋友的懷裡，你縱已再也不能喝了，他還是會捏著你鼻子灌下去……唉，我已老了，這樣的日子，只怕永遠也不會再回來了。」

俞佩玉輕嘆道：「但無論如何，這回憶總是歡樂的。」

梅四蟒笑道：「不錯，人該有些歡樂的回憶，總是好的，否則又該如何去度過寂寞的晚年，寒冷的冬天……」

俞佩玉仔細咀嚼這句話的滋味，更是低迴不已，卻不知是苦是甜。

不知不覺間，紅蓮幫主的帳篷已到了。

外面的人已散去，帳篷內隱隱有燈光透出，兩人還未走過去，帳篷內已有人低叱道：「什麼人？」

這語聲威嚴沉猛，竟不是紅蓮花的語聲，俞佩玉方自一驚，紅蓮花明朗的語聲已響起，道：「可是梅四爹？可曾將咱們迷路的小綿羊帶回了麼？」

偌大的帳篷裡只燃著一隻紅燭。

燭光閃動，將紅蓮花的影子，長長的拖在地上，帳外的笑聲，更襯得帳內清冷。

一個高冠玄服，紫面長髯，雙眉斜飛入鬢，看來不怒而威的老人，就坐在紅蓮花身旁。

他身手直得筆筆直直，端端正正，那一雙又細又長的眼睛裡射出的神光，正筆直地瞧著俞佩玉。

俞佩玉竟不由自主垂下了頭，這老人之威儀，實是懾人。

紅蓮花笑道：「你終於總算來了……可認得這位前輩？」

俞佩玉道：「崑崙掌門？」

紅蓮花拊掌道：「你眼力總算不差，天鋼道長方才一語未發，不想你還是認出了他。」

突然轉首向梅四蟒道：「他中的是什麼毒？下毒的人是誰？」

梅四蟒垂首道：「下毒之人，身分不明，下的也不知是什麼毒，只是幸好……」

語猶未了，天鋼道長突然已到了俞佩玉身旁，出手如風，自俞佩玉脈門「大陵」、「內夫」、「間使」、「曲澤」……等穴一路點了上去，頃刻間便已點了他雙臂十二處穴道，左手已塞了粒丸藥在他嘴裡，道：「半個時辰內動不得。」

一句話說完，十二穴道點完，丸藥吞下，天鋼道長已回到坐上，帳外一個人方才正在大笑，此刻還未笑完。

俞佩玉目瞪口呆，梅四蟒道：「這……這是……」

紅蓮花嘆道：「你只道他毒已拔盡了麼？」

梅四蟒道：「我……我瞧過。」

紅蓮花道：「若非天鋼道長的『金鋼指』與『化金丹』，俞公子的這兩條手臂，只怕從此便要報廢了。」

俞佩玉聳然失色，梅四蟒垂下了頭，再也抬不起來。

紅蓮花道：「我方才叫你去追查的那人，下落如何？」

紅蓮花道：「屬下問過十餘人，誰也未曾留意到出聲呼喊的那人是誰，只有一人說他彷彿瞧見是個黑衣人。」

紅蓮花皺眉道：「黑衣人……」

梅四蟒道：「每一次大會，身著純黑衣衫的卻不多，但這一次據屬下調查，會場內的黑衣客便有百餘人之多，會場外的人叢中，黑衣客更不下一千個，這些人竟都是江湖中的生面孔，看來武功又卻都不弱。」

紅蓮花沉吟道：「黑衣客……一千餘人……」

目光緩緩轉向天鋼道長，道：「道長意下如何？」

天鋼道長沉聲道：「無名之毒，無名之人，計劃周密，無懈可擊。」

紅蓮花道：「這些神秘的黑衣客，莫非也是『先天無極』門下？」

天鋼道長道：「如非無極門下，必然也有關係。」

紅蓮花嘆道：「若說俞放鶴、林瘦鵑、王雨樓，這些在江湖中素來德高望重的前輩英雄，會做出此等陰狠毒辣之事，這實是叫人難以相信，他們數十年來的仁義俠名，萬萬不會是假的，若說他們毫無陰謀，唉，我也不信。」

俞佩玉嘶聲道：「名雖不假，人卻是假的！」

紅蓮花搖頭苦笑道：「我已仔細留意過他們的面貌神態，絕無一人有易容改扮的痕跡，何況，他們縱然易容，神情笑貌，也不會如此逼似，否則天雲大師、無塵道長與他們俱是多年相識，又焉有瞧不出之理。」

俞佩玉慘然垂首，不說別人，就說他爹爹，這人不但面貌與他爹爹酷肖，神情笑貌，也委實完全一模一樣，他若非親眼瞧見他爹爹死在他面前，就連他自己都不會相信這些人是假的……

梅四蟒終於忍不住插口道：「莫非他們已被人迷失了本性？一切行動，俱都受人指揮，完全身不由主，屬下記得多年前江湖中也曾發生過這樣的事。」

紅蓮花道：「神智被迷的人，眼神舉動，必定與常人不同，但他們不但眼神清澈，而且舉動自然，既不似被逼，更不似被迷。」

天鋼道長仰面長嘆道：「計劃周密，當真無懈可擊。」

紅蓮花道：「若說這些人是假的，他們偏偏不似假的，若說這些人是真的，偏偏又有許多怪事，他們無論是受人主使，或是自己懷有陰謀，此番握得天下武林的主盟大權之後，都是令人不堪設想的事，而當今天下，除了此間你我四人外，竟偏偏再無一人對他們有懷疑之心。」

他苦笑一聲，接道：「千百年來，江湖中只怕再無比這更大的陰謀了。」

天鋼道長面色更是沉重，緩緩道：「若要揭破這秘密，關鍵便著落在這位俞公子身上。」

紅蓮花嘆道：「正因如此，是以他性命隨時都有危險，他若死了……」

梅四蟒忍不住又插嘴道：「那俞放鶴既已承認俞公子是他的兒子，又怎能殺他。」

紅蓮花道：「雖不能明地殺他，但卻可在暗中下手，再造成他是意外而死的模樣，這意外之死，是誰也不必負責的。」

梅四蟒嘆道：「難怪我方才在為他療傷時，竟不見有人來暗算於他，原來只要有人在他身旁，就不便動手了。」

紅蓮花道：「所以他一個人要走出此間，實比登天還難，除非咱們……」

天鋼道長突然截口道：「你可知現在最怕的一件事是什麼？」

紅蓮花皺了皺眉頭，道：「道長莫非想起了什麼？」

天鋼道長沉聲道：「這件事若是發生，俞公子必無生路……」

突聽帳外有人喚道：「天鋼道長可在這裡，盟主有事相請。」

天鋼道長面色微變，低語道：「莫走，我去去就來。」

霍然站起身子，大步走了出去。

紅蓮花雙眉深皺，緩緩道：「天鋼道長素不輕言，方才既然說出了那句話，想必定有所見……他究竟想到了什麼？他所說的這件事究竟是什麼？」

梅四蟒用力搔著滿頭亂髮，喃喃道：「可怕，可怕，這些事已經夠可怕了，難道還有更可怕的事？俞公子實在是……」

瞧了俞佩玉一眼，垂首嘆息住口。

他平生所見遭遇悲慘之人已有不少，但若和俞佩玉一比，那些人卻都可算做是幸運兒了。

俞佩玉慘笑道：「我自知已被人逼入死路之中，縱然不死，也要發瘋，但無論如何，有幫主這樣的人知我諒我，又如此相助於我，我……我縱死難忘。」

紅蓮花也只有搖頭，也不知該說什麼。

俞佩玉突又道：「但幫主與我素不相識，又爲何如此相助於我，人人都將我當成胡說八道的瘋子，幫主又爲何要信任於我？」

紅蓮花緩緩道：「這自然有些原因……」

他緩緩自懷中摸出一個翠綠色的錦囊，這錦囊繡工精緻，彷彿閨閣千金所用，誰也想不到紅蓮幫主身上居然會掏出這樣件東西來，連梅四蟒眼睛都直了，只見他打開錦囊，取出張紙條，道：「你且瞧瞧這是什麼。」

這是張又破又爛的草紙，但卻疊得整整齊齊。

紅蓮花懷中有如此精緻的錦囊已是奇事，錦囊中裝的卻是如此粗糙的草紙，更是教人奇怪。

梅四蟒忍不住也探過頭去，俞佩玉展開了紙，上面寫的只有七個字：「俞佩玉，信他、助他。」

字跡潦草模糊，仔細一看，竟似以針簪一類東西沾著稀泥寫的，俞佩玉瞧得怔了半晌，方說道：「這……這是誰……」

紅蓮花緩緩道：「你未過門的妻子。」

他面上神色突似變得有些奇怪，但俞佩玉卻未留意，失聲道：「林黛羽？你認得她？」

紅蓮花點了點頭，道：「二日之前，我曾在商邱附近瞧見過她，她就和她爹爹與王雨樓等人走在一起，我與她相識已久，但那天，她瞧了瞧我，卻像是完全不認得我。」

俞佩玉道：「你……你與她本來很熟麼？」

紅蓮花笑了笑，道：「看來你實在是個足不出戶的公子哥兒，江湖中事，你竟一點也不知道，林黛羽在十三歲時，便已出來闖過江湖，此後每年都要悄悄溜出來一次，而且很做了幾件令人側目的事，在武林中名氣已不小。」

俞佩玉想到她那堅強而果敢的眼色，想到她那辛辣而迅急的劍法，想到她那雖柔弱但身子裡卻有那麼堅強的性格，不禁嘆道：「她的確和我不同，她委實比我強多了。」

紅蓮花道：「她本是個明朗而爽快的女孩子，但那天卻變了，我就知道，這其中必有蹊蹺，所以等她打尖時，我就令商邱的丐幫弟子與那客棧中的掌櫃商量，改扮成店伙的模樣，她果然一眼便瞧穿，果然尋了個機會偷偷將這錦囊塞入他懷中。」

梅四蟒道：「難怪那日商邱宋老四匆匆趕來找幫主，像是有什麼急事，原來就是要將這錦囊交給幫主。」

俞佩玉已呆住了，口中喃喃道：「原來她時常闖盪江湖，難怪那天出事時她不在家裡。」

紅蓮花變色道：「她家裡也出了事，莫非她爹爹？」

俞佩玉道：「林瘦鵑自然也是假的，但那日……」

他嘆息著將那日林黛羽的突然變化說了，長嘆又道：「那天，我還以為她是故意害我，卻不知她在那天便已了解到這陰謀的厲害，知道自己已別無選擇，只有認賊為父，而我……我雖等到今日，還是只有和她走一條路……唉，她實在是個聰明的女孩子。」

紅蓮花唏噓道：「我認識的人中，無論男女，若論智慧機變，只怕再無一人能勝過她的。」

俞佩玉道：「但……但那林瘦鵑自己自然心裡有數，卻為何不殺死她？瞧那情況，她自然已被軟禁，只怕……只怕……」

三 陰險毒辣

紅蓮花望著俞佩玉一笑道：「像她那樣聰明的女孩子，自有叫別人不能傷她，不忍傷她的法子，你我不必為她著急，只因她若不能解決的事，別人著急更無用了。」

將那張字條又藏入錦囊。

俞佩玉瞧著這錦囊，只道紅蓮花會交給他，那知紅蓮花卻又將之放入懷裡，才道：「你我若能與她取得連絡，必定……」突然頓住語聲，天鋼道長已大步而入，長嘆道：「又是件麻煩來了。」

梅四蟒如鳥驚弓，失聲道：「什麼麻煩？」

天鋼道長道：「那俞……竟指定貧道為大會之護法。」

俞佩玉道：「護法？」

紅蓮花道：「大會除了盟主之外，還需另請一派掌門為護法，地位僅在盟主之下，昔年數次大會，俱是少林主盟，武當護法。」

天鋼道長苦笑道：「但此次若要出塵道兄護法，他們行事，就難免有所不便，貧道遠在崑崙，從來少問世事，俞某人要貧道護法，自是另有深意。」

紅蓮花笑道：「但道長聲望已足以當之無愧，否則他為何不找那遠在關外的鐵霸王？」

突然斂去笑容，接著又道：「道長方才所說的那件事……」

天鋼道長整了整面色，說道：「我等此刻最怕的，便是那俞某人若定要俞公子隨他回去，這又當如何。」

紅蓮花失聲道：「呀，這……」

天鋼道長沉聲道：「俞公子若是隨他同去，便落在他們掌握之中，隨時都有被害之可能，但父親要兒子同行，兒子又怎能不從？」

紅蓮花嘆道：「非但兒子不能不從，別人也絕無話說，誰都無法攔阻，唉……此事的確嚴重，我本該早已想到才是。」

梅四蟒急得直搓手，接道：「這怎麼辦呢……怎麼辦呢？」

天鋼道長沉聲道：「此事只有一條解救之路。」

紅蓮花拊掌道：「不錯，此事唯有一條解救之路。」

梅四蟒道：「只有叫俞公子快些逃走，是麼？」

天鋼道長搖了搖頭。

梅四蟒著急道：「不逃走又如何？」

天鋼道長緩緩道：「只有要俞公子趕快另拜一人爲師，師父要徒弟同去習藝，縱是做父親的，也無話說。」

梅四蟒拍掌道：「妙極妙極，這法子當真想絕了。」

紅蓮花微微笑道：「恭喜俞公子得過明師，恭喜道長收了高足。」

俞佩玉怔了怔，天鋼道長道：「貧道怎配爲俞公子的……」

紅蓮花截口笑道：「當今天下，除了道長外，還有誰配做俞公子之師，爲了天下武林同道今後之命運，道長就請答應了吧。」

俞佩玉終於拜倒，就在這時，只聽帳外已有人喚道：「俞佩玉俞公子請出來，盟主相請。」

紅蓮花瞧著俞佩玉，輕嘆道：「如何？你行跡早已在別人監視之中，無論你走到那裡，別人都知道的。」

梅四蟒怔在那裡，但覺手足冰冷，幾乎不能動了。

帳外果然是處處營火，處處歡笑。

數千人席地而坐，滿天星光燦爛，晚風中滿是酒香，生命又何嘗不是充滿歡樂。

但俞佩玉垂首而行，心中卻更是酸苦，他此刻竟似已變成個傀儡，一切事都只好由別人來做主。

只聽四面有人歡呼：「紅蓮幫主請過來喝一杯吧。」

「沒事忙，你戒酒了麼？」

「呀，那位莫非是俞公子？」

歡呼聲中，一條黑衫少年快步行來，躬身道：「盟主此刻便在少林帳中相候。」

少林雖連居七次盟主，但帳篷也與別的門派全無不同，只是帳篷前兩丈外便無人坐地飲酒。

江湖中人對天雲大師之尊重，並未因他退讓盟主而有不同。

此刻帳前並無人跡，帳後陰影中，卻似隱隱有人影閃動，幾人方自走到帳外，天雲大師已在帳內笑道：「紅蓮幫主的大駕莫非也光降了麼？」

紅蓮花笑道：「大師修爲功深，莫非已具天眼神通。」與天鋼道長當先而入。

只見那俞放鶴與天雲大師相對而坐，正在品茗，林瘦鵑、王雨樓等人居然未跟在身旁。

帳篷內檀香繚繞，走入此間，彷彿又踏入另一世界。

寒暄，見禮，落坐，俞放鶴目光這才移向垂首站在一旁的俞佩玉，嘴角笑容居然甚是慈祥，道：「玉兒，你身子可覺舒服些了？」

俞佩玉躬身道：「謝謝父親大人。」

俞放鶴道：「你素來未出家門，今後行事，需得留意些，莫要教江湖前輩們恥笑。」

俞佩玉垂首道：「是。」

這兩人一個諄諄教誨，一個唯唯遵命，看來果然是父慈子孝，又有誰知他們竟是在做戲。

俞佩玉明知面前這人便是他的對頭仇人，心裡已恨得滴出血來，但面上神情卻偏要恭恭敬敬，偏要當他是父親。

那俞放鶴又何嘗不知道面前這人不是他的兒子，心裡又何嘗不想將這禍害一腳踢死，但面上偏偏也只有做出歡喜慈愛的模樣。

紅蓮花一旁冷眼旁觀，心裡也不知是悲哀，是憤怒，還是好笑，他自七歲出道闖盪江湖，什麼樣的場面都見識過了，但這種令人哭笑不得，也不知該如何是好的場面，他卻連做夢都未想到會遇上，他這局外人心情已是如此，即身在局內的，又當如何？

天雲大師微笑道：「俞公子外柔內剛，沉靜中自顯智慧，溫柔中自存剛強，實是人中龍鳳，老僧兩眼不盲，俞公子他年之成就，未必便在盟主之下。」

紅蓮花拊掌笑道：「好教大師與盟主得知，俞公子除了已有位名父之外，此刻又有了位名師。」

俞放鶴似是怔了怔，道：「名師？」

天鋼道長笑道：「貧道見了令郎如此良材美質，不免心動，已不嫌冒昧，將令郎收為門下，還望盟主恕罪。」

紅蓮花道：「俞公子身兼『無極』、『崑崙』兩家之長，他日必為武林放一異彩，盟主想必連歡喜都來不及，又怎會有怪罪之理。」

俞放鶴道：「這……自然多謝道長。」

他雖然面帶微笑，但笑得顯然有些勉強。

天鋼道長道：「貧道明日清晨，便動身回山，令郎……」

紅蓮花笑道：「俞公子跟隨道長，盟主自然放心得很，崑崙妙技，非同小可，能早一天練，自是早一天練的好，何況盟主方登大位，公務必多，正也不能讓公子隨在身旁。」

他一把拉起了俞佩玉的手，接著笑道：「你明日便要入山苦練，再也休想有一日清閒了，你我只要再見，只怕也是三年後的事，還不快隨我去痛飲幾杯。」竟拉著俞佩玉就走。

俞放鶴怔怔在那裡，正也是哭笑不得。

天雲大師微笑道：「令郎今得紅蓮幫主為友，當真緣福不淺。」

俞放鶴道：「不淺不淺……」

端起茶盞，一飲而盡。

清晨，東方已泛起魚肚白色，但群豪的臉十個卻有九個紅得像晚霞，能笑得出的人笑得更響，笑不出的人只因已倒了下去。

只有崑崙弟子，無論醉與不醉，此刻俱都肅立在帳篷前，等候著恭送掌門人的法駕。

帳篷內俞佩玉伏地而拜，俞放鶴再三叮嚀，又在演一齣父慈子孝的活劇，然後，八個紫衣高冠的少年道人，團擁著天鋼道長與俞佩玉走了出去，帳外並無車馬，自崑崙至封丘，千里迢迢，崑崙道人們竟是走來的。

紅蓮花握著俞佩玉的手，微笑道：「一路平安，莫忘了哥哥我。」

俞佩玉道：「我……在下……小弟……」但覺語聲哽咽，熱淚盈眶，再也說不出一個字，只有垂下頭去。

突然間，一個人走過來，笑道：「玉兒，一別必久，你不想瞧瞧黛羽麼？」

俞佩玉霍然抬頭，只見林瘦鵑大袖飄飄，正站在他面前。

乳白色的晨霧，瀰漫了天地，濃霧中遠遠佇立著一條人影，明眸如水，卻不是林黛羽是誰？

俞佩玉眼裡瞧著這如水明眸，瞧著這弱不勝衣，似將隨風而走的身影，心裡想到，此一別，再見無期，呆呆地站在那裡，竟似癡了。

紅蓮花瞧著他們，竟也似癡了。

猛聽天鋼道長輕叱道：「山中歲月多寂寞，兒女之情不可長，咄！」拉起俞佩玉的手，邁開大步，頭也不回地走去。

林黛羽遠遠地瞧著，面上色仍是那麼冷漠，但清澈的明眸中，卻已不知何時泛起了淚光。

突聽身後一人銀鈴般嬌笑道：「眼看情郎走了，卻不能和他說句話，你心裡不難受？」有風吹過，風送來一陣醉人的香氣。

林黛羽沒有回頭，只因王雨樓與西門無骨已到了她身旁，兩人目光冰冷，面色凝重，齊聲道：「黛羽，走吧。」

那嬌美的語音卻又笑道：「女人和女人說句話，你們男人也不許麼？」

王雨樓沉聲道：「先天無極和百花門下素無來往。」

那語聲嬌笑道：「以前沒有，現在卻有了。」

林黛羽靜靜地站著，風，吹起了她鬢邊髮絲，一條人影隨風到了她面前，紗衣飄拂，宛如仙子。

林黛羽雖是女人，但瞧見面前這一雙眼睛，不覺有些醉了，她實也未想到這名震天下的百花掌門竟是如此絕色。

王雨樓、西門無骨雙雙搶出，想擋在林黛羽面前，突覺香氣撲鼻，眼前有一層迷霧般的輕紗揚起，兩人不由自主後退半步，再瞧海棠夫人竟已拉著林黛羽的手，走在好幾尺外，嬌笑道：「菱花劍，我帶你的女兒去聊聊天好麼？我也和男人一樣，瞧見了漂亮的女孩子，就想和她說說話。」

林瘦鵑目瞪口呆，愣在那裡，竟是則聲不得，紅蓮花遠遠瞧得清楚，面上不禁露出了微笑。

濃霧中，十四面旗幟猶在迎風飛舞，但這七年一度的盛典卻已成明日黃花，三五成群的武林豪士，曼聲低唱，相扶而歸，眼看著昔日的雄主老去，未來的雄主興起，他們心裡是否也有一抹悃悵。

遠處，不知是誰唱出了蒼涼的歌曲：「七年間，多少英雄驚白髮，江湖霸業，明日黃花……」

紅蓮花抬頭仰望著「先天無極」那剛升起的旗幟，低頭吟咏著這蒼涼蕭索的詞曲，不禁唏噓感嘆，黯然低語道：「萬事到頭都是夢，休休，明日黃花蝶也愁……」

突然間，一人大聲道：「休不得，你若也休了，別人如何是好？」

一個人自帳篷後大步奔出，卻是那點蒼掌門謝天璧。

紅蓮花展顏笑道：「謝兄英雄少年，自然不解得東坡老去時的感嘆輕愁。」

謝天璧笑道：「小弟雖俗，卻也解得東坡佳句，只是，幫主你霸業方興，卻不該如此自傷自嘆。」

紅蓮花淡淡一笑道：「離情濃如霧，天下英雄，誰能遣此？」

謝天璧道：「離情濃如霧……此刻天光尚未大亮，幫主新交的好友俞公子，莫非已隨天鋼道長走了不成？」

紅蓮花道：「走了。」

謝天璧面色突然大變，跌足道：「他……他……他為何走得如此之早？」

紅蓮花瞧他神色有異，也不禁動容道：「早？為何早了？」

謝天璧黯然垂首，道：「幫主恕罪，小弟終是來遲了一步。」

紅蓮花一把抓住他的手，道：「你究竟要說什麼？」

謝天璧道：「幫主可聽過『天涯飄萍客』這名字？」

紅蓮花道：「自然聽過，此人萍跡無定，四海為家，武當出塵道長曾許之為當今江湖中唯一能當得起『遊俠』兩字的人，他又怎樣？」

謝天璧道：「小弟方才接得他的飛鴿傳書，他說……說……」

紅蓮花手握得更緊，著急道：「說什麼？」

謝天璧長長嘆息了一聲，閉起眼睛，緩緩地道：「他說崑崙的『天鋼道長』，已在半個月前仙去了！」

紅蓮花聳然變色，道：「此話是真是假？」

謝天璧道：「他為了查證這消息，費時半月，直到親眼瞧見天鋼道長的屍身後，才敢傳書小弟，『遊俠』易鷹行事素不苟且，關係如此重大的消息，若非千真萬確，他又怎敢隨意胡言亂語。」

紅蓮花但覺手足冰冷，道：「如此說來，這個『天鋼道長』也是假的了。」

謝天璧垂首嘆道：「小弟瞧他在那英雄台上，竟然一語不發，心裡已有些懷疑，再看他竟做了此會的護法，更是……」

紅蓮花頓足道：「你……你為何不早說？」

謝天璧道：「小弟怎敢確定。」

紅蓮花顫聲道：「如今俞佩玉隨他而去，豈非等於羊入虎口！」

謝天璧道：「是以小弟才會著急。」

紅蓮花滿頭冷汗涔涔而落，道：「他只帶俞佩玉一人上路，卻將門下弟子留在這裡，正是為了方便下手……這是我害了他……是我害了他……」

謝天璧道：「這只怕是賊黨早已伏下的一著棋，否則，『崑崙派』擇徒從來最嚴，他又怎會隨意收下外門的子弟。」

紅蓮花慘笑道：「好周密的陰謀毒計，當真是令人防不勝防，但……」

他又一把拉住了謝天璧的手，沉聲道：「但幸好謝兄來得還不算太遲。」

謝天璧道：「他們尚未走遠？」

紅蓮花道：「以你我腳程，必定可以追及。」

謝天璧恨聲道：「如此奸狡狠毒的賊子，你我對他也不必再講江湖道義，見著他時，不妨暫且裝作不知，看他神情如何變化。」

紅蓮花斷然道：「正該如此，咱們追！」

人蹤愈少，霧愈濃。

俞佩玉走到天鋼道長身後，望著他飛舞的長髯，魁偉的身影，想到自己遇合的離奇，亦不知是悲是喜，「崑崙派」名重天下，擇徒之嚴，也是別派難及，他若非經歷了這許多災難，又怎會一夕成爲崑崙弟子？

只聽天鋼道長道：「路途遙遠，你我得走快些才是。」

俞佩玉恭聲道：「是。」

天鋼道長道：「本派門派素來精嚴，平日生活極爲清苦，你受得了麼？」

俞佩玉道：「弟子不怕吃苦。」

天鋼道長道：「你入門最晚，回山之後，平日例行的苦役，自然該你負擔最多，瞧你身子文弱，不知可受得了麼？」

俞佩玉垂首道：「弟子在家時，平日也得做些吃重的事。」

天鋼道長道：「好，前面有個水井，你先去提些水來。」

俞佩玉道：「弟子遵命。」

前面三丈，果然有個很大的水井，俞佩玉放下了水桶，突然想到在家提水磨墨時的光景，想到那濃蔭如蓋的小園，想到他爹爹慈祥的笑容……一時之間，他不禁淚落衣襟，手裡的水桶，竟直落下去。

俞佩玉一驚，伸手去抓那繩子，腳下不知怎地竟滑了一滑，整個人也向井中直落了下去。

這水井異常深邃，他縱有一身武功，落下去後只怕也難爬起，他屢經險難，出生入死，此番若是死在水井裡，豈非造化弄人？但他自幼練武，下盤素來穩固，這腳又是怎會勾倒的？

井水森冷，也凍得全身發抖，掙扎著往上爬，但井壁上長滿了又厚又滑的青苔，他根本找不到著力之處。

天鋼道長如何沒有來救他？

他咬緊牙關，不敢呼救，突聽一陣馬蹄之聲傳來，竟直奔到井畔，一個女子的語聲道：「是誰落到井裡去了？……呀，莫非是俞……」

又聽得天鋼道長道：「不錯，是他。」

那女子道：「道長明明見他落水，爲何遠不相救？難道要他死麼？」

天鋼道長沉聲道：「他自以爲頗能吃苦耐勞，卻不知人世間之艱苦，實非他能夢想，貧道爲了使他來日能成大器，正是要他多吃些苦。」

那女子道：「道長請恕弟子方才失言，但……但現在，他的苦不知可吃夠了？」

天鋼道長微笑道：「女檀樾爲何如此關心？」

那女子半晌沒有說話，像是有些難爲情，但終於大聲道：「弟子此番追來，正是爲了要和他……和他說句話的。」

天鋼道長道：「既是如此，貧道就讓他上來吧。」

一條長索垂下，俞佩玉爬上來時，臉已紅到脖子裡，他全身水濕，自覺又是羞愧，又是狼狽，竟不敢抬頭。

只見一雙春蔥般的玉手，遞過來一條淡金色的羅帕，上面還繡著雙金色的燕子，那溫柔的語聲輕輕道：「快擦乾臉上的水。」

這淡淡一句話中，竟含蘊著無限的關切，俞佩玉頭垂得更低了，也不知是該接過來？還是不該接。

只聽天鋼道長厲聲道：「堂堂男兒，為何連頭都不敢抬起？」

俞佩玉不敢不抬頭，他抬起頭，便瞧見了金燕子，這豪爽明朗的少女，眼神中正帶著無限同情。

天鋼道長道：「女檀樾有什麼話，就請說吧，貧道還要趕路。」

這方正的出家人，似乎也解得小兒女的私情，手持著長髯，轉身走了開去。

金燕子嫣然一笑，將羅帕塞在俞佩玉手上，笑道：「拿去呀，怕什麼？」

俞佩玉臉上也不知是水？還是汗？吶吶道：「多……多謝姑娘。」

金燕子道：「你心裡一定很奇怪，我和你可說是素不相識，為何要追來和你說話？」

俞佩玉擦了擦臉上的水，道：「不知……不知姑娘有何見教？」

金燕子唉了口氣，道：「其實我自己也在奇怪，也不知怎地，我總覺得不能就和你這樣分手，於是我就趕來了，我心裡若想做一件事，立刻就要做到的。」

俞佩玉道：「但……姑娘……」他也不知該說什麼，眼睛一轉，突然瞧見遠遠一條人影站在霧中，斜倚著匹馬，看來似乎十分蕭索。

俞佩玉咳嗽一聲，道：「姑娘的盛情，在下已知道，神刀公子還在那邊等著，姑娘你……

你快去吧，日後說不定……」

金燕子冷笑截口道：「你莫管他，他會等的，你何必爲他著急？」

語聲突又變得十分溫柔，一字字緩緩著道：「我只問你，你以後還想不想見我？」

俞佩玉垂首道：「我……」

金燕子咬了咬嘴唇，道：「我是個女孩子，我敢問你，你不敢說？」

「在下是個不幸的人，以後……以後最好莫要相見了。」

金燕子身子一震，像是呆了許久，頓聲道：「好……你很好……」突然一躍上馬，飛馳而去。

俞佩玉手裡拿著淡金色的羅帕，目送她背影在濃霧中消失，帕上幽香，猶在唇畔，他不覺也有些癡了。

突然間，一匹馬衝過來，刀光一閃，直劈而下……

這一刀來勢好快，好猛！當真是馬行如龍，刀急如風，單只這一刀之威，已足以稱雄江湖。

俞佩玉驟然一驚，別無閃避，身子只有向前直撲下去，但覺背脊從頭直涼到尾，刀風一掠而過。

再瞧神刀公子已縱馬而過，揚刀狂笑道：「這一刀僅是示警，你若再不知趣，下一刀就要砍下你腦袋。」

俞佩玉真有些哭笑不得，站起來，才發覺背後的衣衫已被銳利的刀鋒劃開，只差分毫，他便要命喪刀下。

他忍不住倒抽一口涼氣。

天鋼道長也正在瞧著他，搖首長嘆道：「如此情怨糾纏，看你將來如何得了！」

俞佩玉垂首道：「弟子……弟子……」

天鋼道長沉聲道：「莫要說了，走吧，且看你能不能走到崑崙山。」

天鋼道長不快不慢地走著，他走得看似不快，俞佩玉已覺難以追隨，連日的悲傷憂悲，已偷偷地蠶食了他的精力，濕透了的衣衫貼在身上，他忍不住要發抖，但在這嚴師身旁，他又怎敢叫出一聲苦來。

濃霧已散了，陽光卻未露面，今天，是個陰沉的天氣，陰沉得就像是天鋼道長的臉色一樣。

走，不停地走，他們已不知走過多少起了，俞佩玉濕透的衣衫乾了，卻又已被汗水濕透。他忍不住開始喘息，只覺腳下愈來愈重，頭也愈來愈重……突然，天鋼道長停在一座荒涼的廟宇前，搖頭道：「孩子，你還是吃不得苦的，進去歇歇吧。」

荒涼的廟宇，陰黯的殿堂，高大而猙獰的神像，像是正在嘲笑著人間的疾苦，這是何方的神祇？為何竟沒有慈悲的心腸？

俞佩玉不覺已倒在神像下，外面冷風瑟瑟，似已頗有雨意，下雨吧，雨水也許能為人間洗去些污垢。

天鋼道長就站在俞佩玉面前，他看來也就像是那神像一樣，高不可攀，心冷如鐵，他厲聲道：「站起來，天神座前，豈容你隨意臥倒。」

俞佩玉道：「是。」

掙扎著起來，垂手肅立，他心裡絕無抱怨，若沒有一絲不苟的嚴師，怎能教得出出類拔萃的徒弟。

天鋼道長面色似乎稍見和緩，沉聲道：「崑崙弟子，人人都要吃苦，尤其是你，你的遭遇和別人不同，更要比別人加倍吃苦才是。」

俞佩玉顯然道：「弟子知道。」

天鋼道長緩緩轉過頭，門外有一片落葉被風捲過，這名震八荒的崑崙掌門，似已覺出秋日將臨的蕭索，喃喃道：「又要下雨了……天有不測風雨，人事又何嘗不是如此，孩子，你到死都要記著，沒有任何人是靠得住的，除了你自己。」

有風吹過，俞佩玉不知怎地，突然機伶伶打了個寒噤，天地間如此蕭索，莫非是什麼不祥的預兆。

天鋼道長緩緩道：「孩子，你過來。」

俞佩玉垂手走了過去。

天鋼道長自香袋中取出了個飯團，塞入他手裡，嚴峻的面上，竟出現了一絲難得的微笑，緩緩道：「吃吧，爲師在你這樣年紀的時候，也是特別容易餓的。」

這嚴峻的老人居然也有溫情，俞佩玉瞧著手裡的飯團，熱淚幾乎要奪眶而出，垂首道：

「師父你老人家呢？」

天鋼道長微笑道：「這飯團不是誰都吃得到的，你吃過後便知道了，爲師……」

突聽一人笑道：「這飯團既是如此珍貴，在下不知也可分一杯羹麼？」

一人突然出現在門外，大步走了進來，他胸膛起伏，似乎有些喘息，面上的笑容也似乎有些古怪，只是外面天色陰黯，並不十分瞧得出來。

俞佩玉大喜道：「幫主怎地來了？」

天鋼道長打鬍笑道：「幫主如此匆匆趕來，只怕不是爲了分這一杯羹的。」

紅蓮花大笑道：「道長果然明察秋毫，在下趕來，只是爲了要送件東西給道長瞧瞧。」

他果然向懷中取出一物，送到天鋼道長面前。

那東西很小，在這陰黯的殿堂中，根本瞧不清。

天鋼道長忍不住俯下頭去，笑道：「紅蓮幫主趕著送來的東西，想必有趣得很……」

他話未說完，紅蓮花的手突然一抬，打在他眼睛上。

就在這時，蒼空裡雷霆一聲，大雨傾盆而落，也就在這時，劍光一閃，一柄長劍，插入了天鋼道長的背脊。

天鋼道長狂吼一聲，一掌揮出。

紅蓮花凌空飛越，退出一丈，掌風過處，神龕被震得粉碎，那高大的神像，也筆直倒了下來。

天鋼道長滿臉鮮血，鬚髮皆張，嘶聲道：「你……你……你爲何……」

話猶未了，撲面倒地。

門外雨如注，血紅的劍穗，在風中狂捲飛舞。

俞佩玉早已駭呆，手中飯團也已跌落在地，紅蓮花背貼著牆，胸膛不住起伏，面上也已變了顏色。

但俞佩玉總算還活著，他倒總算還未來遲。

只見謝天璧一掠而入，拊掌道：「你我總算及時而來，總算一擊得手。」

紅蓮花嘆道：「你本該留下他活口，問個清楚才是。」

謝天璧道：「還問什麼？再問只怕就……」

俞佩玉突然大吼一聲，嘶聲道：「你們這是幹什麼，你們為何殺了他？」

謝天璧道：「若不殺他，他就要殺你！」

俞佩玉一驚一怔，道：「為什麼……為什麼……」

謝天璧道：「你以後自會知道。」

他拉起俞佩玉的手，沉聲道：「賊黨必有接應，小弟帶他先走一步，幫主你且抵擋一陣，小弟再來接應。」

俞佩玉被他拉著，身不由主被拉了出去。

紅蓮花當門而立，喃喃道：「來吧，我就在這裡等著你們。」

風雨交加，天色更是陰暗，血紅的劍穗，舞得更狂，紅蓮花自天鋼道長背上拔起了那柄長劍。

又是一聲雷霆！

劍尖的鮮血，一連串滴下來，紅蓮花面色突然慘變，身子搖了搖，一口鮮血吐在地上。

俞佩玉被謝天璧拉著在雨中狂奔，他腳步踉蹌，口中不停地問道：「爲什麼……爲什麼……」

謝天璧道：「那天鋼道長，是賊黨假扮的，他如此做，只爲了害你，他給你吃的那團飯，就是無救的毒藥。」

俞佩玉又是一驚，失聲道：「真的？」

謝天璧道：「我縱會騙你，紅蓮幫主也會騙你不成。」

俞佩玉失色道：「但他……他……」

他突然想起自己方才落井之事，天鋼道長難道是真的要害他？但那懾人的威儀，又怎會是假？

他的心亂成一團，身子仍不由自主被拉著往前狂奔，他突然覺得謝天璧拉著他的這隻手很冷，非常冷……

他忍不住又機伶伶打了個寒噤，脫口道：「你這雙手好像奇怪得很。」

謝天璧回頭笑道：「你說什麼？」

俞佩玉瞧著他的臉，道：「我說……我說你好像……」

突然狂吼道：「你才是假的，你這雙眼睛……」

他話未說完，只覺掌上「勞宮」、「少府」、「魚際」三處穴道一麻，接著，整個人被謝天壁自頭上拋了出去。

謝天壁獰笑道：「算你聰明，但聰明人都死得快的……」飛起一足，往倒臥在泥濘中的俞佩玉胸膛上踩了下去。

俞佩玉右臂已整個不能動了，連躲都不能躲，幸好還有左手，閃電般抓住了謝天壁的腳尖。

但他縱然天生神刀，怎奈此刻已是強弩之末。

謝天壁獰笑著往下踩，獰笑著道：「用力吧，我倒要看你還能支持多久。」

俞佩玉骨節已格格作響，雨水打著他的臉，他幾乎張不開眼來，謝天壁的腳，已愈來愈重。

他咬緊牙關，嘶聲道：「原來你就是殺死我爹爹的人，我找你找得好苦。」

謝天壁格格笑道：「如今你終於找到我了，是麼？但你又能怎樣？你爹爹死在我手上，我卻要你死在我腳下。」

俞佩玉的一條手臂已將折斷，謝天壁的腳已重得像山一樣，這痛苦的掙扎，看來已是絕望的掙扎。

他真想就此放手，讓謝天壁的腳踩下，那麼，人世間所有的悲傷，冤屈與痛苦，都再也不能傷害到他。

謝天璧仰天狂笑道：「用力呀，你是否已沒有力氣了？俞佩玉呀俞佩玉，你死了也莫要怨我，我與你雖然無冤無仇，但你死了卻可使別人活得舒服得多……」

俞佩玉只覺眼睛發黑，喉頭發甜，終於忍不住一口鮮血吐了出來，濺滿了謝天璧的衫角。

謝天璧獰笑著一腳踩下，突聽一縷尖銳而強的勁風聲，直襲他後背，他藉著腳下這一踩之勢，飛躍而起，憑空翻了個身，落在五尺外。

只見暴雨中一條人影幽靈般飄過來，面色木然，雙目中卻似要噴出火花，卻不是紅蓮花是誰。

長劍去勢如矢，遠遠釘在一株樹上，劍身沒入樹幹幾達一尺，這一擲之力，正已敘出了紅蓮花心中的悲憤。

謝天璧面色已變，強笑顫聲道：「幫主何時來的，賊黨已退了麼？」

紅蓮花烈火般的目光緊緊盯著他，一字字道：「你究竟是誰？」

謝天璧道：「我？……誰？……哈哈，幫主難道連小弟都不認得了？」

他笑得實比哭還要難聽。

紅蓮花一步步往前走，沉聲道：「你究竟是誰？」

謝天璧一步步往後退，道：「我……小弟……」

紅蓮花冷冷道：「你扮得很像，委實太像了，少時我一定要將你臉上的肉一分分割下來，看你怎會扮得如此像的。」

這冷漠的語聲，實比任何狂嘶怒吼都要可怕，任何人都不能不信，他說出這話是必定能做得到的。

謝天璧忍不住打了冷戰，卻縱聲狂笑道：「好，紅蓮花，不想你終於瞧出來了，我費了三年苦功，自問已學得和謝天璧一模一樣，只怕連他自己都難以分得出來，你，你是如何瞧出來的？」

紅蓮花道：「那柄劍，點蒼門人絕不會用那樣的劍，這句話你不該忘的，更不會將劍隨意拋卻，劍在人在，劍亡人亡。」

謝天璧怔了怔，失聲道：「呀，我竟忘了這一著，紅蓮花呀紅蓮花，你果然非同小可，難怪我主上要說你是江湖中第一個難惹的人。」

紅蓮花雙拳緊握，道：「你……你的主子是誰？」

謝天璧狂笑道：「你永遠不會知道的，等你知道時，你就活不長了，就算比你再強一萬倍的人，也難比他老人家之萬一。」

紅蓮花慘笑道：「不錯，千百年來，江湖中的確再也沒有一個比他更奸詐，更毒辣的人。」

謝天璧厲聲道：「來日之江湖，已必屬他的天下，紅蓮花，你是個聰明人，你仔細想想，應當怎麼樣？」

紅蓮花一步步逼過去，緩緩道：「我要殺你，現在，我只想殺你！」

謝天璧嘶聲笑道：「不錯，我爲了奉命來殺俞佩玉，不得不害死了天鋼道長，但你也可算是幫兇，你要殺我，便該先殺了自己。」

紅蓮花顫聲道：「這是我平生第一大錯，我一時大意，竟上了你們的惡當，我日後自有贖罪之法，但是你……你……你……」

突然撲過去，瞬息之間，便已攻出了三拳四掌。

江湖中真正與紅蓮花動過手的人並不多，直到此刻，「謝天壁」才發現這丐幫的少年幫主，拳掌之威，竟絕非自己所能想像。

尤其此刻，他已將滿腔悲憤化入拳掌之中，單只那懾人的氣勢，已足以令人心寒膽碎。

突聽俞佩玉嘶聲大呼道：「你不能殺他。」

這呼聲不但使紅蓮花怔了怔，就連「謝天壁」也覺大出意外，只見俞佩玉自己已解開了右掌穴道，卓立在風雨中，臉色死一般蒼白，目光卻和血一般紅，這溫文的少年，此刻看來已如猛獸。

紅蓮花拳掌不停，攻勢仍猛，喝道：「我爲何不能殺他？」

俞佩玉聲如裂帛，厲聲道：「此人殺了我爹爹又殺了我師父，除了我自己外，誰也不能殺他。」

紅蓮花陡然住手，退出一丈，慘笑道：「好，我應當讓給你。」

話未說完，俞佩玉已撲了上去，紅蓮花瞧他身形不穩，步法踉蹌，實已心神交瘁，又不禁大喝道：「但你千萬要小心。」

謝天璧獰笑道：「有你在旁掠陣，他何必小心。」

俞佩玉咬牙道：「今日我必定親手殺你，誰也不能攔我出手。」

謝天璧精神一振，狂笑道：「好，有志氣，但話出如風，卻是更改不得。」

他邊說邊打，邊打邊退，突然乘機抽出了插在樹上的長劍，「刷」的一劍，反撩而上，接連七劍刺了出去。

這一手「急風快劍」，雖絕非「點蒼」正宗，但劍法之辛辣狠毒，卻似猶在「點蒼」之上。

俞佩玉以攻爲守，奮不顧身，謝天璧的快劍似被他這種凌厲的氣勢逼得暫時難展其鋒。但刷，刷，刷，劍風過處，俞佩玉衣衫又被劃破了三道裂口，一縷鮮血自肩頭沁出，轉瞬又被大雨沖了個乾淨。

紅蓮花直瞧得心驚膽顫，滿頭冷汗流個不住，他平生所見惡戰不下千百，卻從未有今日這一戰如此驚心動魄。

他突然發現這倔強的少年平日言談舉止雖然是那麼溫柔，但動起手來時之勇猛凌厲，竟是他平生未睹。

此時此刻，誰都可以看出，俞佩玉氣雖未衰，力已將竭，他今日若想手誅此獠，其力實已不足。

但此時此刻，別人若來插手相助，這倔強的少年，說不定立時便要含憤自決，紅蓮花只有在暗中嘆息，暗中跌足。

只見謝天璧劍勢已易攻爲守。

他顯然是要先耗盡俞佩玉的力氣再出殺手，俞佩玉的攻勢雖勇，怎奈血肉之軀，還是衝不過那銳利的劍鋒。

他身上又不知被劃多少血口。

風雨淒苦，大地陰暗，這是個悲慘的天氣，這也是場悲慘的決鬥，眼瞧著俞佩玉的浴血苦戰，紅蓮花縱然心如鐵石，也不禁傷心落淚。

又是一聲雷霆擊下。

天地之威震動了山河樹木。

俞佩玉腳步突然一個踉蹌，右胸前空門已大露。

紅蓮花面色慘變，失聲驚呼。

但此刻他縱然有心出手相助，卻已來不及了，謝天璧掌中長劍，已如毒蛇般刺出，直刺到俞佩玉的右胸！

這一劍當真是比閃電還快，比毒蛇還毒，紅蓮花心膽俱碎，突然間閉起了雙目，他實已不忍再瞧。

電光一閃，瞧著謝天璧的臉，他蒼白的臉上，滿是殺機，滿帶獰笑，他知道自己這一劍必定再也不會失手。

這一閃電光，卻也使得他眼睛眨了眨，就在這時，只聽「啪」的一聲，俞佩玉雙掌不知怎地已挾住了他的長劍。

他這一劍竟如被巨石卡住，再也動彈不得。

俞佩玉已跟著一個肘拳撞出，「噗」的撞上他胸膛。

他只覺眼前一花，俞佩玉這隻手掌已如鞭子般反抽了過來，抽在他臉上，他竟被抽得轉了半個圈子。

這一挾，一拳，一掌，三個動作竟似已合而爲一，「啪、噗、啪」三聲，也似已合而爲一。

電光閃過，這時霹靂方自擊下。

俞佩玉已撲上來，抱住了謝天璧的身子。

他兩條手臂，竟像是一雙鐵箍，謝天璧兩片胸骨都似將被他挾在一齊，連叫都叫不出來。

只見他一張臉由青轉紅，由紅轉紫，俞佩玉的臉卻如死一般的蒼白，兩隻手緊緊絞在一齊，指節也已發白，只聽謝天璧喘氣聲由輕而重，由重而輕，接著，是一連串「咯咯」聲響。

他胸前肋骨，竟被生生挾斷。

紅蓮花直瞧得心動神飛，直到此刻，方自呼道：「留下他的命來，問個清楚。」

俞佩玉兩條手臂緩緩鬆開，垂下，踉蹌後退了幾步，身子似已搖搖欲倒，仰天慘笑道：「我終於做到了，是麼？我終於做到了……」

謝天璧的身子，就像是一灘泥似的軟了下去，紅蓮花一把拉住了俞佩玉的手，眉飛色動，道：「這一招可就是俞老前輩昔年名震江湖的絕技，『羚羊掛角』、『天外飛虹』，也就是『先天無極』的不傳之秘。」

俞佩玉慘笑道：「但先父一生之中，從未以此招傷人，而小弟……小弟……」突然垂首，水珠直落而下，卻不知是雨？是淚？

紅蓮花動容嘆道：「好奇妙的招式，好高明的招式，當真可說是『無跡可尋』，當真可說是『無中生有』……武林先輩的絕技，我今日才算開了眼界。」

他重重一拍俞佩玉肩頭，大笑道：「你身懷如此絕技，爲何不讓我早點知道，倒害得我爲你苦苦擔心。」

俞佩玉道：「小弟……小弟……」身子突然倒在紅蓮花身上，他實已全身脫力，竟連站都站不住了。

紅蓮花趕緊自懷中摸出粒丸藥，塞進他的嘴，道：「這是崑崙小還丹，補氣補神，天下第一。」

俞佩玉滿嘴芬芳，卻失聲道：「小還丹？如此珍貴的藥，你，你怎麼能給我？」

紅蓮花默然半晌，悽然道：「這，不是我給你的，是天鋼道長……」

俞佩玉怔了怔，道：「他，他老人家怎會……」

紅蓮花長嘆道：「這……這是我自他老人家給你的飯團裡取出來的，我本以爲那飯團中有毒，誰知……誰知……」

俞佩玉黯然垂首，淚流滿面，道：「難怪他老人家說這飯團不是誰都可以吃得到的，謝天璧，你，你這惡賊，你這惡賊。」

霍然回首，面色突又慘變。

「謝天璧」的屍身仍倒臥著在雨水中，但頭顱卻已不見，四下暴雨如注，半里內絕無人蹤，頭顱到哪裡去了？

紅蓮花，俞佩玉，面面相覷，卻不禁怔在那裡。

若說有人割下了他的頭顱，那是絕無可能的事，若說沒有人割下他的頭顱，他的頭顱難道自己飛了不成？

紅蓮花絕頂聰明，弱冠之年便已掌天下第一大幫的門戶，可說是當今武林第一奇才。

但他左思右想，卻再也想不出這究竟是怎麼回事。

兩人怔了半晌，再垂下頭去看，就在這片刻之間，謝天璧的肩頭胸腔竟又不見了一片。

紅蓮花突又一拍俞佩玉肩頭，失聲道：「我明白了。」

俞佩玉道：「你，你真的明白了？」

紅蓮花嘆道：「你彎下腰去，仔細瞧瞧。」

只見謝天璧的屍身，竟在一分分，一寸寸地腐爛，鮮紅的血肉，奇蹟般化爲黃水，立刻又被大雨沖走。

俞佩玉只覺眼角不斷抽搐，幾乎立刻便要嘔了出來，扭過頭去，長長透了口氣，道：「這莫非就是江湖傳言中的化骨丹？」

紅蓮花道：「正是，他自知已必死，竟不惜身爲飛灰。」

俞佩玉道：「但他雙手卻已斷了，怎能取藥？」

紅蓮花道：「這化骨丸想必早含在他嘴裡，他自知必死時，便咬破舌尖，也咬破包在化骨丹外的蠟丸，化骨丸見血後便開始腐蝕，唉，他寧可忍受如此痛苦，也不肯洩露絲毫秘密，只因他知道唯有死人才是真正不會洩露秘密的。」

俞佩玉聳然道：「不想此人倒也是條漢子。」

紅蓮花苦笑道：「你若如此想，你就錯了，他只不過是不敢洩露而已，只因他得知今日若是洩露了秘密，他就要死得更慘！」

俞佩玉慘笑道：「不錯，他們都是一樣的，都是寧死也不敢洩露半句秘密，但是，他們的首腦卻又是誰？竟能使這些人如此懼怕於他……死，本來已是世上最可怕的事了，這人難道竟比『死』還要可怕？」

紅蓮花喃喃道：「他的確比死還要可怕，此刻我委實想不出他究竟有多麼可怕……」

俞佩玉突然動容道：「對了，這『謝天璧』如此做法，只因他知道別人一死之後，便無法再洩露秘密，而他死了後，卻還是可以洩露秘密，否則他一死也就罷了，爲何還要使自己身子完全腐爛。」

紅蓮花皺眉道：「死人也會洩露秘密？」

俞佩玉一字字道：「死人有時也會洩露秘密的。」

紅蓮花道：「什麼秘密？」

俞佩玉道：「易容的秘密。」

紅蓮花怔了半晌，以手加額，失聲道：「對了對了，他死了後還怕我查看他的臉，這才是他們最怕人知道的秘密，這才是他們最大的秘密。」

俞佩玉咬牙道：「他們的首腦就是爲了怕這秘密洩露，是以才爲他們備下這化骨丹，他不但要消滅他們的性命，還要消滅他們的屍體。」

他激動地抓住了紅蓮花的手接道：「現在，我已經知道最少有六個人是假的，但除了我之外，世上竟沒有一個人相信，竟沒有一個人瞧得出來，那麼除了這六人之外，又還有多少人是假的？是連我都不知道的……我只要想到此點，就覺得骨髓裡都像是結了冰。」

紅蓮花面色陰沉得就彷彿今天的天氣，他本是個開朗的人，世上本很少有能使他發愁的事，而此刻他的心卻重得像是要掉下來。

俞佩玉顫聲道：「假如你的至親好友，至於你的爹爹都可能是那惡魔的屬下，那麼世上還有什麼人是你能相信的？世上假如沒有一個你能相信的人，那麼你還能活下去麼？這豈非是件令你連想也不敢想的事。」

紅蓮花緩緩道：「假的『謝天璧』已死了，現在還有幾人是那惡魔的屬下假冒的？」

俞佩玉道：「王雨樓、林瘦鵑、太湖王、寶馬銀槍、西門無骨，還有那……那俞某人，只因我知道這六人都已死了。」

紅蓮花長長嘆了口氣，道：「除了這六人外，只怕已不多了。」

俞佩玉道：「你怎能確定？」

紅蓮花道：「只因這究竟不是件容易的事，要假冒一個人而能瞞得過天下人的耳目，至少也得花費幾年的時間，否則他面貌縱然酷似，但聲音、神情動作還是會被人瞧破的，何況還有武功……」

俞佩玉失聲道：「呀，不錯，武功，他們若要假冒一個人，還得學會他獨門的武功。」突然轉身奔了出去。

紅蓮花縱身擋住了他去路，悠悠道：「羚羊掛角，天外飛虹，是麼？」

俞佩玉道：「正是，這兩招除了我俞家的人，天下再無別人施展得出，那俞某人若是使不出這一招來，我便可證明他是假的。」

紅蓮花嘆道：「這本來是個很好的法子，怎奈令尊大人的脾氣，卻使這法子變得完全沒有用了。」

俞佩玉道：「爲什麼？」

紅蓮花苦笑道：「他老人家謙和沖淡，天下皆知，我且問你，縱然在他老人家活著的時候，又有誰能逼他老人家施展這武功絕技？」

俞佩玉忖了半晌，噗地坐了下去。

大雨滂沱，那「謝天璧」的屍身，已完全不見了。

這個人已根本從世上消滅。

而「他」究竟是誰？世上本就沒有第二個「謝天璧」存在，那麼此刻「消滅」的豈非只是個本就不存在的東西。

紅蓮花想到這裡，也不知是該哭還是該笑，他簡直不敢仔細去想，這問題想多了簡直要令人發狂。他瞧著那塊又被雨沖得乾乾淨淨的土地，喃喃道：「殺死天鋼道長的兇手已死了，但認真說來，誰是殺死他的兇手？誰能證明這個人的存在？」

俞佩玉瞧見他的神情，突然機伶伶打了個寒噤，道：「但你，你也不必……」

紅蓮花縱聲笑道：「你放心，我雖有贖罪之心，但卻絕不會以死贖罪的，我還要活下去，絕不會令他們如願。」

俞佩玉鬆了口氣道：「我早就知道你不是個凡俗的人，幸好你不是。」

紅蓮花仰首向天，承受著雨水，緩緩道：「現在，我只有一件非做不可的事。」

俞佩玉凝目望著他，道：「你要去崑崙？」

紅蓮花道：「崑崙弟子有權知道天鋼道長的兇訊，我卻有義務要去告訴他們。」

俞佩玉沉聲道：「但這邊卻也少不得你，崑崙之行，我代你去。」

紅蓮花凝目望著他，良久良久，展顏一笑，道：「好，你去。」

沒有客氣，沒有推辭，既沒有不必要的言語，也沒有不必要的悲哀，更沒有不必要的眼淚。

只因這兩人都是男子漢，真正的男子漢。

兩人面對著面木立在雨中。

紅蓮花悠悠道：「你去，但你得小心，能不管的閒事，就莫要管，莫要忘記，此時你的性命，比任何人的性命都要貴重得多。」

俞佩玉垂首道：「我省得。」

垂首處瞧見方才被他擊落的長劍，便拾了起來，插在腰中。

紅蓮花忽又一笑，道：「對了，我還忘記告訴你一件事。」

俞佩玉微微變色道：「什麼事？」

紅蓮花笑道：「這可是件好事，你未來的妻子林黛羽，你已用不著爲她擔心了。」

也不知爲什麼，只要一提到林黛羽的名字，他神色就變得有些奇怪，縱然在笑，也笑得有些勉強。

俞佩玉自然還是未留意，道：「爲什麼？難道她……」

紅蓮花道：「現在，已有個天下最難惹的人物在爲你保護著她。」

俞佩玉道：「有紅蓮幫主暗中保護，我早已放心得很。」

紅蓮花神色又變了變，瞬即笑道：「你莫弄錯了，不是我。」

俞佩玉奇道：「天下最難惹的人不是你是誰？出塵道長？」

紅蓮花笑道：「此人聲名或者不如出塵道長，但別人縱然惹得起出塵道長，卻也惹不起她。」

俞佩玉眼睛一亮道：「百花最艷是海棠？」

紅蓮花拊掌道：「正是她，她好像也瞧出了一些秘密，所以也伸了手，凡是她已伸手做的事，是絕對不會半途而廢的。」

俞佩玉唏噓道：「看來，你我並不如想像中那麼孤單，還有許多人……」

紅蓮花突然變色道：「不好，我又忘了一件事。」

俞佩玉忍不住道：「這，這是件好事還是壞事？」

紅蓮花頓足道：「假的謝天璧既已出現，那真的謝天璧莫要遭了他們的毒手，我得去瞧瞧。」

語聲未了，人已遠在數丈外。

俞佩玉目送他人影消失遠處，忍住嘆息，喃喃道：「忽然而來，忽然而去，古之空空，今之虬髯，大智大慧，人所難及，遊戲人間，義氣第一……」

雨，已漸漸小了，但還沒有停住，風，卻更冷，俞佩玉踽踽獨行，前途正如天色般陰暗。

忽然間，一陣馬蹄聲傳來，七八匹健馬急馳而過，馬蹄揚起泥水，濺了俞佩玉一身。

俞佩玉卻連頭也沒有抬，那知馬群方過，一個人突然自馬上飛身而起，凌空翻身，直撲俞佩玉。

俞佩玉一驚卻步，這人已飄落在面前。

只見他一身濕透了的黑衣勁裝緊貼在身上，一雙眸子裡閃閃發光，卻正是那點蒼的少年弟子。

俞佩玉心裡一動，想起了紅蓮花方才說過的話，忍不住脫口道：「莫非，莫非謝大俠已有了什麼變故？」

那點蒼弟子本在躬身行禮，此刻霍然抬頭，變色道：「俞公子怎地知道？」

俞佩玉怔了怔道：「這……我……」

那點蒼弟子面色一沉，目光炯炯，厲聲道：「弟子瞧見了俞公子，本為的是要來通知惡訊，但俞公子卻早已知道了，這豈非是怪事。」

俞佩玉苦笑道：「在下只不過是隨口說出來的而已。」

那點蒼弟子冷笑道：「家師昨夜失蹤，至今不知下落，此事連出塵道長、天雲大師都直到午間才知道的，俞公子清晨便已動身，又何從得知。」

他言語咄咄逼人，竟似認定了俞佩玉與此事必有關係，那七八匹馬都已轉了回來，馬上七八雙陰沉的目光，也都在狠狠盯著俞佩玉。

點蒼弟子雖然素來謙恭有禮，但此刻事變非常，只要稍有可疑，他們便再也不會放鬆的。

俞佩玉嘆了口氣道：「謝大俠也許只是出來逛逛，也許遇著了什麼朋友，以謝大俠的武功，想必定能照顧自己。」

那點蒼弟子沉聲道：「點蒼弟子，劍不離身，劍在人在，劍亡人亡，這句話俞公子想必知道，但弟子今晨卻發現家師的隨手佩劍竟落在帳篷外的草叢中，若非有驚人的變故，家師是萬萬不致如此疏忽的。」

俞佩玉動容道：「這……這……」

他忽然發現自己心中所知道的許多祕密，竟是一件也不能說出來的，縱然說出，也難以令人相信。

馬上突有一人大聲道：「俞公子此刻爲何一人獨行？天鋼道長到哪裡去了？」

又有一人厲聲道：「俞公子你又爲何如此狼狽？莫非和別人交過手？」

另一人道：「此間四下不見人跡，俞公子是和誰交過手來？」

四 雨夜幽靈

點蒼弟子問的話，俞佩玉還是一句也答覆不出，他既不能說天鋼道長是死在「謝天璧」手上，也不能說這「謝天璧」是假的，只因這「謝天璧」既然已被消滅，就變得根本不存在了。

那點蒼弟子以手按劍，怒道：「俞公子爲何不說話？」

俞佩玉嘆道：「各位若懷疑謝大俠之失蹤與在下有任何關係，那委實是個笑話，在下還有什麼話好說。」

點蒼弟子面色稍緩，道：「既是如此，在此事未澄清之前，俞公子最好陪弟子等回去，只因有些事俞公子或許不願向弟子等解釋，但總可向盟主閣下解釋的。」

他語未說完，俞佩玉已變了顏色，大聲道：「我不能回去，絕不能回去。」

點蒼弟子紛紛喝道：「爲何不能回去？」

「若沒有做虧心的事，爲何不敢回去見人？」

七八人俱已躍下馬來，人人俱是劍拔弩張。

爲首的點蒼弟子怒喝道：「俞佩玉，今日假若想不回去，只怕比登天還難。」

俞佩玉滿頭大汗，隨著雨水滾滾而下，手腳卻是冰冰冷冷，突聽遠處一人冷冷道：「俞佩玉，你用不著回去。」

下。

七八個青簪高髻的道人，足登著白木屐，手撐著黃紙傘，自雨中奔來，赫然竟是崑崙門

那點蒼弟子扶劍厲聲道：「此人縱然已在崑崙門下，但還是要隨在下等回去走一遭的，點蒼與崑崙雖然素來友好，但事關敝派掌門的生死，道兄們休怪小弟無禮。」

崑崙道人們的臉色比點蒼弟子的還要陰沉，還要可怕，那當先一人白面微鬚，目如利剪，盯著俞佩玉一字字道：「你非但用不著回去，那裡都不必去了。」

俞佩玉愕然退步，點蒼弟子奇道：「此話怎講？」

白面道人慘然一笑道：「貴派的掌門雖然不知下落，但敝派的掌門卻已……卻已……」只聽「喀嚓」一聲，他掌中傘掉落在地，傘柄已被捏得粉碎。

點蒼弟子聳然失聲道：「天鋼道長莫非已……已仙去了？」

白面道人嘶聲道：「家師已被人暗算，中劍身亡。」

點蒼弟子駭然道：「真的？」

白面道人慘然道：「貧道等方才將家師的法體收拾停當。」點蒼弟子動容道：「天鋼道長內外功俱已爐火純青，五丈內飛花落葉，都瞞不過他老人家，若說他老人家竟會被人暗算，弟子等實難置信。」

白面道人切齒道：「暗算他老人家的，自然是一個和他老人家極爲親近的人，自然是一個他老人家絕不會懷疑的人，只因他老人家再也不信此人竟如此狼心狗肺。」

他話未說完，無數雙眼睛都已盯在俞佩玉身上，每雙眼睛裡都充滿了悲憤，怨毒之色。

白面道人聲如裂帛大喝道：「俞佩玉，他老人家是如何死的？你說，你說！」

俞佩玉全身顫抖，道：「他……他老人家……」

白面道人怒吼道：「他老人家是否死在你手上？」

俞佩玉以手掩面，嘶聲道：「我沒有，絕對沒有……我死也不會動他老人家一根手指。」

突聽「嗖」的一聲，他腰畔長劍已被人抽了出去。

白面道人手裡拿著這柄劍，劍尖不停的抖，顫抖的劍尖正指著俞佩玉，他火一般的目光也逼著俞佩玉，顫聲道：「你說，這柄劍是否就是你弒師的兇器？」

這柄劍，的確就是殺天鋼道長的，這柄劍的主人已不再存在，這柄劍，此刻卻正在俞佩玉身上。

俞佩玉心已滴血，只有一步步往後退。

劍尖也一步步逼著他，劍雖鋒利，但這些人的目光，卻比世上任何利劍都要鋒利十倍。

他仆地跪倒，仰首向天，熱淚滿面，狂呼道：「天呀，天呀，你為何要如此待我，我難道真的該死麼？」

白面道人一字字道：「你已只有一條路可走，這已是你最幸運的一條路。」

「噹」的，長劍落在他身前。

不錯，這的確已是他唯一的一條路。

只因所有的一切事他都完全無法解釋，他所受的冤屈，無一是真，但卻都比「真實」還真，而「真實」反而不會有一人相信。

此刻唯一可替他作證的，只不過是紅蓮花，但紅蓮花卻又能使人相信他麼？他又拿得出什麼證據？

在平時，紅蓮幫主說出來的話固然極有份量，崑崙、點蒼兩派的弟子，也萬萬不至懷疑。但此刻，這件事卻關係著他們掌門的生死，關係著他們門戶之慘變，甚至關係著整個武林的命運。

他們又怎會輕易相信任何人的話，縱然這人是名震江湖的紅蓮花。

俞佩玉思前想後，只有拾起了地上的劍，他已別無選擇——他突然怒揮長劍，向前直衝了過去。

崑崙、點蒼兩派的弟子紛紛驚呼，立時大亂。

但他們究竟不愧爲名家子弟，驚亂之中，還是有幾人拔出了佩劍，劍光如驚虹交剪，直刺俞佩玉。

只聽「噹，噹」幾響，這幾柄劍竟被震得飛了出去，俞佩玉滿懷悲憤俱在這一劍中宣洩，這一劍之威，豈是別人所能招架。

崑崙、點蒼弟子，又怎會想得到這少年竟有如此神力。

驚呼怒叱聲中，俞佩玉已如脫兔般衝出重圍，電光閃過，雷霆怒擊，他身形卻已遠在十丈外。

暴雨，俞佩玉放足狂奔，他已忘了一切，只想著逃，他雖不怕死，但卻絕不能含冤而死。

身後的呼喝叱咤，就像是鞭子似的在趕著他，他用盡了全身每一分潛力，迎著暴雨狂奔，雨點打在他身上、臉上，就像是一粒粒石子。

呼聲終於遠了，但他的腳卻仍不停，不過已慢了些，愈來愈慢，他跑著跑著，突然仆倒在地。

他掙扎著爬起，又跌倒，他眼睛似已矇矓，大雨似已變成濃霧，他拚命揉眼睛，還是瞧不清。

遠處怎地有車聲、蹄聲？是哪裡來的車馬？

矇矓中，他似乎見到有輛大車馳了過來，他掙扎著還想逃，但再跌倒，這一次跌倒後終於不起，他暈了過去。

天色，更暗了。

車聲轔轔，健馬不斷的輕嘶。

俞佩玉醒來發覺自己竟在車上，雨點敲打著車篷，宛如馬踏沙場，戰鼓頻敲，一聲聲令人腸斷。

他莫非終於還是落入了別人手中？

俞佩玉掙扎而起，天色陰暗，車中更是黝黯，一盞燈掛在篷上，隨著飄搖的風雨搖晃，但卻未燃著。

車廂四面，零亂地堆著些掃把、竹箕、鐵桶、還有一條條又粗又重的肥皂，俞佩玉再將車篷的油布掀開一些，前面車座上坐著是個簑衣笠帽的老人，雖然瞧不見面目，卻可瞧見他飛舞在風雨中的花白鬍鬚。

這不過是個貧賤的老人，偶而自風雨中救起了個暈迷的少年，俞佩玉不覺長長鬆了口氣。只聽這老人笑道：「俞佩玉，你醒了麼？」

俞佩玉大驚失色，聳然道：「你，你怎會知道我名字？」

老人回過頭來，眯著眼睛笑道：「方才我聽得四面有人呼喝，說什麼『俞佩玉，你跑不了的』。我想那必定就是你了，你也終於跑了。」

他蒼老的面容上，刻滿了風霜勞苦的痕跡，那每一條皺紋，都似乎象徵著他一段艱苦的歲月。

他那雙眯著的笑眼裡，雖然充滿了世故的智慧，卻也滿含著慈祥的喜意。

俞佩玉垂下了頭，囁嚅著道：「多謝老丈。」

老人笑道：「你莫要謝我，我救你，只因我瞧你不像是個壞人模樣的，否則我不將你交給那些人才怪。」

俞佩玉黯然半晌，悽然笑道：「許久以來，老丈你只怕是第一個說我不是壞人的了。」

老人哈哈大笑道：「少年人吃了些苦就要滿肚牢騷，跟我老頭子回到破屋裡去喝碗又濃又熱的酸辣湯，包管你什麼牢騷都沒有了。」

提起鞭子，「的盧」一聲，趕車直去。

黃昏，風雨中的黃昏。

車馬走的仍是無人的小道，這貧賤的老人，想必是孤獨地住在這間破爛的茅屋裡，但這在俞佩玉說來已覺得太好了。

他躺下來，想著那茅屋裡已微微發霉的土牆，那已洗得發白的，藍布床單，那熱氣騰騰的酸辣湯。

他覺得自己已可安適地睡了。

只聽老人道：「馬兒馬兒，快跑快跑，前面就到家了，你認不認得？」

俞佩玉忍不住又爬起來，又掀起車篷的一角，只見前面一條石子路，被雨水沖得閃閃的發亮。

路的盡頭，竟赫然是座輝宏華麗的大院，千椽萬瓦，燈火輝煌，在這黃昏的風雨中看來，就像是王侯的宮闕。

俞佩玉吃了一驚，吶吶道：「這，這就是老丈的家麼？」

老人頭也不回道：「不錯。」

俞佩玉張了張嘴，卻將要說出來的話又咽下去，心裡實在是充滿了驚奇，這老人莫非是喬裝改扮的富翁？莫非是退隱林下的高官，還是個掩飾行藏的大盜？他將俞佩玉帶回來，究竟是何用意？

寬大的，紫色的莊門外，蹲踞著兩隻猙獰的石獅子，竹棚下，健馬歡騰，幾條勁裝佩刀的大漢，正在卸著馬鞍。

馬是誰騎來的？這在此刻雖還是無法解答的問題，但這老人乃是武林強者，卻已全無疑問。

而此刻天下武林中人，又有誰不是俞佩玉的仇敵。

俞佩玉手腳冰涼，怎奈全身脫力，想走已走不了，何況他縱能走得了，此刻也已太遲。

車馬已進了莊院。

俞佩玉將車篷的縫留得更小，突見兩條人影自燈光輝煌的廳堂簷前箭一般竄了過來。

左面的一個，正是那目如利剪的崑崙白面道人。

俞佩玉心卻寒了，手不停的抖。

這白面道人竟攔住了馬車，道：「老人家你一路回來，不知可瞧見個少年？」

老人笑道：「少年我瞧得多了，不知是哪一個？」

白面道人道：「他穿的是件青布長衫，模樣倒也英俊，只是神情狼狽。」

老人道：「嗯，這樣的少年倒有一個。」

白面道人動容道：「他在哪裡？」

老人摸著鬍子笑道：「我非但瞧見了他，還將他抓回來了。」

話未說完，俞佩玉急得要暈了過去。

白面道人目光更冷，瞧著老人一字字道：「那少年縱然狼狽，縱已無法逃遠，卻也不是你捉得回來的，老丈日後最好記住，我崑崙白鶴，素來不喜玩笑。」

霍然轉身，大步走了回去。

老人嘆了口氣道：「你既然知道我抓不回來，又何必問我。」

轡繩一提，將馬車趕入條小路，口中喃喃道：「少年人呀，你如今總該知道，愈是精明的人，愈是容易被騙到，只不過要你懂得用什麼法子騙他而已。」

他這話自然是說給俞佩玉聽的，只可惜俞佩玉沒有聽到，等他再度能聽見時，他已在老人的屋裡。

這果然是間破爛的屋子，四面的牆壁已發黑，破舊的桌子上有隻缺了嘴的瓷壺，兩隻破碗，還有堆吃剩下的花生。

一盞瓦燈，昏黃的燈光，在風中直晃，就好像代表了那老人的生命。

一件破棉被掛在門後面，門縫裡不斷地往裡面漏著雨水，水一直流到角落裡的竹床床腳。

俞佩玉此刻就睡在這張床上，濕透了的衣服已被脫去了，身上雖已蓋著床又厚又重的棉被，但他還是冷得直發抖。

老人不在屋裡，俞佩玉用盡平生力氣，才掙扎著下了床，緊緊裹著棉被，這棉被生像比他故宅門口的石獅子還重。

他一步一挨，挨到窗口，窗子是用木板釘成的，他從木板縫裡望出去，窗外竟是個很大很大的園子。

庭園深深，遠處雖然燈光輝煌，卻照不到這裡，黑黝黝的林木在雨中看來，彷彿幢幢鬼影。

俞佩玉打了個寒噤，暗問自己：「這究竟是什麼地方？這究竟是怎麼回事？」

一點孤燈，自幢幢鬼影中飄了過去，似鬼火？

俞佩玉的腿有些發軟，身子倚在窗檽上，無邊的黑暗中，竟傳來一縷悽迷縹緲的歌聲。

「人間那有光明的月夜，
除非在夢裡找尋。
你說你見過仙靈的一笑，
誰分得出是夢是真？」

鬼火與歌聲卻近了，一條矇矓的白影，手裡提著盞玲瓏的小晶燈，自風雨中飄了過來。

這身影是窈窕的，濕透了的衣衫緊貼在身上，披散的長髮也緊貼在身上，燈光四射，照著她的臉。

她的臉蒼白得沒有一絲血色，燈光也照著她的眼睛，她的眼睛空洞而迷惘，卻又是絕頂的美麗，空洞加上美麗便混合成一種說不出的妖異之氣。

俞佩玉簡直不能動了。

這鬼氣森森的庭園，這幽靈般的人影……

突然，「吱」的一聲，門開了，俞佩玉駭極轉身，那老人簑衣笠帽，足踏著釘鞋，不知何時已走了過來。

俞佩玉撲過去，一把抓住他，道：「外……外面是什麼人？」

老人瞇著眼一笑，道：「外面哪裡有人？」

俞佩玉推開門瞧出去，庭園深深，夜色如墨，那有什麼人影。

那老人瞇著的笑眼裡，似乎帶著些嘲弄，又似乎帶著些憐憫，俞佩玉一把揪住他的衣襟，顫聲道：「這……究竟是什麼地方？你究竟是誰？」

那老人悠悠道：「誰？只不過是一個救了你的老頭子。」

俞佩玉怔了怔，五指一根根鬆開，倒退幾步，倒在一張破舊的竹椅上，滿頭冷汗，這時才流下。

那老人道：「你累了，實在太累了，不該胡思亂想。」

俞佩玉兩隻手緊緊抓住竹椅的扶手，道：「但我明明……我明明瞧見……」

那老人凝注著他，道：「你什麼也沒有瞧見，是麼？什麼也沒有瞧見。」

俞佩玉忽然覺得他眼睛裡似乎有種奇異的力量，情不自禁，垂下了頭，慘然一笑，道：「是，我什麼都沒有瞧見。」

老人展顏笑道：「這就對了，瞧見的愈少，煩惱愈少。」

他將手裡提著的小鍋放在俞佩玉面前桌上，道：「現在，你喝下這碗酸辣湯，好生睡一覺，明天又是另外一個日子了，誰知道明天和今天有多少不同？」

俞佩玉慘笑道：「是，無論如何今天總算過去了……」

睡夢中，俞佩玉只覺得大地愈來愈黑暗，整個黑暗的大地，都似已壓在他身上，他流汗，掙扎，呻吟……

被，已全濕透了，竹床，吱吱格格的響。

他猛然睜開眼，昏燈如豆，他赫然瞧見了一雙手。

一雙蒼白的手。

這雙手，似乎正在扼他的咽喉。

俞佩玉駭然驚呼道：「誰？你是誰？」

黝黯的燈光中，他瞧見了一頭披散的長髮，一張蒼白的臉，以及一雙美麗而空洞的眼睛。

披散的長髮雲一般灑出來，白色的人影已風一般掠了出去，立刻又消失在淒迷的黑暗中。

這豈非正是那雨中的幽靈？

俞佩玉一躍坐起，手撫著咽喉，不住地喘氣，她究竟是人是鬼？是否想害他？爲什麼要害他？

老人又不知哪裡去了，木窗的裂縫裡，已透出灰濛濛的曙光，門，猶在不住搖晃……

她究竟是人是鬼？

她若真的想害他，是否早已可將他害死了，她若不想害他，又爲何幽靈般潛來，幽靈般掠走？

俞佩玉的心跳得像打鼓，床邊，有一套破舊的衣服，他匆匆穿了起來，匆匆跑出了門。

晨霧，已瀰漫了這荒涼的庭園。

雨已停，灰濛濛的園林，潮濕，清新，寒冷，令人悚慄的寒冷，冷霧卻使這荒涼的庭園有了種神秘而矇矓的美。

俞佩玉悄悄地走在碎石路上，像是生怕踩碎大地的靜寂。

置身於這神秘的庭園中，想起方才那神秘的幽靈，他心裡也不知是什麼感覺，他根本不想去想。

就在這時，鳥聲響起，先是一隻，清潤婉囀，從這枝頭到那枝頭，接著另一聲響起。

然後，滿園俱是啁啾的鳥語。

就在這時，他又瞧見了她。

她仍穿著那件雪白的長袍，站在一株白楊樹下。

她抬頭凝注著樹梢，長髮光亮如鏡，白袍與長髮隨風而舞，在這清晨的濃霧中。

她已不再似幽靈，卻似仙子。

俞佩玉大步衝過去，生怕她又如幽靈般消失，但她仍然仰著頭，動也不動。

俞佩玉大聲道：「喂，你……」

她這才瞧了俞佩玉一眼，美麗的眼中，充滿迷惘，這時霧已在漸漸消散，陽光照在帶露的木葉上，露珠如珍珠。

俞佩玉忽然發現，她並不是「她」。

她雖然也有白袍、長髮，也有張蒼白的臉，也有雙美麗的眼睛，但她的美卻是單純的。

他可以看到她眼睛裡閃動的是多麼純潔，多麼安詳的光亮。

而昨夜那幽靈的美，卻是複雜的，神秘的，甚至帶著種不可捉摸，無法理解的妖異之氣。

俞佩玉歉然笑道：「抱歉，我看錯人了。」

她靜靜地瞧了他半晌，突然轉過身，燕子般逃走了。

俞佩玉竟忍不住脫口喚道：「姑娘，你也是這莊院裡的人麼？」

她回過頭瞧著俞佩玉笑了，笑得是那麼美，卻又帶著種說不出的癡迷，迷惘，然後，忽然間消失在霧裡。

俞佩玉怔了許久，想往回走。

但腳步卻不知怎地偏偏向前移動，走著走著，他忽然發現有一雙眼睛在樹後偷窺著他，眼睛是那麼純潔，那麼明亮，俞佩玉緩緩停下腳步，靜靜地站在那裡，盡量不去驚動她。

她終於走了出來，迷惘地瞧著俞佩玉。

俞佩玉這才敢向她笑了笑，道：「姑娘，我可以問你幾句話麼？」

她癡笑著點了點頭。

俞佩玉道：「這裡是什麼地方？」

她癡笑著搖了搖頭。

俞佩玉失望地嘆息一聲，這地方爲何如此神秘？爲何誰都不肯告訴他？但他仍不死心，又問道：「姑娘既是這莊院裡的人，怎會不知道這是什麼地方？」

這少女忽然笑道：「我不是人。」

她語聲就像是鳥語般清潤婉囀，這句話卻使俞佩玉吃了一驚。

若是別人說出這句話，俞佩玉只不過付之一笑，但這滿面迷惘的少女，卻確實有一種超於人類的靈氣。

俞佩玉囁嚅道：「你……你不是……」
這少女咬了咬嘴唇，道：「我是隻鳥。」
她抬頭瞧著樹梢，樹梢鳥話啁啾，三五隻不知名的小鳥在枝頭飛來飛去，她輕笑著道：
「我就和樹上的鳥兒們一樣，我是牠們的姐妹。」
俞佩玉默然半晌，道：「你在和牠們說話？」
白衣少女轉頭笑著，忽又瞪大了眼睛道：「你相信我的話？」
俞佩玉柔聲道：「我自然相信。」
這少女眼睛裡現出一陣幽怨的神色，嘆道：「但別人卻不相信。」
俞佩玉道：「也許他們都是呆子。」
這少女靜靜地瞧了他許久，忽然銀鈴般笑道：「那麼，我可以告訴你，我是隻雲雀。」
她開心地笑著，又跑走了。
俞佩玉也不攔她，癡癡地呆了半晌，心頭但覺一種從來未有的寧靜，緩緩踱回那座小屋。
忽然間，門後刺出一柄劍，抵住了他的背。
劍尖，冰冷而尖銳，像是已刺入俞佩玉心裡。
一個冷冰冰的語聲道：「你只要動一動，我就刺穿你的背……」
這竟然是個女子的聲音，而且也是那麼嬌美。
俞佩玉忍不住回頭一瞧，便又瞧見了那雪白的長袍，那披散的頭髮，那蒼白的臉，那美麗的眼睛。

這並非昨夜的幽靈，而是今晨的仙子。

但此刻，這雙眼睛卻冷冰冰的瞪著俞佩玉，大聲道：「你是誰？」

俞佩玉又驚又奇，又笑又惱，苦笑道：「雲雀姑娘，你不認得我了？」

白衣少女厲聲道：「我自然不認識你。」

俞佩玉道：「但……但方才我……我還和姑娘說過話的。」

白衣少女冷笑道：「你只怕是活見鬼了。」

俞佩玉怔在那裡，則聲不得。

她目光此刻雖然已變得尖銳而冷酷，但那眉毛，那嘴，那鼻子，卻明明是方才那少女的。

她為什麼突然變了？

她為什麼要如此待他？

俞佩玉心裡又是一團糟，慘笑道：「我真是活見鬼了麼？」

白衣少女厲聲道：「你是什麼人？偷偷摸摸跑到高老頭屋裡來幹什麼？想偷東西麼？說！快說！老實說。」

她劍尖一點，血就從俞佩玉背後流了出來。

俞佩玉嘆了口氣，道：「我不知道，我現在什麼都不知道了。」

這莊院中的人，好像全都是瘋子，有時像是對他很好，有時卻又很壞，有時像是全無惡意，有時卻又要殺他。

白衣少女冷笑道：「你不知道？很好，我數到三字，你再說不知道，我這一劍就從你背後刺進去，前胸穿出來。」

她大聲道：「一！」

俞佩玉站在那裡不說話。

白衣少女喝道：「二！」

俞佩玉還是站在那裡，不說話，他簡直無話可說。

白衣少女像是也怔了怔，終於喝道：「三！」

俞佩玉身子突然好像魚一般滑開，反手輕輕揮出一掌，那少女便覺手一麻，長劍脫手飛了出去，釘入屋頂。

這一掌竟似有千百斤力氣。

她怔在那裡，也呆住了。

俞佩玉冷冷瞧著她，道：「雲雀姑娘，現在我可以問你話了麼，你總該不能再裝傻了吧，最好說人話，鳥語我是不懂的。」

那少女眼波一轉，突然噗哧笑道：「我逗著你玩的，你要學鳥語，我明天教你。」

輕盈的一轉身銀鈴般笑著逃了出去。

俞佩玉叱道：「慢走！」

一個箭步竄出，就見老人已擋在他面前，冷冷道：「我救了你性命，不是要你來逼人的。」

俞佩玉冷笑道：「老丈來得倒真是時候，方才那位姑娘劍尖抵住我背時，老丈爲何不來？」

那老人一言不發，走進屋子，坐了下來，拿起旱煙管，燃著火，深深吸了一口，緩緩道：「我不妨老實告訴你，這莊院中的確有許多奇怪的事，你若能不聞不問，一定不會有人害你，否則只有為你招來殺身之禍！」

俞佩玉怒道：「縱然我不聞不問，方才那位姑娘也已要殺我了。」

那老人嘆了口氣道：「她的事你最好莫要放在心上，她們都是可憐的女子，遭遇都很不幸，你本該原諒她們。」

他滿是皺紋的臉上，突然顯得十分悲傷。

俞佩玉默然半晌，道：「她們是誰？」

老人道：「你為何老要知道她們是誰？」

俞佩玉大聲道：「你為何什麼都不肯告訴我？」

老人長長嘆息一聲，道：「不是我不告訴你，只是你不知道最好。」

俞佩玉又默然半晌，恭身一揖，沉聲道：「多謝老丈救命之恩，來日必當補報。」

老人抬起眼，道：「你要走？」

俞佩玉苦笑道：「我想，我還是走的好。」

老人沉聲道：「崑崙、點蒼兩派一百多個弟子，此刻都在這莊院附近一里方圓中，你要走，能走得出去嗎？」

俞佩玉囁嚅道：「這莊院到底和點蒼、崑崙兩派有何關係？」

老人淡淡一笑，道：「這裡若和點蒼、崑崙有關係，還能容得你在這裡？」

俞佩玉一驚，道：「你……你已知道我……」

老人瞇著眼道：「我什麼都知道了。」

俞佩玉一把抓住他的膀子，嘶聲道：「我沒有殺死謝天璧，更沒有殺過天鋼道長，你一定得相信我的話。」

老人緩緩道：「我縱然相信了，但別人呢？」

俞佩玉鬆開手，一步步向外退，退到牆壁。

老人嘆道：「現在你只有耽在這裡，等風聲過去，我再帶你走，你也可乘這段機會，好生休養休養體力。」

俞佩玉彷彿覺得眼睛有些濕，道：「老丈你……你本可不必如此待我的。」

老人吐了口煙，毅然道：「我既然救了你，就不願看見你死在別人手上。」

突然，一根長索套住了釘在屋頂上的劍柄，長劍落下去，落在一隻纖纖玉手上，她已站在門口，笑道：「高老頭，娘要見他。」

老人瞧了俞佩玉一眼，俞佩玉立刻發現他臉色竟變了，他瞇著的眼睛突然睜開，皺眉道，「你娘要見誰？」

白衣少女笑道：「這屋裡除了你和我外，還有誰？」

高老頭道：「你……你娘爲什麼要見他？」

少女瞟了俞佩玉一眼，道：「我也不知道，你趕緊帶他去吧。」一轉身，又走了。

老人木立在那裡，許久沒有動。

俞佩玉忍不住道：「她的娘是誰？」

高老頭道：「莊主夫人。」

他敲了敲旱煙袋，掖在腰帶上，道：「走吧，跟著我走，小心些，此刻這莊子裡點蒼、崑崙弟子不少。」

俞佩玉嘆道：「我不懂，我真不懂，你們既然收留了我，爲何又留他們在這裡，你們既然留他們在這裡爲何又怕他們見著我？」

老人也不理他，閃閃縮縮，穿行在林木間，石徑上露水很亮，林木間迷霧已散。

俞佩玉苦笑道：「此刻我既然已要去見莊主夫人，你至少總該讓我知道這是什麼莊院。」

高老頭頭也不回，道：「殺人莊。」

這時，他們已走上條曲廊。

曲廊的建築很精巧，也很壯觀，但欄杆上朱漆已剝落，地板上積滿了塵埃，人走在上面，嘰嘰吱吱的響。

俞佩玉驟然停下腳步，失聲道：「殺人莊？」

高老頭道：「這名字奇怪麼？」

俞佩玉道：「爲什麼會有如此奇怪的名字？」

高老頭緩緩道：「只因任何人都可以在這裡殺人，絕沒有人管他，任何人都可能在這裡被殺，也絕沒有人救他。」

俞佩玉只覺一陣寒意自背脊升起，悚然道：「爲什麼？爲什麼會這樣？」

高老頭沉聲道：「這原因你最好莫要知道。」

俞佩玉道：「難道，難道從來沒有人管麼？」

高老頭道：「沒有人，沒有人敢。」

俞佩玉道：「難道你們的莊主也不管？」

高老頭突然回頭，面上帶著一種神秘的笑，一字字道：「我們的莊主從來不管的，只因他……」

突聽一陣步聲，自走廊另一端傳了過來，高老頭一把拉過俞佩玉，閃入了一扇垂著紫花簾的門。

腳步聲漸近，漸漸走過。

俞佩玉偷眼窺望，便瞧見了兩個紫衣道人的背影，背後的長劍，綠鯊魚皮鞘，紫銅吞口，杏黃的劍穗，隨著腳步飄舞搖晃。

俞佩玉悄悄吐了口氣，道：「難道任何人都可以在你們這莊院裡大搖大擺地隨意走動？」

高老頭緩緩道：「一心想殺人的人，自然可以隨意走動，有可能被殺的人他走路可就得小心……十分小心了。」

俞佩玉跟在他身後，呆了半晌，道：「在這裡既然隨時都可能被殺，那麼那些人爲什麼還要到這裡來？別的地方豈非安全得多。」

高老頭道：「也許，他已別無他途可走，也許他根本不知道這地方的底細，也許他是被騙來的，也許他也想殺人。」

俞佩玉突然打了個寒噤，喃喃道：「這理由很好，這四種理由都很好。」

他語聲微頓，大步趕上高老頭，道：「但你們的莊主難道……」

只聽一個嬌美的語聲道：「娘，他來了。」

俞佩玉抬眼一瞧，曲廊盡頭有一道沉重的雕花門，門已啓開一線，那嬌美的語聲，便是自門裡傳出來的。

一雙美麗的眼睛本在門後偷偷窺望，此刻又突消失了，高老頭蹣跚地走過去，輕輕叩門，道：「夫人可是要見他？」

一個女子聲音輕輕道：「進來。」

她雖然只說了兩個字，但就只這兩個字中，已似有一種奇異的魅力，使人感覺這聲音彷彿是另一個世界發出來的。

門，突然開了。

門裡很黯，清晨的陽光雖強，卻照不進這屋子。

俞佩玉也不知怎地，只覺自己的心跳得很厲害，他緩緩走進去，黑暗中一雙發亮的眼睛遠瞧著他，那麼美麗，那麼空洞。

這殺人莊的莊主夫人，赫然竟是昨夜雨中的幽靈。

俞佩玉一驚，接著又瞧見一雙手，纖細，柔美，蒼白，正也是在他夢魘中似乎要扼他咽喉的手。

他只覺有一粒冷汗自額角沁出來，一粒，兩粒……

那雙眼睛凝注著，沒有動。

俞佩玉也不能動，他隱約覺得她身旁邊有個人，等他眼睛漸漸習慣黑暗時，他忽然瞧見這個人面上掛著純潔甜美的微笑。

那豈非是他今晨所遇林中的仙子。

突然，門關了起來，俞佩玉猝然回頭。

在門深處，他又瞧見一雙眼睛，同樣的美麗，甚至是同樣的眉，同樣的嘴。

只是，一個人的目光是那麼單純而柔和，另一個人的卻是那麼深沉，那麼尖銳，一個人就是林中的雲雀，無憂無慮，從來不知道人間的險惡，也不知道人間的煩惱，另一個卻似大漠中的鷹隼，一意想探取每個人的心。

俞佩玉恍然而悟，今晨在林間所遇的雲雀，和以那柄利劍傷了他的鷹隼，竟是同胞的孿生姐妹。

他瞧瞧前面，又瞧瞧後面。

非但這一雙姐妹長得是一模一樣，就連她們的母親，這雨中的幽靈，這夢魘中的鬼魂，這神秘的莊主夫人，也和她們長得那麼相似，只是，她們母女三個人的性格，都是三種截然不同的典型。

一時之間，俞佩玉也不知是驚奇，是迷惘，還是覺得有趣，他耳畔似乎又響起高老頭嘆息著所說的話。

「她們，都是可憐的女人……」

可憐的女人？爲什麼……

莊主夫人仍在凝注著他，突然笑道：「這裡很暗，是麼？」

在這張蒼白、迷惘，而又充滿了幽怨的臉上居然會出現笑容，那幾乎是件不可思議的事。

俞佩玉只覺一種神奇的魅力完全震攝了他，垂首道：「是。」

莊主夫人幽幽道：「我喜歡黑暗，憎惡陽光，陽光只不過是專爲快樂的人們照射的，傷心的人永遠只屬於黑暗。」

俞佩玉想問：「你爲什麼不快樂？爲什麼傷心舊事？」但都沒有問出口，到了這高大、陳舊而黑黯的房子裡，他愈覺這莊院委實充滿了神秘，濃得幾乎能令人透不過氣來。

莊主夫人目光始終沒有自他臉上移開，又道：「你姓什麼？叫什麼名字？」

俞佩玉道：「在下姓……」

高老頭忽然輕輕咳嗽了一聲，俞佩玉緩緩道：「葉，叫葉玉珮。」

莊主夫人道：「你不姓俞？」

俞佩玉又是一驚。

莊主夫人又緩緩接道：「很好，你不姓俞，以前有一個姓俞的殺了我一個很親近的人，在我的感覺中，姓俞的都不是好東西。」

俞佩玉也不知該回答什麼，唯唯垂首道：「是。」

莊主夫人道：「你來到我們莊院，我很高興，希望你能在這裡多留幾天，我好像有許多話想和你談談。」

俞佩玉道：「多謝……」

突然那「鷹姑娘」反手一抽，用劍背抽在他腿彎後，他痛得幾乎流淚，不由自主跪了下來。

就在這時，一個人衝進了門，正是那崑崙白鶴道人。

俞佩玉又驚又痛，從肋下望過去，他瞧見那些黑衣勁裝的點蒼弟子也緊緊跟在白鶴道人身後。

兩人一進門，目光便四下搜索，屋子裡的人卻似全沒有瞧見他們。那「鷹姑娘」叉著腰大罵道：「你以後若再不聽夫人的話，將院子打掃乾淨，你瞧姑娘我打不打斷你這雙狗腿。」

俞佩玉低低垂著頭，啞聲道：「是。」

白鶴道人眼睛四面瞧來瞧去，卻始終沒有瞧這跪在他足旁的「園丁」一眼，這時他才向莊主夫人合什爲禮，道：「夫人可瞧見一個陌生的少年進來麼？」

莊主夫人冷冷道：「此間唯一闖進來的陌生人就是你。」

白鶴道人道：「但方才明明有人瞧見……」

「鷹姑娘」突然衝到他面前大聲道：「明明瞧見，你難道認爲我母女偷男人不成？」

白鶴道人一怔，吶吶笑道：「貧道並無此意。」

「鷹姑娘」冷笑道：「那麼，你一個出家人，平白闖入女子的閨房，又是什麼見鬼的意思？難道還是要進來唸經不成？」

白鶴道人倒未想到這少女居然這麼厲害，言語居然這麼鋒利，竟逼得他幾乎說不出來，強笑道：「貧道曾經問過莊主……」

「鷹姑娘」厲聲道：「不錯，你們若要殺人，每間屋子都可以闖進去，但這間屋子卻是例外，這裡究竟是莊主夫人的閨房，知道麼？」

白鶴道人道：「是，是……」

匆匆行了一禮，匆匆奪門而出，他雖是崑崙門下最精明強幹的弟子，但如此潑辣的少女，他也是不敢惹的。

俞佩玉全身衣衫都已被冷汗濕透，抬起頭便又瞧見莊主夫人放在膝上的那雙纖美蒼白的手。

但他此刻已知道這雙手昨夜並沒有殺他之意，否則她只要將他交給白鶴道人，根本不必自己動手。

莊主夫人瞧著他，淡淡道：「你害怕？爲什麼害怕？」

俞佩玉道：「在下……在下……」

莊主夫人一笑，道：「你不必告訴我，到這莊院來的，每個人都在害怕，但誰都不必將他害怕的理由告訴別人。」

她目光忽然轉向高老頭，道：「你可以走了。」

高老頭道：「但他……」

莊主夫人道：「他留在這裡，我要和他說話。」

高老頭遲疑著，終於躬身道：「是。」

蹣跚著走了出去。

那一雙姐妹竟然也跟著出去了，雲雀姑娘似乎在咯咯的笑著，鷹姑娘連聲音都沒有出。

沉重的門「砰」的關上，屋子裡忽然靜得可怕，俞佩玉甚至可以聽得見自己心跳的聲音。

莊主夫人瞧著他，只是瞧著他，俞佩玉想說話，竟被她這種神秘的魅力所攝，竟開不了口。

重重的簾帷掩著窗子，屋子裡愈來愈暗，一種古老的、陰森的氣氛，瀰漫了屋子裡的每一個角落。

莊主夫人仍然不說話，甚至連動也不動，只是目不轉睛地瞧著俞佩玉，就像是射手瞧著箭垛，漁人瞧著釣鈎。

俞佩玉漸漸開始坐立不安起來，「她爲什麼這樣看我？爲什麼？」

突聽一陣笑聲自窗外傳了進來。

俞佩玉走到窗口，將簾帷掀起了一角，向外瞧了出去。

只見一隻黑色的貓在前面奔跑，一個瘦弱的、矮小的，穿著件花袍子的人在後面緊緊追著。

他那蒼白的臉上雖已有了鬍鬚，但身材看來卻仍像是個十一二歲的孩子，神情看來也像是個孩子。

此刻他臉上已滿是汗珠，髮髻也亂了，甚至連鞋子都脫落了一隻，模樣看來又狼狽，又可憐，又可笑。

十幾個華服大漢就正跟在他後面大笑著，像是在瞧把戲似的，有的人在拍手，有的人拿石頭去擲黑貓。

俞佩玉瞧得忍不住長長嘆息了一聲。

突聽身後有人道：「你嘆息什麼？」

那莊主夫人不知何時竟已在他身後，也已往外瞧。

俞佩玉嘆道：「在下瞧得這人被大家像小丑般戲弄，心中頗是不忍。」

莊主夫人面上木然沒有表情，過了半晌，緩緩道：「這人就是我丈夫。」

俞佩玉吃了一驚，失聲道：「他……他就是莊主？」

莊主夫人冷冷道：「不錯，他就是殺人莊的莊主。」

俞佩玉怔在那裡，久久作聲不得。

他忽然了解這母子三人爲什麼是「可憐的女人」，他也已了解爲什麼任何人都可以在這裡隨意殺人。

這「殺人莊」的莊主竟是個可憐的小丑，可憐的侏儒。每個人都可以到這裡來將他隨意欺負戲弄。

莊主夫人又回到座上，瞧著他，不說話。

俞佩玉此刻已可以忍受。

只因他已對這女子，對這一家人都生出了無限的同情，他們縱然有許多奇怪的舉動，那也是可以被原諒的。

門口不知何時已擺了一盤菜飯，莊主夫人幾乎連動也沒動，俞佩玉卻吃了個乾乾淨淨。

世上原沒有什麼事能損害少年人的腸胃。

時間就這樣過去。

屋子裡愈來愈黑，莊主夫人的臉已朦朧，這屋子就像是個墳墓，埋葬了她的青春與歡樂。

「但她爲什麼這樣瞧著我？」

俞佩玉既覺憐惘，又覺奇怪。

莊主夫人忽然站起來，幽幽道：「天已黑了，你陪我出去走走好麼？」

這園林竟出奇的大，也出奇的陰森，花叢樹梢，都似有鬼魅在暗中窺人，石子路沙沙的響。

俞佩玉覺得很冷。

莊主夫人已落在後面，初升的月色將她的身影長長投了過來，不知從那裡傳來一聲梟啼。

俞佩玉不禁打了個寒噤，抬頭望處，忽然瞧見陰森森的樹影中，有一座死灰色的、奇形怪狀的房屋。

這房屋沒有燈，根本沒有窗子，尖尖的屋頂，黑鐵的大門似已生鏽，孤伶伶的一座死灰色的怪屋，矗立在這陰森森的庭園裡，這給人的神秘與恐怖的感覺，簡直不是世上任何言語所能形容。

俞佩玉既害怕，又好奇，不由自主走過去。

突聽莊主夫人叱道：「不能過去。」

她溫柔癡迷的語聲竟似變得十分驚惶。

俞佩玉一驚停步，回首道：「爲什麼？」

莊主夫人道：「誰走近了這屋子，誰就得死。」

俞佩玉更吃驚，道：「爲……爲什麼？」

莊主夫人嘴角又泛起神秘的笑容，緩緩道：「只因這屋子裡都是死人，他們都想拉人去陪他們。」

俞佩玉失聲道：「死人？都是死人？」

莊主夫人眼睛空洞地凝注著遠方，道：「這屋子就是我們姬家的墳墓，屋子裡埋葬的都是姬家的祖先，而姬家的祖先都是瘋子，活著是瘋子，死了也是瘋子。」

俞佩玉聽得毛骨悚然，掌心又滿是冷汗。

莊主夫人的手卻更冷，她拉住他的手走向旁邊的一條小路，只覺她的手冷得像鐵，像冰。

俞佩玉暈暈迷迷地被拉著往前走，也不知要走到哪裡。

前面有個小小的八角亭，走上四級石階，亭的中央，四面欄杆圍著黑黑的深洞，仔細一瞧，才知道是口井。

姬夫人喃喃道：「這是奇怪的井！」

她這話像是在自言自語，並不是說給別人聽的。

俞佩玉卻忍不住問道：「爲什麼是奇怪的井？」

姬夫人道：「這口井叫做『魔鏡』。」

俞佩玉更奇怪，追問道：「爲什麼叫做魔鏡？」

姬夫人悠悠道：「據說這口井可以告訴人的未來，在有月光的晚上，你站在井邊照下去，那井中的影子便是你未來的命運。」

俞佩玉道：「這……我有些不太懂。」

姬夫人道：「有的人照下去，他的影子在笑，而他並沒有笑，那麼就表示他一生幸運，有的人照下去，他雖沒有哭，他的影子卻在哭，那麼他未來的一生，便必定充滿了悲傷，充滿了不幸。」

俞佩玉駭然道：「那有這樣的事！」

姬夫人悠悠接著道：「有的人照下去，卻是什麼都瞧不見，只能見到一片血光，那麼，就表示他立刻便將有殺身之禍。」

俞佩玉不禁又打了個寒噤，道：「我不信。」

姬夫人道：「你不信?爲何不試試？」

俞佩玉道：「我……我不想……」

他口中雖說不想，但這口井實在是口魔鏡，竟似有種神奇的吸引力，他身不由主地走了過去，探首下望。

井很深，非常深，黑黝黝的深不見底，俞佩玉根本什麼都瞧不見，他的頭不禁愈探愈低。

姬夫人突然失聲道：「血……血……」

俞佩玉驚極駭極，再往下望，突然欄杆崩裂，他整個人就像是塊石頭的直落下井去。

姬夫人掩面狂呼道：「血……血……魔鏡……魔井……」發狂般奔走了。

這時，才聽得井底傳上來「噗通」一聲。

這「噗通」一聲自然就是俞佩玉落下井時的聲音，這魔井出奇的深，幸好還有水，而且水很深。

他身子無助地重擊在水面上，全身骨頭都像是要散了，筆直沉入水底，久久升不上來。

他若不是一身銅筋鐵骨，只怕升起時已是個死人。

那恐怖的驚呼聲猶在耳畔，俞佩玉驚魂未定，在冰冷的水裡不停地發抖，似乎永遠不能停止。

「她爲何要害我？」

「我自己不小心失足落下，怎能怪別人？」

「她爲何不救我？」

「她心靈本來脆弱，此刻也已駭極，怎能救我？」

「何況，她必定認爲我已死了，又何苦來救我。」

俞佩玉想來想去唯有自責自怨。

「我本就是個不幸的人，一生中本就充滿了不幸的遭遇。」

別人夢想不到的不幸遭遇，在他說來，已是家常便飯了。

井很寬，若是站在井中央，伸手難及井壁，何況井壁上滿是又厚又滑的青苔，任何人都休想能爬上去。

若是別人，此刻早已呼救，但俞佩玉卻連呼救都不敢，呼聲若是驚動了他的仇敵，他豈非死得更快。

幸好他水性精深，還不至於沉下去，但身子沉在冷得刺骨的井水裡，已漸漸開始發麻。

他遲早還是要沉下去。

這一切，簡直像是個噩夢，他實在不願相信，卻又不能不信，從那日在他自己的庭院中，黑鴿子傳書信的那一剎那開始，他的生命就像是活在夢魘中，他的生命是否就此終結。

他不願想，不敢想，但卻偏偏忍不住要想，想得簡直要發狂，黑夜，便在這令人發狂的痛苦中慢慢過去。

井口射入了灰濛濛的光，但這光卻又是那麼遙遠，遠不可及。

不可及的遠處，突然傳來了啁啾鳥語。

這在俞佩玉聽來，簡直像是聽見了世上最悅耳的聲音。

這鳥語正是他的救星。

若真是有人在害他，那麼這就是那人絕對未曾想到的一著棋，誰又能想到鳥語竟能救人。

他竟在井中「吱吱喳喳」的學起鳥叫來，叫個不停，這時遠處突然有了比鳥語更清潤婉轉的歌聲：

「柳梢的黃鶯兒呀，
你是否在嘀嘟春城的荒蕪？
樑間的小燕子呀，
你為什麼總是
埋怨人間的淒苦？……」

歌聲突然停頓，過了半晌，又響起：

「又是誰落在井底？
你有什麼心事要向我傾訴？
為什麼你的聲音我聽來如此生疏？」

接著井口便出現了一雙美麗的眼睛。
俞佩玉這才敢輕呼道：「雲雀姑娘……」
美麗的眼睛張大了，失聲道：「呀，是你，難怪我聽不出你說的是什麼，啊……你不是鳥。」

俞佩玉苦笑道：「我但願能是隻鳥。」

雲雀姑娘眨著眼道：「你顯然不是鳥，再見吧。」

抬起頭，竟要走了。

俞佩玉呼道：「姑娘，人落在井裡，你難道不拉他上去？」

雲雀姑娘終於又探出頭，癡癡的笑道：「我爲何要拉你上來？」

俞佩玉道：「因爲……因爲……」

這本是個最簡單的問題，他一時間卻偏偏回答不出。

雲雀姑娘拍手笑道：「我知道你沒有理由，我走了。」

她竟然真的說走就走，俞佩玉怔在那裡，當真是哭笑不得，他恨不得摑自己幾個耳光，爲什麼連如此簡單的問題都回答不出，卻不知這問題本是任何人都不會問出來的，猝然之間，他自然要被問住。

「姬家的人，難道真的全都是瘋子？」

俞佩玉心裡發苦——他除了心裡還有感覺，別的地方幾乎已全部痳木，整個人就像是浸在水裡的一根木頭。

他掏了點苦澀的井水，潤了潤嘴唇。

突然間，一根長索垂了下來。

俞佩玉狂喜地抓住了那繩索，但心念轉過，立刻又一驚抬頭去望，井上並沒有人。

他啞聲問道：「誰？誰來救我？」

上面仍沒有人答應。

莫非是崑崙、點蒼的弟子。

莫非是那惡黨中的人。

他們要將他拉上去，只不過爲了要殺他。

俞佩玉咬了咬牙，抓緊繩索，一寸寸爬上去，無論如何，總比活活被泡死在這魔井中好。

此時此刻，他除了走一步算一步之外，又還能怎樣？

他根本不能選擇。

從下面到井口，彷彿是他一生中所走過的最長的路，但終於還是到了，今晨沒有霧，淡金色的陽光灑滿了庭園。

就連這破舊的小亭，這些油漆剝落的欄杆柱子，在陽光下看來，都顯得那麼輝煌而美麗。能活下去，畢竟是好事。

但上面竟仍然瞧不見人影，長索是被人繫在柱子上的，究竟是誰救了他？爲什麼不肯露面。

俞佩玉又驚又疑，一步步走出亭子，走下石階，突聽身後啁啾一聲，他霍然回頭，就又瞧見了她。

她斜倚在亭外的欄杆上，美麗的長髮在陽光下宛如黃金，一隻翠鳥停在她纖柔的小手上，真的像是正在和她說話。俞佩玉喜道：「是你！你……你爲何還是救起了我？」

雲雀姑娘輕笑道：「是『她』要我拉你上來的。」

俞佩玉道：「她？……她是誰？」

雲雀姑娘輕摸著那翠綠的羽毛，柔聲道：「小妹，你說他是個好人，又說他不像你一樣長著翅膀，所以要別人拉他起來是麼？但他卻不來謝謝你。」

那翠鳥「吱吱喳喳」地叫著，樣子也顯得很開心。

俞佩玉發呆地瞧著她，這少女究竟是特別的聰慧，還是個瘋子？

他忍不住問道：「你真的懂得鳥語？」

雲雀姑娘突然開始往前走，像是很生氣，嘟著嘴道：「你也像別人一樣不相信？」

俞佩玉道：「我……我相信，但你又是怎麼學會鳥語的？」

雲雀姑娘嫣然一笑，道：「我不用學，我瞧見她們之後就知道了。」

在這一瞬間，她迷惘的眼睛裡像是突然充滿了靈光，俞佩玉不知怎地，竟無法不相信她的話，忽又問道：「她們快樂麼？」

雲雀姑娘想了想，道：「有的快樂，有的不，有時快樂，有時不……」

她忽然開心地笑道：「但至少總比愚蠢的人們快樂得多。」

俞佩玉默然半晌嘆道：「不錯，人們的確太愚蠢，世上只怕唯有人才會有自尋煩惱。」

雲雀姑娘笑道：「你知就好，就應該……」

她掌中的鳥突然叫了一聲，沖天飛起。

她臉色也變了。

俞佩玉奇道：「姑娘你……」

雲雀姑娘搖手打斷了他的話，轉過頭飛也似的跑了，就真的像是一隻受驚的小鳥似的。

俞佩玉瞪大了眼睛正在發呆，只聽一陣奇絕的聲音從左面的樹叢中傳了過來，像是有人在鏟土。

莫非有人正在爲他的仇敵挖掘墳墓。

俞佩玉悄悄走過去躲在樹後向外望，果然瞧見一個矮小的人蹲在地上挖土，他穿著件大花的袍子，一雙手就像是孩子那麼小，他正是這殺人莊的莊主。

昨天被他追趕的黑貓，已血肉模糊，死得很慘。

五　生而復死

殺人莊莊主挖好洞，輕輕將貓的屍身放下去，又在四圍堆滿了鮮花，再將土一把把撒上去，口中喃喃道：「別人都說貓有九條命，你爲什麼只有一條……可憐的孩子，是你騙了我，還是我騙了你？」

俞佩玉瞧著他矮小佝僂的身影，瞧著他那雖然孩子氣卻又是那麼善良的舉動，忍不住長長嘆了一聲。

殺人莊主吃驚得跳了起來，大聲道：「誰？」

俞佩玉趕緊走出去，柔聲道：「你莫要害怕，我絕無惡意。」

殺人莊主緊張地瞪著他，道：「你……你是誰？」

俞佩玉盡量不讓自己驚嚇了他，微笑道：「我也是這裡的客人，叫俞佩玉。」

他竟然覺得什麼事都不必瞞他，只因這畸形矮小的身子裡，必定有顆偉大而善良的心。

他對貓都如此仁慈，又怎會害人。

殺人莊主那蒼白而秀氣，像是還未完全發育成熟的臉，終於完全安定下來，展顏一笑，道：「你是客人，我卻是主人，我叫姬葬花。」

俞佩玉道：「我知道。」

姬葬花張大眼睛，道：「你已知道了？」

俞佩玉笑道：「我已見過夫人和令嫒。」

姬葬花眼睛垂了下來，苦笑道：「好像很多人都是先見到她們才見我。」

他突然抓住俞佩玉的手，大聲道：「但你千萬別聽她們的話，我那妻子腦筋不正常，很不正常，簡直是個瘋子，我那大女兒更是個潑婦，沒有人敢惹她，連我都不敢，她們長得雖美，心卻毒得很，你下次見著她們，千萬要躲遠些。」

俞佩玉實未想到他對自己的妻子和女兒竟如此說法，不禁被驚得怔住，他說的話是真？是假？

他看來並沒有理由要騙他。

姬葬花顫聲道：「我說這話全是爲你好，否則我又怎會罵自己的親人。」

俞佩玉終於長嘆一聲，道：「多謝莊主。」他停了一停，忍不住又問道：「但還有位能通鳥語的姑娘……」

姬葬花這才笑了笑，道：「你是說靈燕，只有她，是絕不會害人的，她……她是個白癡。」

俞佩玉怔住了，失聲道：「白……白癡。」

林木間，有一陣沙沙的腳步聲響起。

姬葬花一把拉住他的手，變色道：「這只怕是她們來了，你千萬不能讓他們見著你，否則你就再也休想活了，快，快跟我走。」

俞佩玉聽了他的話，再想到那可怖的魔井，想到那雙扼他脖子的手，忽然覺得自己以前為她辯護的理由，委實都脆弱得不堪一駁。

只見姬葬花拉著他在林木間左轉右轉，來到一座假山，從假山的中間穿過去，有間小閣，閣中到處都是灰塵、蛛網，四面寫字的紙都已發黃。

閣的中央，有個陳舊的蒲團，兩個人站在這小閣裡，已覺擠得很，但姬葬花卻鬆了口氣，道：「這裡是最安全的地方，絕不會有人來的。」

俞佩玉一生中簡直從未見過這麼小的屋子，不禁問道：「這是什麼地方？」

姬葬花道：「這裡就是先父晚年的靜坐誦經之處，從五十歲以後，他老人家便在這裡，足不出戶，達二十年之久。」

俞佩玉駭然道：「二十年足不出戶……但此間連站都站不直，躺更不能躺下，令尊大人又為何如此自苦？」

姬葬花黯然嘆道：「先父自覺少年時殺戮太重，是以晚年力求懺悔，他老人家心靈已平靜如止水，肉身上的折磨，又算得什麼？」

俞佩玉長長嘆息道：「他老人家，委實是個了不起的人物。」

他想到那姬夫人居然說姬家的祖先都是瘋子，暗中不禁苦笑搖頭，姬葬花拍了拍他的手，道：「你安心藏在這裡，飲食我自會送來，但你千萬不能跑出去，這莊院中流血已太多，我實在不願再見到有人流血。」

俞佩玉瞧著他走出去，暗嘆忖道：「他妻子已瘋狂，女兒又是白癡，自己又是個侏儒，永遠被人欺負戲弄，他的一生，豈非比我還要不幸得多，而他待人卻還是如此仁慈善良，我若換了他，我是否會有他這麼偉大的心腸？」

地上積著厚厚的塵土，俞佩玉嘆息著坐在蒲團上。

這小閣中竟沒有牆，四面都是以紙格的門窗隔起來的，嚴冬風雨時，那日子必定甚難度過。

外面有流水聲不斷地在響。

風吹樹葉，也在響。

俞佩玉東張西望，只覺地上的塵土下，似有花紋，他撕下塊衣襟，擦了擦，竟現出一幅八卦圖來。

「先天無極」門下，對於奇門八卦一道本不陌生，俞佩玉名父之子，對於此道，可稱翹楚，他靜心瞧了半晌，伸手沿著地上的花紋劃了劃，他座下的蒲團突然移動起來，現出圓地穴。

地穴中很黑也很深。

俞佩玉忍不住試探著走下去。

就在這時，突然間，二十多柄精光雪亮的長劍，無聲無息地自四面門戶中閃電般刺了進來。

俞佩玉心膽皆喪，他若沒有發現地上的八卦圖，他若不精於奇門八卦術，他若還坐那蒲團上。

那麼此刻他身子就已變成蜂巢，這二十幾柄精鋼長劍，每一柄都要從他身上對穿而過。這是何等的機緣巧合，這又是何等的驚險，生死之間，當真是間不容髮，他這條命簡直是撿回來的。

但此刻他連想都不敢多想，趕緊將蒲團蓋住地穴。

只聽閣外有人道：「咦？怎地像是沒有人？」

接著，「砰」地一震，四面門窗俱都碎裂而開。

小閣四面，赫然站滿了崑崙、點蒼的子弟，齊地失聲道：「他怎地逃了？」

白鶴道人沉聲道：「他怎會得到風聲？」

另一人道：「他絕定走不遠的，咱們追。」

衣袂帶風聲響動間，這些人又都走了個乾淨。

俞佩玉直等了許久許久，才敢將那蒲團推開一線，瞧見四面再無人影，才敢悄悄爬上來。

流水聲仍在響，風吹樹葉聲也仍在響，就是這風聲水聲掩去了那些人來時的行動聲，俞佩玉才會全無覺察。

但他們又是怎會來的。

又怎會知道俞佩玉在這裡。

俞佩玉驚魂未定，已發覺這「殺人莊」中，到處都充滿了瘋狂的人，簡直沒有一個人可以信任。

那麼，此時此刻，他又該往何處去？

此刻他蓬頭亂髮，眼睛裡已滿是血絲，昔日溫文典雅的少年，此刻已變得像是隻野獸，負傷的野獸。

他再沒有信心和任何人動手，也已沒有力氣和任何人動手。

突聽一人輕喚道：「葉公子……葉玉珮！」

俞佩玉想了想，才知道這是在喚自己，他雖然聽不出這語聲是誰，但喚他這名字的，除了她們母女還有誰？

他想也不想，又鑽進那地穴，蓋起蒲團。

地穴中伸手不見五指。

他雖然感覺這地穴彷彿很大，卻也不敢隨意走動，只是斜斜靠在那裡。

良久，他竟迷迷糊糊地睡著了。

突然，光線直照下來，蒲團已被移開。

俞佩玉大驚抬頭，便瞧見那張蒼白的、秀氣的和善的臉，此刻這張臉上像是又驚又喜，失聲嘆道：「謝天謝地你總算在這裡。」

俞佩玉卻沒有半點歡喜，咬牙道：「你還要來害我？」

姬葬花搥胸道：「都是我不好，我帶你來時，竟被我妻子瞧見了，她必定想到了這裡，竟將崑崙、點蒼的那些兇手帶來。」

俞佩玉冷笑道：「你怎能令我相信？」

姬葬花道：「若是我出賣了你，此刻為何不將他們帶來？」

俞佩玉這才跳出來，歉然道：「我錯怪了你。」

姬葬花一腳將蒲團踢回原地，拉著他，道：「現在不是道歉的時候，快走。」

突聽一人狂笑道：「你還想走！」

俞佩玉魂飛魄散，「刷、刷、刷！」三柄長劍，閃電般刺了過來。

姬葬花大叫道：「住手、住手、你們不能……」

但呼嘯著的長劍根本不理他，俞佩玉身上已被劃破兩道血口，崑崙、點蒼的子弟已將他重重包圍起來。

他赤手空拳野獸般左衝右突，轉眼間便已滿身浴血。

白鶴道人厲聲道：「留下他的活口，我要問他的口供。」

俞佩玉閃開兩柄劍，一拳向他直擊而出。

只聽「砰」的一聲巨震，那小閣的柱子竟被他這一拳擊斷，屋頂樑木嘩啦啦整個塌了下來。

他抱起一根柱子，瘋狂般掄了出去。

驚呼聲中，一個點蒼弟子已被他打得胸骨俱斷，另兩人掌中的長劍也被他脫手震飛。

白鶴道人大呼道：「這小子簡直不是人，死的也要了。」

俞佩玉身形旋轉，將那海碗般粗細的樑柱，風車般掄舞，只要是血肉之軀，有誰能攖其鋒。

姬葬花遠遠站在一旁，也像是嚇呆了，不住喃喃道：「好大的力氣，好駭人的力氣……」

劍光閃動，叱咤不絕。

俞佩玉眼前卻什麼也瞧不見了，耳裡也什麼都聽不清了，只是瘋狂般掄著那柱子，只見他突然一鬆手——

百餘斤重的柱子，夾帶著千萬斤之力，箭一般直射而出，一個崑崙道人首當其鋒，海碗般粗的柱子竟從他胸腹間直穿過去。

他人還未死，悽厲的呼聲，響徹雲霄，鮮紅的血，四濺而出。

別的人也不禁為之喪膽，向兩旁閃開。

俞佩玉已跟著這柱子衝出去，他眼前根本瞧不見路，只是沒命地狂奔，鑽過樹木，鑽過花叢。

他身上刺滿了花的刺，樹的荊棘，但身後的呼喝聲畢竟已漸漸遠了，他眼前忽然出現那灰白色的怪屋。

「死屋！」

墳墓豈非是最好的藏身之處。

俞佩玉直衝過去。

突地，劍光如電，擋住了他的去路。

一個女人聲音厲喝道：「你敢進這屋子，我要你的命！」

俞佩玉身子搖動，眼前只能望見一個模糊的影子，似乎有長髮、白袍，有明亮的眼睛……

他終於認出了她，正是姬葬花的長女，那沙漠中的蒼鷹。

他慘笑道：「能死在你手上最好，你至少不是個瘋子……」

他已完全脫力，他再度暈了過去。

屋子裡沒有燃燈，黯得很，俞佩玉一醒來，立刻就認出這正是那姬夫人的閨房。

接著，他就知道並不是自己醒的，而是有人驚醒了他，此刻這屋子裡雖然沒有人，但那沉重的門卻已被推開，發出了「吱」的一聲。

一個矮小的人影探了進來，正是那殺人莊主姬葬花，那不知究竟是善良還是惡毒的侏儒。

俞佩玉身子不禁抖了起來，顫聲道：「我和你無冤無仇，你爲何定要害我？」

姬葬花走到他床前，怏然垂首道：「我對不起你，我本想救你的，那知反害了你……我實在不知道那些人竟在一直跟蹤著我。」

俞佩玉道：「既是如此，你此刻快出去吧。」

姬葬花道：「不能，我絕不能將你留在她們手上。」

俞佩玉慘笑道：「但我卻是被她們救活的。」

姬葬花長嘆道：「少年人，你知道什麼，她們救活了你，只不過是爲了要慢慢折磨你，要你慢慢死在她們手上。」

俞佩玉機伶伶打了個寒噤道：「她……她們爲什麼要如此？」

姬葬花道：「你真的不知道？」

俞佩玉道：「我委實百思不解。」

姬葬花悠悠道：「我那妻子最恨姓俞的，你以爲她不知道你姓俞？」

俞佩玉失聲道：「呀……我竟忘了……」

到了此時，他再無懷疑，掙扎著要爬下床，姬葬花急得直搓手，道：「快扶著我走。」

突然，一個人推門而入，白袍長髮，正是那鷹姑娘。

她無聲無息地走進來，冷森森的瞪著姬葬花，目中全無半分親情，有的只是怨恨與厭惡，冷叱道：「出去！」

姬葬花整個人都跳了起來，大叫道：「姬靈風你莫忘了我是你的老子，你對老子，說話就不能客氣些麼？」

他暴跳如雷，指手劃腳，像是突然變成了個瘋子，一張孩子氣的臉，也突然變得說不出的猙獰邪惡。

俞佩玉已不覺被這變化嚇呆了，姬靈風卻還是筆直站在那裡，非但毫無懼怕，目光反而更冷，一字字道：「你出不出去？」

姬葬花捏緊了拳頭，狠狠盯著她，像是恨不得將她吞下肚裡，姬靈風還是神色不變冷冷的盯著他。

這父女兩人，竟像是有著入骨的仇恨，你盯著我，我盯著你，也不知過了多久，姬葬花突然長長透出口氣，整個人都軟了下來，咯咯笑道：「乖女兒，你莫生氣，若是氣壞了身子，做爹爹的豈非更是難過，你叫我出去，我出去就是。」

他竟真的蹣跚著走了出去，那侏儒般的身子，看來更是卑小，一面走，口中還不住喃喃道：「這年頭真是變了，做女兒的不怕老子，做老子的反而怕起女兒來了。」

俞佩玉也真未想到他竟會被自己的女兒駭走，心裡又驚又奇，掙扎著從床上爬了起來。

姬靈風冷冷道：「你下來做什麼？躺回床上去。」

俞佩玉道：「在下……在下不便在此打擾，想告辭了。」

姬靈風冷笑道：「你聽了那侏儒的話，以爲我要害你是麼？」

俞佩玉道：「他……他畢竟是你的爹爹。」

姬靈風冷漠的面容，突然激動起來，嘶聲道：「他不是我爹爹！不是！不是！不是……」她抓著衣袂的一雙手漸漸扭曲，痙攣，面上竟也有了姬葬花那瘋狂的神色。

俞佩玉吃驚地望著她，過了半晌，她神情終於回復平靜，目光又變得鷙鷹般冷銳，瞧著俞佩玉道：「你以爲他是個好人？」

俞佩玉雖未承認，也未否認。

姬靈風突然又咯咯大笑起來，道：「奇怪爲什麼有這許多人會受他的騙，上他的當，直被殺死了還不知道，還要以爲他是個好人。」

俞佩玉道：「我和他無冤無仇，他爲何要害我？」

姬靈風道：「無冤無仇？哼，你可知道這地方怎會充滿了殘殺，你可知道，生命在這裡爲何會變成如此卑賤？」

俞佩玉道：「我……不知道。」

姬靈風纖美的手指又痙攣了起來，嘶聲道：「這只因他喜歡殺人，喜歡死亡，他喜歡瞧著生命在他手中毀滅，別人死得慘，他愈開心。」

俞佩玉怔在那裡，背脊上已不覺升起一陣寒意。

這一家人夫妻、父女間，竟似都充滿了怨毒，互相在暗中懷恨、咒罵，他也不知竟該相信誰的話。

姬靈風自然瞧得出他的神色，冷笑道：「這些話信不信都由得你，和我本沒有什麼關係。」

俞佩玉囁嚅道：「我……我不是不信，我只是覺得，一個人既然對貓狗都那麼仁慈，又怎會對人如此殘忍。」

姬靈風皺起了眉道：「他會對貓狗仁慈？」

俞佩玉道：「我親眼瞧見他將一隻死貓的屍身，好生埋葬了起來，當時他並不知道我在那裡，顯然並不是故意做給我看的。」

姬靈風嘴角泛起一絲奇異的微笑，悠悠道：「但你知道那貓又是誰殺死的？」

俞佩玉道：「誰？」

姬靈風道：「就是他自己。」

俞佩玉心頭不由得一寒，失聲道：「他自己？」

姬靈風冷笑道：「花兒開得正好時，他也會將花摘下揉碎，然後再好生埋起來，無論是花木也好，是貓狗也好，是人也好，只要別的生命活得好好的，他就不能忍受，但是那生命若死了，他立刻不再懷恨，只有死，才能獲得他的善心，你若死了，他也會將你好生埋葬的。」

俞佩玉忍不住打了個寒噤，再也說不出話來。

姬靈風道：「這一片莊院的地下，幾乎已全都是他親手殺死，又親手埋葬的屍體，你若不信，不妨隨便找個地方挖出來瞧瞧。」

俞佩玉只覺一陣噁心，嘶聲道：「我只想走，走得愈遠愈好。」

姬靈風冷冷道：「只可惜你想走也走不了。」

俞佩玉剛站起來，又「噗」地坐倒在床上。

姬靈風道：「你若想活下去，只有好生聽我的話，否則你只管走吧，我絕不攔你。」她果然閃開身子，讓出了路。

門是開著的。

但俞佩玉卻不知是該走出去？還是該留在這裡，他眼睜睜瞧著這扇敞開著的門，一時間竟不知該如何是好。

姬靈風冷眼瞧著他，緩緩道：「你不必擔心有人闖來，姬葬花膽子再大，也不敢帶人來的，我自有要脅他的手段，我也有保護你的法子。」

俞佩玉終於站了起來，道：「你保護我？」

姬靈風冷冷道：「你只管放心，有我在，你絕對死不了的。」

俞佩玉緩緩道：「不錯，此時此刻，的確唯有這裡才是最安全之地，但有些人寧可冒險而死，也不願求人保護的。」

姬靈風冷笑道：「但你卻不是那樣的人。」

俞佩玉淡淡一笑，道：「我不是麼？」

深深吸了口氣，大步走了出去。

無論他心中多麼悲憤激動，說話卻永遠是溫柔平和的，他永遠不願在人前失禮，別人若認爲他柔弱怯懦，那就錯了。

姬靈風也不禁怔了怔，道：「你真的要去送死？」

俞佩玉頭也不回，走出了門。

姬靈風大聲道：「你已無處可去，爲何還要逞強？」

俞佩玉回過頭來，緩緩道：「多謝關心，但我自有地方去的。」

姬靈風冷笑，道：「好，你去吧，反正你是死是活，都和我全沒半點關係。」

她嘴裡雖如此說，但直到俞佩玉已去遠了，她還在那裡癡癡地瞧著他出神。

俞佩玉暈過了半日，此刻已又是黃昏。

他每次脫力暈迷，以爲已再難支持，但醒來時，用不了多久，就立刻又有了力氣，這倒並不完全是因爲他體質過人，那神奇的小還丹，自然也有關係。

這時他躍入黃昏中的庭園，精神又一振，他伏著身子，穿行在林木中，別人顯然也想不到他有這麼大的膽子敢闖出來，是以也未在園中派人監視，何況無論誰想在這麼陰森闊大的園林中，想避開人的耳目，卻非難事。

但他也休想能闖得出去。

自樹葉掩映中瞧出去，庭園四周都隱隱有人影閃動，每一株樹下，每一片暗影中，都似隱藏著危機。

俞佩玉東竄西走，一心想尋回那破舊的小屋，只因他此刻只覺這「殺人莊」裡，唯有高老頭是可以依賴的人。

但庭園陰暝，草木森森，他那裡能辨得出方向，兜了無數個圈子後，他突然發現自己又到了假山流水間那神的「紙閣」前，地上的屍身雖已被移走，但殘留的戰跡仍在，那一幕驚心動魄的血戰，似乎又泛起在眼前。

俞佩玉回頭就走，但走了兩步，又突然駐足。

姬葬花既已將他從這紙閣地下的秘窟尋出來，就再也想不到他又會回到那裡，那裡豈非已是最安全的地方。

俞佩玉實在無路可走，此刻想到這裡，再不猶疑，轉身又掠入了那紙閣，拖開蒲團鑽了進去。

地穴中伸手不見五指，俞佩玉倚在冰冷的石壁上喘息著，眼前這一片無邊的黑暗又藏著些什麼？

他喘息漸漸平復，但這問題卻愈來愈令他恐懼，他忍不住往前面搜索，突然，他摸著了一個人。

竟有人躲在這黑暗裡等著他，黑暗中，只覺這人彷彿是坐在那裡的，身上穿著麻布衣服。

俞佩玉連心脈都幾乎停止了跳動，顫聲道：「你……你是誰？」

那人動也不動，更未答話。

俞佩玉滿頭冷汗涔涔而落，緊貼著石壁，緩緩向旁移動，嘶聲道：「你究竟是誰？躲在這裡究竟想怎樣？」

黑暗中仍無一絲動靜，但這死般的寂靜，卻更可怖。

俞佩玉摸索著石壁的手掌，已滿是冷汗，腳步一寸寸移動，腳下似乎拖著千斤鐵鏈般沉重。

突然他手指觸著件冰涼之物，竟是盞銅燈。

石壁凹入了一塊，銅燈便嵌在那裡，燈旁竟還有兩塊火石，俞佩玉趕緊一把將火石搶在手裡，燈油未枯，但他手掌不停的顫抖，一時間那裡打得出火。

俞佩玉深深吸了口氣，沉聲道：「現在火石已在我手，你縱不說話，只要火光一起，我也會知道你是誰的，你何苦不現在說出來。」

這番話自然毫無作用，但俞佩玉這也不過是藉自己的語聲，壯自己的膽，話說出來，他心神果然已漸鎮定。

「嚓」的一聲，他終於打著了火，點燃了燈。

火光一閃間，他已瞧見一個矮小的老人盤膝閉目坐在那裡，鬚髮俱已蒼白，身上穿著件淡黃的麻衣。

他面色乾枯得全無絲毫血色，看來竟依稀和姬葬花有幾分相似，只是比姬葬花更森冷，更陰沉。

俞佩玉手腳冰涼，道：「你……你莫非是姬葬花的爹爹？難道你還沒有死。」

那老人從頭到腳，動也不動，甚至連鬚髮都沒有一根動靜，在閃動的火光下，看來實在是說不出的詭祕可怖。

俞佩玉咬了咬牙，壯起膽子走過去，突然發現這老人鬚髮有些不對，伸手一摸，竟是蠟鑄的。

這老人原來只不過是具蠟像。

俞佩玉忍不住苦笑起來，但想了想，又不禁懷疑道：「想必是姬葬花的父親的蠟像，卻又怎會被藏在這秘穴裡。」

他再往前搜索，只見這地穴前面竟有條秘道，黑黝黝的瞧不見底，也不知是通向什麼地方的。

地穴方圓有兩丈，除了這蠟像外，竟還有張小床，床邊有個小小的木櫃，上面零亂的放著些杯壺、書冊，灰塵已積了半寸。

這些雖都是些平常的日用之物，但在這無人的秘穴裡發現這些東西，卻更顯得說不出的神秘，俞佩玉驚奇疑惑思索，終於恍然：「姬葬花的爹爹或是爲了被人所逼，或是爲了沽名釣譽，是以故作姿態，說是要在那紙閣裡誦經懺悔，其實卻在這下面睡覺，他爲了瞞人耳目，所以又做了這蠟像，平日就將這蠟像放在紙閣裡，別人既不敢進來打擾，遠遠瞧去，自然以爲坐在閣裡的就是他。」

這分析不但合情，而且合理，俞佩玉自己也很滿意，卻又不禁嘆息，有些看來極神聖的事，真象卻是如此可笑。

他將銅燈放在那小櫃上，忍不住去翻動那些書冊，但卻只不過是些傳奇的書，並非是什麼武功秘笈。

俞佩玉又不覺有些失望，突見一本書裡，夾著幾張素箋，上面寫著的竟是些艷語綺詞，而且看似女子的手筆。

俞佩玉文武俱通，一眼便看出詞意中滿含著相思悲恨之意，顯然是女子以詩詞寄意，將相思向情人傾訴。

那蠟像身材瘦小，容貌詭異，像這樣的人，難道也會是個風流種子，難道也會有少女對他這般愛慕。

俞佩玉苦笑著搖了搖頭，放下書，突然瞧見床下露出了一角錦囊，他又忍不住拾了起來，錦囊中，落下了一方玉珮，玉質溫良，雕刻細緻，正面陽文刻的是「先天無極」，背面陰文竟是個「俞」字。

這玉珮赫然竟是俞佩玉家族中的珍藏。

俞家的珍藏，竟會在這裡出現，這豈非更不可思議。

俞佩玉怔了許久，又瞧見那錦囊上繡著個女子的肖像，明眸如水，容華絕代，赫然竟是姬夫人。

繡像旁還有兩行字。

「常伴君側，永勿相棄。
媚娘自繡」

這「媚娘」兩字，自然就是姬夫人的閨名，針繡雖和筆寫有些不同，但字跡卻顯然和那詩詞同出一人。

她嫁了姬葬花這樣的人，深閨自然難免寂寞，是以便將一縷情絲，拋在別人身上，而她的對象，竟是俞家的人。

俞佩玉怔在那裡，姬夫人的語聲似又在他耳邊響起。

「……以前有一個姓俞的，殺了我一個很親近的人，在我的感覺中，姓俞的都不是好人。」

姬夫人痛恨姓俞的，想來並不是因爲姓俞的殺了她的親人，而是因爲那姓俞的刺傷了她的心。

那姓俞的想必正和俞佩玉現在一樣，遭受著危機，是以姬夫人便將他藏在這密窟裡——那時姬葬花的爹爹自然早已死了，他生前只怕再也想不到自己用來騙人的密窟，竟被他媳婦用來藏匿情人。

姬夫人也許早就和那姓俞的相識，也許是見他在危難中而生出了情意，總之，他想來並未珍惜這番情意，終於將她拋棄，獨自而去。

「……人間那有光明的月夜；
除非在夢裡找尋……」

「他」走了之後，姬夫人在人間已永無歡樂，唯有在夢中去尋找安慰，是以她終日癡癡迷迷，只因她已傷透了心。

俞佩玉瞧著錦囊中美豔如花的姬夫人，再想到此刻那幽靈般的姬夫人，暗中也不禁為之嘆息。

但他卻再也想不出那「姓俞的」是誰？那算來該是他的長輩又自然絕不會是他的父親，他也想不出有別的人。

這一段充滿了悽艷與神秘的往事，除了姬夫人和「他」自己之外，只怕誰也不知道詳情。

俞佩玉長嘆一聲，喃喃道：「想來他最後必定背棄了姬夫人，獨自悄然走了……但他卻又是從哪裡走了？這地道莫非另有出口。」

想到這裡，俞佩玉不覺精神一振，立刻將一切別的事全都拋開，拿起銅燈，向那黝深的地道走。

過去地道窄小曲折，而且十分漫長。

「這一片地底下，幾乎已全都是他親手殺死的屍體……」俞佩玉想起姬靈風的話，掌心不覺又沁出了冷汗。

但地道裡並沒有屍體，俞佩玉終於走到盡頭。

他尋找了盞茶時分，終於找著了樞紐所在。

一片石板，緩緩移動開來。

外面已有光亮射入，俞佩玉大喜之下，拋卻銅燈鑽了出去……突然，一雙手伸過來扼住他的脖子。

雙手冷得像冰。

只聽一人咯咯笑道：「你終於回來了，我就知道你會回來的。」

俞佩玉心膽皆喪，猛抬頭，便瞧見抱住他的竟是姬夫人，而這地道的出口外，竟是姬夫人的閨房。

姬夫人整個人都撲在他身上，淚流滿面，顫聲道：「你好狠的心，走了也不告訴我一聲，害得我日日夜夜的想著你，恨不得殺了你……但現在你既已回來，我還是原諒了你。」

俞佩玉陰錯陽差，回到這裡，又被人錯認爲是她薄倖的情人，他心裡也不知是該哭還是該笑，嘆息道：「姬夫人，你錯了，我並不是你想的那人，你放開我吧。」

姬夫人緊緊抱著他，也是又哭又笑，道：「你好狠的心，到現在還要騙我，但你再也騙不了我了，我再也不會放開你，永遠不會再讓你悄悄溜走。」

俞佩玉正急得滿頭大汗，突然發現姬靈風也站在一旁，大喜道：「姬姑娘！你總該知道我是誰的吧？」

姬靈風冷冷的瞧著他，突然笑道：「我自然知道你是誰，你就是娘日夜想著的人。」

俞佩玉大駭道：「你……你爲何要如此害我？」

姬靈風淡淡笑道：「你讓娘苦了這麼多年，也該讓她開心開心了。」

俞佩玉驚極駭極，汗透重衣，他想要掙扎，怎奈那姬夫人死命將他抱著，他竟掙不脫。

姬夫人癡笑著將他按到床上坐下，拉著他的手道：「這些年你好麼？你可知道我是多麼想你。」

俞佩玉道：「我……我不……」

姬夫人不等他說話，又搶著道：「我知道你必定累了，不願意說話，但我們久別重逢，我實在太開心……靈風你還不將我爲他準備的酒拿來，讓我慶祝慶祝。」

姬靈風果然盈盈走了出去，拿回來一隻形式奇古的酒樽，兩隻玉盃，姬夫人斟滿了一盃，送到他面前，媚笑道：「許久以來，我都未如此開心過，這杯酒你總該喝吧。」

燈光下，只見她面靨嫣紅，似又恢復了昔日的媚態。

俞佩玉知道自己此刻縱然百般解說，也是無用的了，只有靜觀待變，於是嘆息著接過酒杯一飲而盡。

姬夫人悠悠道：「這樣才是，你可記得，以前我們在一起喝酒的時候，你曾經對我說，永遠也不會離開的，你記得麼？」

俞佩玉苦笑道：「我……我……」

姬夫人盈盈站了起來，瞧著他道：「你以前雖在說謊，但喝下這杯酒後，就再也不會說謊了。」

俞佩玉一驚，但覺一股寒氣自丹田直衝上來，四肢立刻冷得發抖，眼前也冒出金星，不由大駭道：「這酒中有毒？」

姬夫人咯咯笑道：「這杯酒叫斷腸酒，你喝了這杯酒，就再也不能悄悄溜走了。」

俞佩玉跳起來，駭極呼道：「但那不是我，不是我……」

呼聲未了，已跌到地上，眼前已是一片模糊。

姬夫人瞧著他倒下去，笑聲漸漸停頓，眼淚卻不停的流了出來，緩緩蹲下身子，撫著他的頭髮，喃喃道：「我還記得他第一次從這地道裡鑽出來的時候，那時我正在換衣服，他瞧見我又是吃驚，又是憤怒，但他卻又是生得那麼英俊，就站在這裡笑嘻嘻的瞧著我，他那雙眼睛……那雙眼睛竟使我沒法子向他出手。」

她做夢似的喃喃自語著，往事的甜蜜與痛苦，都已回到她心中，她終於又在夢中尋著了那光明的月夜。

姬靈風淡淡的瞧著她，緩緩道：「你那時想必就一定很寂寞。」

姬夫人幽幽道：「嫁給了那樣的丈夫，那個女人不寂寞，寂寞……就是那該死的寂寞，才會使我上了他的當。」

姬靈風道：「但他總算對你不錯，是麼？」

姬夫人眼睛裡發出了光，展顏笑道：「他對我的確不錯，我一生中從未有過那麼幸福的日子，就算我見不著他時，只要想到他，我心裡也是甜甜的。」

姬靈風道：「就因爲你們在一起太幸福，所以他走了，你更痛苦。」

姬夫人一雙手痙攣了起來，嘶聲道：「不錯，我痛苦，我恨他，我恨他，我恨他……」

她手指漸漸放鬆，又輕撫著俞佩玉的頭髮，道：「但現在我卻已不再恨他了，現在，他已完完全全屬於我，永遠沒有一個人再能從我身旁將他搶走。」

姬靈風冷冷道：「只可惜你現在殺死的這人，並不是以前的『他』。」

姬夫人瘋狂般笑道：「你騙我，你也想騙我，除了『他』之外，還有誰會從這地道中出來。」

姬靈風緩緩道：「這地道雖然秘密，但昔日你的『他』既然能發現這秘密，現在躺在你身旁的這人也就能發現，只因他們都是俞家的人，他們都了解太極圖的秘密。」

姬夫人笑聲頓住，大聲道：「住口！住口……」

姬靈風也不理他，冷笑著接道：「其實你也明知道這人並不是『他』，但你卻故意要將這人當做『他』，你自己騙了自己，只因唯有這樣你才能自痛苦中解脫。」

姬夫人突然孩子般痛哭起來，整個人撲在地上，嘶聲道：「你爲什麼要揭破我的夢？你爲什麼要我痛苦？」

姬靈風面色木然，冷冷道：「你只知道我令你痛苦，卻不知你早已令我們痛苦了，你令我們一生下來就活在痛苦中，靈燕可以藉著幻想來逃避痛苦，而我……我……我恨你！」她冷漠的雙目泛起了淚珠。

姬夫人突然發狂般舉起俞佩玉，吼道：「你不是他，你不是他，你既然不是他，爲何要來……」她狂吼著，將俞佩玉從地上拖了出去。

姬靈風霍然轉身，拉開了門，站在走廊上，高聲道：「俞佩玉已死了，你們還不趕緊來瞧瞧。」

她呼聲也冷得像冰，這冰冷高亢的呼聲，隨著夜風傳送了出去，黑暗中立刻掠過來許多條人影。

當先掠來的一人，自然便是崑崙白鶴，他指著窗裡透出的燈光，尋著俞佩玉的屍身，伸手摸了摸，長身而起，沉聲道：「不錯，俞佩玉已死了。」

點蒼弟子頓足道：「只恨我等竟不能手誅此賊。」

白鶴道人厲聲道：「他生前我等不能手誅此獠，死後也得鞭殺其屍……」

喝聲中，長劍已出鞘，劍光一閃，竟向俞佩玉的屍體刺了過去。

突聽「噹」的一響，那直刺而下的劍光，突然青虹般沖天飛起，姬葬花已笑嘻嘻站在俞佩玉屍體前。

白鶴道人掌中劍，竟是被他震飛的，吃驚道：「姬莊主，你這是做什麼？」

姬葬花悠悠道：「出家人怎可如此殘忍，鞭屍這種事，是萬萬做不得的。」

白鶴道人怔了怔，冷笑道：「姬莊主何時變得慈悲起來？」

姬葬花眼睛一瞪，怒道：「我什麼時候不慈悲？」

殺人莊主居然自稱慈悲，白鶴道人雖覺又好氣，又好笑，但想到他方才彈指震劍的功力，笑既笑不出，氣也餒了，躬身道：「莊主請恕弟子失言……非是弟子不知慈悲，實因這俞佩玉委實罪大惡極，既令他如此死了，實不足以贖其罪。」

姬葬花道：「無論他生前有多大的罪，只要死了，便可一筆勾消，世上唯有死人才是最完美的，活著的人都該對死人分外尊敬。」

這番話說的更是令人哭笑不得，白鶴道人苦笑道：「他人既已死了，莊主又何苦爲他勞心。」

姬葬花正色道：「在我這殺人莊中，唯有死人才真正是我的貴客，我本該特別照顧才是，至於活著的人，你無論對他怎樣，都沒關係。」

白鶴道人目光一轉，道：「既是如此，弟子只有遵命，但此人生前已入崑崙門下，他的屍體，莊主總該讓弟子們帶走才是，弟子則擔保絕不……」

姬葬花不等他話說完，已急忙搖手道：「無論他是那一門那一派的弟子，只要他死在我殺人莊中，屍體就是屬於我的，誰若想將我的屍體搶走，我和他拚命。」

他雙目圓睜，滿臉通紅，生像是在和別人爭奪什麼寶藏似的，點蒼、崑崙弟子面面相覷，白鶴道人終於嘆道：「無論如何，俞佩玉總已死了，我等總算已有了交代，不如就遵莊主之命放過他吧。」

姬靈風站在走廊上，冷眼旁觀，這一切事似乎都早已在她的意料之中，她絲毫不覺得驚奇。

只見姬葬花像是寶貝似的捧起了俞佩玉的屍體，連竄帶跳，飛躍而去，白鶴道人像是想說什麼，但瞧了姬葬花一眼，終於只是狠狠跺了跺腳，大步而去，只走出數丈外，方自恨聲道：「這殺人莊裡都是不可理喻的瘋子，咱們快走，走得愈快愈好。」

姬葬花躍入林中，才將俞佩玉的屍體輕輕放了下來，又替他擦乾淨臉上的灰塵，拉平了衣裳。

他輕手輕腳，小心翼翼，像是生怕弄痛了俞佩玉似的，世上只怕再也不會有人對個屍體如此溫柔的了。

然後，他便自樹叢中尋出把鏟子，開始挖土，他目中滿含著瘋狂的喜悅，口中卻喃喃嘆道：「可憐的孩子，你年紀輕輕就死了，實在可惜得很，這只怪你不肯聽我的話，否則又怎會被那妖婦毒死。」

突聽一人冷冷道：「他若聽你的話，只怕死得更慘了。」

星光下，飄飄站著條人影，正是姬靈風。

姬葬花跳了起來，搥胸頓腳，大叫道：「你又來了，你又來了，你難道就不能讓我安靜一下麼？」

姬靈風淡淡道：「他人已死了，你爲何不能讓他安靜安靜？」

姬葬花道：「我正是讓他永遠安靜的躺在地下。」

姬靈風冷笑道：「被你埋葬的人，又豈能安靜？你說不定隨時都會跑來，將他掘出來瞧瞧的。」

姬葬花大怒道：「你怎可對我如此說話……就算我不是你的父親，你憑什麼以爲我會怕你？滾！快滾！否則我就將你和他埋在一起。」

姬靈風卻站著動也不動，緩緩道：「你不敢碰我的，是麼？……你知道爺爺臨死前交給我許多秘密，其中就有一樣是你最怕的。」

姬葬花果然立刻就軟了下來，垂頭喪氣，道：「你究竟要怎樣？」

姬靈風沉聲道：「這屍體是我的，不許你碰他。」

姬葬花怔了怔，突然大笑道：「你怎地也對死人感興趣起來了，難道你也和我一樣……不錯，你總算也是姓姬的，我就將這屍體讓給你。」

他手舞足蹈，狂笑著奔了出去。

姬靈風俯身抱起了俞佩玉，喃喃道：「別人都認你是個死人，又有誰知道死人有時也會復活的。」

冷風穿林而過，星光明滅閃鑠，天地間本就充滿了神秘。

巨大的石塊上，已生出了慘綠色的苔痕，黝黑的角落裡，懸集著密密的蛛網，甚至連灰塵都發了霉。

這陰森的石屋裡，沒有窗子，沒有風，沒有陽光，什麼都沒有，有的只是死亡的氣息。

高闊的屋頂旁，有個小小的圓洞，一道灰濛濛的光線，射了進來，筆直射在俞佩玉的身上。

俞佩玉竟在顫動著——他莫非真的已復活？

他竟赫然張開了眼睛，這似乎連他自己都嚇了一跳，立刻翻身躍起，便瞧見了石屋裡的景象。

他立刻便猜出這裡必定就是那神秘的死屋，他竟已和姬家歷代祖先的屍體共在一個屋頂下。

他手腳發冷，全身都忍不住顫抖了起來。

「我自然已死了，才會被埋葬在這裡……但死了的人又怎會動呢？……莫非我現在已變成了鬼魂？」

他揉了揉眼睛，便赫然瞧見一個人。

這人穿著白麻的衣服，坐在一張寬大的椅子裡，面色蠟黃，動也不動，看上去自也是說不出的詭秘可怖。

但俞佩玉卻沒什麼感覺，這想來也不過又是具蠟像。

他忍不住往前走了兩步，石室中竟似微微有風，那自然是從屋頂的圓洞裡吹起來的，竟吹動了這「蠟像」的鬚髮。

這竟非蠟像，而是個人。

俞佩玉大驚喝道：「你是什麼人？」

那人端坐不動，像是根本未聽見他的話，俞佩玉轉念一想，自己反正已死了，還怕什麼。

一念至此，他大步走了過去，走到那人面前，伸手一拍——不錯，這的確是人，但卻是個死人。

俞佩玉只覺一股寒意自指尖直透入心底，趕緊縮回去，轉身望去，赫然發現這裡竟不只這一個人。

姬家祖先的屍體，竟全都未埋葬，他們的屍身，竟都以藥煉治過，每一具屍身都保留得好好的，永不腐爛。

放眼望去，只見每一具屍身都坐在一張寬大的椅子裡，圍繞著俞佩玉，像是正都在冷冷的瞧著他。

俞佩玉雖然明知這些「人」都已不能再動，都已不能傷害他，但冷汗仍忍不住流了出來，濕透重衣。

慘淡的光線，照在這些屍身的臉上，每張臉都是枯瘦而冷漠的，他們的面容雖仍保持得很好，並沒有什麼猙獰醜惡的模樣，但那樣冷冰冰的神態，看來卻更是恐怖，置身此處，當真無異是在地獄裡。

俞佩玉瞧著瞧著，全身的血都像是已凍結了起來，終於忍不住駭極狂呼，狂呼著往前衝了出去。

石室中還有間石室，這石室四周也坐著七，八個死人，也是端坐在椅上不動，也是那冷冰冰的神態。

俞佩玉第一眼便瞧見張乾枯詭異的臉，正是他在地穴所見到的那蠟像一模一樣，這自然就是姬葬花的爹爹。

他死了像是並不太久，身上的衣裳也較其他人新得多。

忽然間，他身旁一個死人竟站了起來，向俞佩玉道：「你……你也來了？」

俞佩玉這一驚當真更是心膽皆喪，只見這人身上也穿著件白麻衣衫，卻用白麻裹住了面目。

他竟蹣跚著向俞佩玉走了過來，俞佩玉手腳發軟，一步步向後退，嘶聲道：「你……你……」

說到第二個「你」聲，聲音已啞，再也無法成聲。

那「人」也停下腳步，瞧著他緩緩道：「你莫要怕，我不是鬼。」

俞佩玉道：「你……你不是鬼？是……是誰？」

那「人」考慮了許久，突然嘎聲笑道：「我是俞佩玉。」

俞佩玉駭極大呼道：「你是俞佩玉？我……我呢？」

那人再不說話，卻將裹在臉上的白麻，一層層解了下來，露出了一張滿是斑斑傷痕的臉。

俞佩玉定睛瞧著這張臉，瞧了許久，失聲道：「你……你豈非謝天璧謝前輩。」

謝天璧竟會在這死屋裡出現，那當真比見了鬼還令他吃驚。

謝天璧慘然一笑，道：「不錯，我正是謝天璧，想不到你居然還認得我。」

俞佩玉苦笑道：「謝前輩，你方才嚇得我好慘。」

謝天璧歉然笑道：「在這墳墓裡和死人耽了許多天，突然瞧見你來了，驚喜之下，竟忍不住和你開了個玩笑。」

俞佩玉道：「前輩只怕是想瞧瞧我聽了那話的表情，瞧瞧我是否真的俞佩玉。」

謝天璧長嘆道：「不錯，此時普天之下，只怕唯有你才能了解我的心事，也唯有我了解你的心事，你遭遇之奇，身受之慘，如今我終於能相信了。」

俞佩玉也不覺慘然，顫聲道：「前輩自己……」

謝天璧慘笑接口道：「只可惜我如今雖已相信，卻也無用……我如今的遭遇，已和你一樣，只怕永遠要過這暗無天日的日子了。」

俞佩玉道：「前輩怎會來到這裡？」

謝天璧道：「那日晚間，我喝了幾瓶酒，已有些醉意，三更左右便已睡著，沉睡中，突然有個人將我搖醒，問我是誰。」

俞佩玉道：「他闖入帳中，前輩還未問他是誰，他倒先問起前輩來了，這樣的怪人怪事，倒也少見得很。」

謝天璧道：「我當時正也氣惱，但抬頭一瞧，卻……卻再也發作不出。」

俞佩玉道：「爲什麼？」

謝天璧道：「當時我帳中還燃著盞燈，燈光照著那人的臉，他眉目面容，竟和我生得一模一樣，便像是我自己在照鏡子似的。」

俞佩玉恨聲道：「果然是那惡賊。」

謝天璧道：「我盯著他，他也盯著我，還說：『我乃點蒼謝天璧，你爲何睡在我的床上？』當時我宿酒未醒，真被他說得糊裡糊塗，正和你方才一樣，忍不住大喊道：『你是謝天璧？我呢？我又是誰呢？』」

俞佩玉嘆道：「前輩自己也有這經驗，所以方才前輩聽見我那麼說，就知道我的確是俞佩玉……但那惡賊當時又如何？」

謝天璧道：「那惡賊聽我如此說話，反將我痛罵一頓，說我假冒他的容貌，還說人可假冒，點蒼劍法假冒不得，他竟逼我出去與他一分強弱，強的是真，弱的便是假，假的便得走開，讓真的留下。」

俞佩玉道：「那惡賊劍法又怎會是前輩的敵手？」

謝天璧慘笑道：「這些人手段之惡毒，又豈是你我所能想像……我當晚喝的酒中，竟被他下了迷藥，真力竟無法運轉如意，與他交手竟不出三招，便已被他將掌中劍擊落，而他用的竟真的是點蒼劍法。」

俞佩玉失聲道：「前輩難道就真的這樣被他逼走了？」

謝天璧嘆道：「那時俞……俞放鶴，王雨樓等人，突然全都現身，原來他們早已藏在那裡，以盟主的身分將我門下弟子全都支開……」

俞佩玉恨恨道：「前輩那時只怕還不知道他們也是假的。」

謝天璧道：「那時我的確夢想不到，見到盟主來了，心裡正在歡喜，誰知他們竟一致說我是假冒謝天璧的人。」

他顫抖著抓住俞佩玉的手，掌心已滿是冷汗，接道：「到那時我才知道被人冤曲的痛苦，我心胸都已似將裂開，怎奈四肢無力，反抗不得，竟被他們押上了大車，趕出了營地。」

俞佩玉道：「那俞……俞某人可在車上？」

謝天璧道：「他雖不在車上，卻令手下幾條大漢押著我，顯然是要將我帶到遠處殺死，那時我連普通壯漢都不能抵抗，何況是那惡賊的屬下。」

俞佩玉嘆道：「如此說來，前輩能逃得性命，想必已是九死一生了。」

謝天璧道：「若非他們行事太過周密，只怕我也不能活到此刻。」

俞佩玉奇道：「此話怎講？」

謝天璧道：「他們若將我胡亂尋個地方殺死，我早已沒命，但他們卻生怕行事不密，又怕毀屍不能滅跡……」

他慘笑著接道：「要殺我這樣的人，想來也非易事，還得尋個好地方，而殺人的地方，普天之下，自然再好也莫過於殺人莊。」

俞佩玉長嘆道：「不錯，在這殺人莊裡，殺人當真如斬草一般。」

他等著謝天璧再說下去，那知謝天璧說到這裡，便住口不語，過了半晌，俞佩玉終於忍不住又道：「瞧前輩負傷頗重，想必是那些惡賊定要前輩受盡折磨而死。」

謝天璧嘆道：「正是如此。」

俞佩玉試探著道：「卻不知前輩如何遇救？又如何來到這裡？」

謝天璧沉吟著道：「這自是機緣巧合，只是……此事還關係著第三者的秘密，未得那人同意，恕我不能告訴你。」

他不等俞佩玉追問，一笑又道：「卻不知你又是如何來到這裡的？」

俞佩玉黯然長嘆道：「弟子已……已是個死人，被人埋葬在這裡。」

謝天璧動容道：「死人？你莫非有些……」

話未說完，只聽一人冷冷道：「他說得不錯，他確已死過一次，只是此刻又復活了。」

灰濛濛的光線裡，嫋嫋出現條人影，那飄飄的白袍，飄飄的黑髮，那仙子般攝人的美麗，妖魔般慴人的雙瞳……在這幽暗的地方，黯淡的光影下，看來更宛如幽靈，令人一眼瞧去連呼吸都幾乎停止。

這仙子與幽靈的混合，正是姬靈風。

謝天璧竟也似被這絕世的美麗與絕頂的冷漠所震攝，癡迷了半晌，方自展顏一笑，道：「姑娘莫非在說笑，死了的人，怎能復活？」

姬靈風悠悠道：「是我令他復活的。」

她淡淡的語聲中，竟似真有一種能操縱人類生死的魔力，她冰冷的雙瞳裡，竟似真藏蘊著能主宰一切的秘密。

謝天璧、俞佩玉面面相覷，竟說不出話來。

只見姬靈風已走到那與地穴中蠟像一般模樣的老人屍座前，盈盈拜了下去，拜了三拜，突然道：「這石墓中俱是姬家的祖先，你們必定在奇怪我為何獨獨參拜他一人是麼，告訴你，這只因他曾救了我，正如我救了你們。」

俞佩玉、謝天璧更不知該如何回答。

姬靈風已霍然站起，轉身逼視著謝天璧，道：「你奄奄一息，眼見已將遭毒手，是我使得他們以為你已死，再將他們引開，將你救來這裡的，是麼？」

謝天璧道：「姑娘大恩，在下永銘在心。」

姬靈風冷笑道：「你堂堂一大劍派的掌門人，卻被個無名的女子救了性命，心裡總覺得有些丟人，是以方才別人問你，你也不說，是麼？」

謝天璧苦笑道：「姑娘錯怪在下了，在下只是……」

姬靈風冷冷截口道：「我氣量素來狹窄，救了別人，就要他永遠記得我的恩惠，否則我一樣可以再令他死，這一點你也莫要忘記。」

六 生死之謎

謝天璧聽了姬靈風的話，不由張口結舌，怔在那裡，姬靈風不再理他，卻已轉向俞佩玉，道：「而你，你根本已死了，每個人都親手摸過你的屍體，我卻又令你復活，你口中雖不言，心裡卻定然不信，人死之後，怎能復活？」

俞佩玉默然半晌終於道：「在下並未懷疑，但此刻已想到，復活的秘密，必定是在那杯酒上。」

姬靈風冷冷一笑，道：「你看來雖遲鈍，其實倒也不笨，不錯，我給你喝的那杯酒並非夫人的斷腸酒，而是逃情酒。」

俞佩玉笑道：「酒名逃情，倒也風雅得很。」

姬靈風道：「這酒據說乃昔日一個絕代才人所製，他被三個女子癡纏了半生，再也無法消受，是以才苦心配製了這種酒，喝下去後，立刻呼吸停頓，四肢冰冷，與死人無異，但二十四個時辰之內，便可還生，他藉酒作死，逃脫了那三個女子的癡纏，自在的過了下半輩子，臨死前還得意地題下了兩句詩，『得酒名逃情，優遊渡半生』，是以酒名『逃情』，佳話傳誦至今。」

俞佩玉嘆道：「想不到昔日名士的風流餘韻，今日竟救了我一命。」

姬靈風冷冷道：「你莫忘了，救你的並非那逃情酒，而是我。」

俞佩玉苦笑道：「姑娘之恩，在下自然不敢忘記。」

姬靈風目光逼視著他，突又道：「你可知道，我為何要救你？」

俞佩玉怔了怔，吶吶道：「這……這……」

這樣的問話，原是誰也回答不出的。

姬靈風道：「你若以為我是因為對你起了愛慕之心，而來救你，那你就錯了，我絕非那種癡情的女子，你也不必自我陶醉。」

她隨意猜忖別人的心事，也不管是對是錯，也不容別人辯說，俞佩玉紅著臉剛想說話，她已接著道：「我救你正也和救謝天璧一樣，要你記著我的恩惠。」

俞佩玉自然也怔在那裡，姬靈風接著又道：「你兩人心裡可是在想我市恩求報，不是個君子。」

謝天璧道：「在下並無此意。」

姬靈風冷笑道：「你雖無此意，我卻有此意，我本不是個君子，本就是要市恩求報，我救了你兩人性命，且問你兩人想如何報答我？」

謝天璧轉首去瞧俞佩玉，俞佩玉卻也瞧著他，兩人面面相覷，俱是張口結舌，不知如何回答才好。

姬靈風怒道：「你兩人受我大恩，難道不想報答麼？」

俞佩玉吶吶道：「救命之恩……」

姬靈風道：「什麼，『大恩永生不忘』，什麼『結草啣環以報』……這些不著邊際的空話，我都不要聽，你兩人若想報恩就得說出具體的事實來。」

她要人報恩，竟比放印子錢的逼債逼得還緊，這樣的人倒也是天下少有，謝天璧怔了半晌唯有苦笑道：「不知姑娘之意，要叫我等怎樣？」

姬靈風突然轉身面對著那死人的屍體道：「你們可知道他是誰麼？」

俞佩玉道：「他……他豈非是姬葬花的父親。」

他不說「你的祖父」，而說「姬葬花的父親」，只因他已瞧出這女子身世必有隱秘，根本不承認是姬家的後人。

姬靈風道：「不錯，他便是姬苦情，我參拜他，既非因為他是姬葬花的父親，也並非完全因為他曾治癒我的重病，而是因為他的智慧，他曾預言，江湖中必將出現空前未有的混亂，而我便是因為這亂世而生的……」

她霍然回身，目中像是已燃燒起火焰，大聲接道：「我既為這時代而生，這時代亦必屬於我，是以我要你們聽命於我，助我成事，我救活了你們，我也要你們不惜為我而死。」

俞佩玉、謝天璧倒真未想到這年紀輕輕的少女竟有如此驚人的野心，又不覺都呆住了。

只見姬靈風向懷中取出個小小的木瓶，道：「這瓶中有兩粒藥，你們吃下去後，醒來時便完全是一個新人，別人再也不會認得你們，我也要你們完全忘記過去，而為我效命，只因你們的性命本是我賜的。」

謝天璧突然變色，道：「在下等若是不肯答應呢？」

姬靈風冷森森一笑道：「你莫忘了，我隨時都可要你的命。」

她往前走了兩步，謝天璧、俞佩玉竟不覺齊地後退了兩步。

突然間，死屋外一人狂笑道：「臭丫頭，你自己都活不長了，還想要人家的命。」

悽厲的笑聲中，帶著種令人悚慄的瘋狂之意。

俞佩玉也不知是驚是喜，失聲道：「姬葬花。」

這三個字還未說完，姬靈風已直掠出去。

俞佩玉隨著奔出，只見那沉重的石門已關閉，姬靈風剛掠到門前，外面「喀」的一聲，已上了鎖。

姬葬花在門外狂笑道：「臭丫頭，你以為沒有人敢到這裡，是麼？你以為沒有人會瞧出你的秘密是麼？你一時大意，終於要了你的命了。」

姬靈風冷漠的面容，已惶然失色，竟駭得呆在那裡，只因她知道這石門外面落鎖，就誰也無法從裡面走出去了。

姬葬花得意笑道：「你本該知道，這死屋中是從來沒有一個活人走出來的？你為何還要進去？你的膽子也未免太大了……我故意將開鎖的秘密告訴你，正是等著你有一日忍不住走進去，臭丫頭，你自以為聰明，還是上了老子的當了。」

瘋狂的笑聲，漸去漸遠，終於再也聽不見。

姬靈風木立在那裡，眼淚突然流下面頰，她悲痛的也許並非性命，而是那一番雄心壯志，已毀於剎那之間。

俞佩玉、謝天璧也不覺駭得呆了。

只見姬靈風失魂落魄地木立了許久，緩緩轉身，走到那空著的石椅上坐了下來，目光茫然四轉，突然瘋狂的笑道：「我死了總算也不寂寞，還有這許多人陪著我。」

謝天璧駭然追入，道：「姑娘難道……難道已要等死了麼？」

姬靈風道：「等著死亡慢慢來臨，這滋味想必也有趣得很。」

謝天璧道：「但……但姑娘為何不設法出去？」

姬靈風嘶聲笑道：「出去？被鎖在這死屋中，你還想出去？」

謝天璧道：「這……這屋子難道真的從無活人進來？」

姬靈風道：「有的，有活人進來，卻無活人出去。」

俞佩玉突然插口道：「將這些死屍抬進來的人，難道也沒有活著出去？」

姬靈風冷森森一笑道：「沒有人抬死屍進來。」

謝天璧駭然道：「沒有人抬死屍進來，這些死屍難道是自己走進來的？」

姬靈風一字字道：「正是自己走進來的。」

謝天璧瞧了端在四周的死屍一眼，那些死屍也似在冷冷的瞧著他，他全身都忍不住打起了寒顫，顫聲道：「姑……姑娘莫非是在說笑。」

姬靈風道：「此時此刻，我還會和你說笑？」

謝天璧滿頭冷汗道：「但……但世上那有自己會走的死屍？」

姬靈風道：「只因這些死屍還未坐到這張椅子上之前，還是活生生的人，但坐到這張椅子上後，就變成了死屍。」

謝天璧寒毛直豎道：「爲什麼……爲什麼？」

姬靈風詭秘的一笑道：「這就是姬家的秘密。」

謝天璧道：「到了這時，姑娘難道還不肯說？」

姬靈風目光茫然直視著前面，緩緩道：「姬家的人，血裡都有一種瘋狂的、自我毀滅根性，說不定在什麼時候突然發作起來，那時他不但要毀滅別人，更要毀滅自己。」

她語聲頓了頓，一字字緩緩的接道：「自姬家的遠祖開始，到姬苦情爲止，沒有一個人不是自殺死的。」

謝天璧道：「他們若是活著走進來，再坐在這石椅上自殺而死，屍身又怎會至今還未腐爛？這些屍體顯然都是以藥物冶煉過的，人若死了，難道還會用藥物，冶煉自己的屍體麼？」

說到後來，他牙齒打戰，連自己都害怕起來。

姬靈風道：「這只因爲他們自己想死的時候，便開始服食一種以數十種毒物混合煉成的毒藥，這數十種毒物互相剋制，使藥性發作得很慢，但卻使他們的肌肉，逐漸僵硬，等到他們直剩下兩條腿可以走路了，他們便自己走進這死屋，坐在石椅上，等著死神降臨，等到全身完全僵硬。」

她陰惻惻笑道：「他們竟都將這一段等死的時候，認爲是平生最靈妙的時候，他們眼瞧著自己的手足四肢逐漸僵硬，眼瞧著『死亡』慢慢在他們身上蔓延，便認爲是平生最高的享受，甚至比眼瞧著別人在他們面前痛苦而死還要愉快得多，這只因別人的死，他們瞧得多了，唯有自己瞧著自己死，才能給他們一種新奇的刺激。」

在這陰森恐怖的死屋裡，她將這種奇詭之極，可怕之極，不可思議的事娓娓道來，聽的人怎能不爲之毛骨悚然。

俞佩玉失神地瞧著這些屍首，喃喃道：「瘋子……難怪姬夫人要說他們活著是瘋子，死了也是瘋鬼。」

姬靈風道：「只因他們全身上下每一處地方都已被那種奇異的毒藥所滲透，是以他們的屍體便永遠也不會腐爛。」

她瞧著謝天璧道：「你如今可明白了麼？他們走來時，雖仍活著，但已無異是死人，那其實已不過是一具活著的屍體。」

謝天璧忍不住打了個冷戰，顫聲道：「難怪這死屋從無活人出去，原來他們竟都是自己埋葬自己的。」

姬靈風冷冷道：「如今我們的情況，也正和他們一樣，只有坐在這裡，等著死亡來臨，如今我們等於自己葬了自己。」

她瞧身旁姬苦情的屍身，悠悠接道：「我還記得他自己埋葬的那一天，我們全都在這死屋外相送，他蹣跚地走了進來，突然回頭瞧著我們笑道：『你們表面雖然悲哀，心裡卻必定在笑我是傻子，其實你們連裝都不必裝的，我平生都未像現在這樣愉快過。』」

謝天璧實在不想聽下去，卻又不得不聽。

姬靈風接道：「我們大家誰也不敢答話，他又嗤嗤的笑道：『你們以後總也會知道，一個人死了，要比活著快樂得多。』那時他面目已僵硬，雖在笑著，但看去卻全無半分笑容，那模樣委實說不出的可怕，我那時雖已有十來歲，竟也不覺被駭得放聲大哭了起來。」

她竟以虐待別人為樂，別人愈是難受，她愈是高興，別人愈是不願聽，她愈是要說下去，而且說得活靈活現。

謝天璧聽著她的話，再瞧著面前死屍的臉，愈想愈是膽寒，竟也突然瘋狂的大笑了起來。他笑聲愈來愈大，竟不能停止。

俞佩玉駭然道：「前輩，謝前輩，你怎樣了？」

謝天璧笑聲不停，根本未聽見他的話，俞佩玉趕過去直搖他的身子，只見他笑得面容扭曲，竟已無法停止。

姬靈風瞧著他冷冷道：「這人已被駭瘋了。」

俞佩玉咬了咬牙，反手一掌摑在謝天璧臉上，謝天璧笑聲才止，怔了怔，卻又放聲大哭起來。

姬靈風悠悠道：「瘋了倒也好，至少不必再忍受等死的痛苦了……」

俞佩玉霍然起身，面對著她，沉聲道：「你雖然救了我一次，但我現在既已等死，便等於將命還給你了，你我從此兩不相欠，你若再刺激他，莫怪我無禮。」

姬靈風凝目瞧了他半晌，終於扭轉頭不再說話。

俞佩玉伸手抹了抹汗，突覺屋子裡竟熱了起來，而且愈來愈熱，姬靈風也已覺出，失聲道：「火！那瘋子竟在放火烤我們。」

屋頂旁的小洞裡，果然已有煙火傳了進來。

姬靈風道：「他竟怕我們死得不夠快，其實我們既已必死，倒不如早些死得好。」

俞佩玉嘆道：「他爲何不想個更痛快些的法子？」

姬靈風冷笑道：「這你還不明白麼？光用別的法子，就難免損及這些屍體，死人他們從來不願傷害的，而死人也正是不怕火烤的。」

這時，謝天璧哭笑都已停止，眼睛發怔地瞧著前面，前面正是姬苦情的屍身，他不住喃喃道：「奇怪……奇怪……」

他一連說了十幾個「奇怪」，也沒有人理他。

姬靈風端坐不動，目光癡癡迷迷，面上似笑非笑，她畢竟也姓姬，竟似真的已在等死，竟似也在享受著死亡來臨的滋味。

俞佩玉卻坐不住了，他還存著萬一的希望，希望能逃出去，但這「死屋」實在是座墳墓。世上那有人能從墳墓中走出去。

突見謝天璧抬起頭來，指著面前姬苦情的屍身，咯咯笑道：「你們來瞧，這奇怪不奇怪，死人竟也在流汗了……死人竟也在流汗了。」瘋狂的笑聲響澈石屋，空洞的石屋也傳來回聲。

「死人在流汗了！死人在流汗了……」

俞佩玉暗暗嘆息，這天南最大劍派的掌門人，臨死前竟真的變成了瘋子——死人，又怎會流汗？

他嘆息著走了過去，忍不住也瞧了瞧姬苦情的臉。

只見那張冷漠、陰森、詭秘、可憐的死人臉上，竟真的赫然沁出了一粒粒黃豆般大小的汗珠。

這死人竟真的流汗了。

俞佩玉這半個月來，已不知遇見了多少奇詭可怕的事，但卻再也沒有一件事比死人流汗，更奇怪更可怕的了。

他眼睜睜瞧著一粒粒汗珠自這死人的臉上流下，只覺手足俱已麻痺，實在也快被嚇瘋。

姬靈風目光轉過，駭然狂呼顫聲道：「他……他竟真的在流汗……竟真的在流汗。」

謝天璧咯咯笑道：「莫非這死人也在害怕了？」

但死人又怎會害怕？死人又怎會流汗？世上有誰能相信這種不可思議的事？世上又有誰能解釋這秘密？

石室中愈來愈熱，那死人的臉上汗也愈來愈多。

俞佩玉突然跳了起來，大呼道：「蠟像……這死人也是個蠟像。」

姬靈風道：「我明明親眼看見他走進來的，又怎會是蠟像？」

俞佩玉撲過去，伸手在那「死人」頭上一扭，這「死人」的頭立刻就塌了下去，竟果然是具蠟像。

在這陰森森的光芒中，這許多真的死屍間，在這充滿了種種可怕傳說的「死屋」裡，自然誰也不會瞧出，死人中竟有一個蠟像。

的。」

俞佩玉抹了抹汗，人似已虛脫。

姬靈風卻更是大駭，狂吼道：「這不是蠟像，絕不是蠟像，我親眼瞧見姬苦情走進來的。」

這若是蠟像，姬苦情的人又到哪裡去了？

俞佩玉苦笑道：「他進來後，也許又走了。」

姬靈風道：「他也許並未真的服下那毒藥，他也許是在裝死，但他一走進來後，門便在外面鎖起，他根本走不出去。」

她顫聲接道：「他既走不出去，便必死在這裡，他既然死在這裡，又怎會變作蠟像的？」

俞佩玉目中突然閃出了光，大聲道：「這死屋中必定另有出路，姬苦情就是從那條路走出去的，他既能走出去，咱們必定也能走出去。」

一念至此，他精神大振，也不管四面石壁都已被燒得發燙，當下立刻四下查探了起來。

出身「先天無極」門下的人，對消息機關之學都不陌生，但俞佩玉直將這兩間石室都找遍，還是找不著那秘密的出口。

這時他身上衣服濕了又乾，眼睛已被烤得發紅，嘴唇也已被烤得裂開，喘息著站在那裡不住喃喃問道：「那出路會在哪裡？……姬苦情爲了裝死騙人，自然早已準備好出路，我若是他，會將出口留在哪裡？」

姬靈風道：「據我所知，這『死屋』中絕不會另有出路的。」

俞佩玉道：「一定有的，否則姬苦情又怎會走得出去？」

姬靈風默然半晌，道：「這難道不可能是外面有人開門放他走的麼？」

俞佩玉像是突然被人抽了一鞭子，全身肌肉一陣顫動，終於整個人都怔在那裡，再也動不得了。

不錯，這自然可能是別人開門將姬苦情放走的。

姬苦情這樣人，雖然不可能將這種秘密讓另一人知道，但以此刻的事實而論，卻唯有這一個解釋合理。

何況，姬苦情令那人開了門後，也可能立刻將那人殺死，這樣他的秘密豈非也一樣不會洩漏了麼。

想到這裡，俞佩玉終於已完全絕望。

突聽謝天璧又道：「你們瞧，奇怪不奇怪，這死人已不見了，完全不見了！」

俞佩玉忍不住過去瞧了瞧，只見那蠟像已完全融化，但融在地上的蠟，卻並不多。

那些熔化了的蠟又到何處去了？

俞佩玉心念又一閃，一步去到那石椅旁，仔細瞧了瞧，大喜道：「我並沒有猜錯，這死屋的確是另有出路的，那出口就藏在蠟像的下面，就在這張石椅上。」

原來石椅上有個小洞，熔化的蠟，便自這小洞中流了出去，但這洞小得最多只能插入兩手指，人又怎能鑽出去。

姬靈風冷笑道：「我瞧你還是安心等死吧，這石椅下若是出口，姬苦情走了後，這蠟像又怎會坐到石椅上，難道蠟像自己會坐上去麼？」

俞佩玉目光閃動道：「姬苦情正是利用此點，教人縱然發現蠟像的秘密，卻再也想不到那出路會在蠟像下。」

姬靈風道：「無論如何，若沒有人搬它，這蠟像是絕不會自己坐上椅子的，這件事你無論如何也無法解釋。」

俞佩玉道：「這小洞卻可解釋。」

姬靈風道：「小洞？」

俞佩玉道：「姬苦情鑄這蠟像時，便將一條繩子凝固在蠟像的屁股下，然後他再將這繩子穿入這小洞，他走下地道，蓋起石板後，便在下面拉動繩子，這蠟像也就被他拉到石椅上坐下來了。」

姬靈風失聲道：「呀，不錯，這法子果然巧妙。」

俞佩玉嘆道：「姬苦情思慮之周密，計劃之巧妙，委實是人們難及，只是他千算萬算，卻終是算不出這『死屋』竟會被火烤，這蠟像竟會熔化，他自然更做夢也不會想到，這無足輕重的一個小洞，竟會洩漏了他整個秘密。」

姬靈風默然半晌，長嘆道：「你的確比想像中聰明得多，聰明得太多了。」

蠟人坐下的石板，果然是可以移動的，石板移開下面果然有條黝黑的地道，俞佩玉長長吐了口氣，道：「這死屋中終是有活人走出去了，而且還不止一個。」

姬靈風這時也不說話了，隨著走了下去。

俞佩玉扶著謝天璧，試探著一步步往前走，地道長而曲折，自然也暗得伸手不見五指。

他們終於逃了出去，但又有誰敢說這地道的出口是安全之地？這地道說不定又是通往姬夫人的臥室中去的。

俞佩玉剛想到這裡，前面竟已有燈光傳來，燈光雖然微弱，但在如此黑暗中，卻顯得分外強烈。

有燈光的地方必定有人！

俞佩玉放開謝天璧展動身形，撲了過去，無論是誰在那裡，他都準備以迅雷不及掩耳的一擊將之擊倒。

誰知有燈光的地方竟沒有人，只有一盞孤燈，放在地上，微弱的火光熒熒跳動，似乎已將熄滅了。

俞佩玉赫然發現這盞燈，竟是方才自己帶來的。

他方才被姬夫人拖進去時，便將這盞燈留在地上，忘記吹熄，而這裡也正是通向姬夫人臥室的入口。

原來姬夫人的臥室、蒲團上的紙閣，以及那神秘的死屋，這幾處地方竟都有地道相連的。

俞佩玉經歷了無數兇險，出生入死，兜了個大圈子，竟又兜回原來的地方，他也不知是該哭？還是該笑。

姬靈風走過去，瞧了瞧，也怔住了。

只聽俞佩玉喃喃道：「依我看來這地道除了姬夫人的臥室，以及那紙閣和死屋之外，必定還有第四個出口的。」

姬靈風道：「你說……這裡還另有出口？爲什麼？」

俞佩玉道：「只因姬苦情和那『俞某人』，想來絕不是自姬夫人臥室中出去的，更不會自那紙閣與死屋中走出，所以我說這裡必有第四個出口？」

姬靈風喜道：「你想那第四個出口會在哪裡？」

俞佩玉拿起了銅燈，緩緩向前走著，這條路，又是走到那紙閣下去的，他走著走著突然回頭問道：「你可知道那俞某人是何時到殺人莊來的？」

姬靈風道：「我記得非常清楚，那天是正月初三，剛過完年，也正是姬苦情開始服毒的第三天，他還在大年初一開始服毒，正是要在別人的歡樂裡加些悲苦。」

俞佩玉道：「他初一開始服毒，卻不知在哪一天走入死屋？」

姬靈風道：「那天是元宵，從初一到元宵這半個月裡，殺人莊裡大多數人都在爲他的後事忙碌著，所以才會將那姓俞的忽略了。」

這時他們又已走到那紙閣下的小房邊，那錦囊玉珮仍在床上，姬苦情的蠟像也仍在那裡瞧著他們冷笑。

謝天璧突又咯咯笑了起來，道：「難怪那死人不見了，原來他竟溜到這裡來了……」

俞佩玉拾起了那玉珮，沉吟了半晌，緩緩道：「那姓俞的並未溜走，姬夫人錯怪他了。」

姬靈風奇道：「這話從何講起？」

俞佩玉道：「我瞧見這玉珮時，心裡已覺奇怪，那姓俞的對這錦囊縱不珍惜，卻也不該將這玉珮遺落在這裡。」

姬靈風道：「不錯，這玉珮看來的確似乎是他家傳的寶物，但他也許去得匆忙，是以才會將玉珮遺落了下來。」

俞佩玉道：「那時並沒有人知道這地道的秘密，他若發現了第四個出口，大可從容溜走，又怎會走得匆忙，除非……」

姬靈風道：「除非怎樣？」

俞佩玉道：「除非他並非自己溜走，而是被別人逼走的。」

姬靈風怔了怔，失聲道：「你……你莫非是說姬苦情發現了他？」

俞佩玉道：「想來必是如此，姬苦情自死屋遁入這地道後，發覺這地道中竟然有人，他自然不能容第二個人知道他詐死的秘密。」

姬靈風動容道：「如此說來，那姓俞的非但是被他逼走的，而且還可能已被他殺死滅口了。」

俞佩玉道：「姬苦情必已殺之無疑。」

姬靈風默然半晌，悠悠道：「她若知道他已死去，也許就不會那麼傷心，那麼痛苦了……」

俞佩玉道：「她若知道她的情人已死，豈非更要傷心痛苦？」

姬靈風悽然一笑，道：「你可知道一個女子最大的痛苦是什麼？」

她不等俞佩玉回答，接著道：「那就是被自己心愛的人遺棄，這種痛苦非但強烈，而且永難忘記，至於他若死了，她心裡縱然難受，卻也要比這種痛苦淡得多，也短暫得多，是以有些女子不惜將自己心愛的人殺死，爲的就是怕他移情別戀，她寧可讓他死也不能瞧他落在第二個女子手裡。」

俞佩玉道：「如此說來，她若知道自己心愛的人已死，反而會開心麼？」

姬靈風道：「開心得多了。」

俞佩玉苦笑道：「女人的心事，男人當真是永遠無法了解的。」

姬靈風冷冷道：「男人本就不該想來了解女子的心事，女人生來就並非被人了解的，而是被人尊敬被人愛的。」

俞佩玉再不答話，手舉銅燈，四下搜索起來。

他算定那第四條出路，必定就在這張床附近，但他卻再也找不出來，這時燈油已盡，燈光終於熄滅了。

俞佩玉長嘆一聲，喃喃道：「看來這地道中就算真的有第四條出路，但在如此黑暗中，我也是休想能找得到的了。」

姬靈風突然道：「其實，你用不著找到那第四條路，也一樣可以出去的。」

俞佩玉道：「你有法子？」

姬靈風道：「只要你能在姬夫人面前證實那姓俞的已死了，她便對你不再懷恨，說不定就會將你放出去的。」

俞佩玉還未答話，突聽黑暗中一人道：「不行，這法子行不通。」

姬靈風道：「為何行不通？」

那人道：「俞佩玉既已死了，又怎能再活著出去。」

姬靈風這時才聽出這話聲既非俞佩玉，也非謝天璧的刹那之間，不禁滿頭冷汗，失聲道：「你又是誰？」

那人咯咯笑道：「你連我的聲音都聽不出了麼？」

「嚓」的一聲，黑暗中亮起了火光，火光照亮了一張蒼老、憔悴，刻滿了風霜勞苦痕跡的臉。

俞佩玉、姬靈風不覺同時出聲道：「高老頭，是你！你怎會到這裡來的？」

高老頭那蒼老憔悴的臉，在這神秘的地道裡閃動的燈光下，竟也變得詭秘起來。

他瞧著姬靈風詭秘的一笑，道：「不錯，只會砍柴挑水的高老頭是不會到這裡來的，但你只知道我是高老頭，還知道我是誰麼？」

姬靈風只覺他目光中突然有一種前所未見的鋒芒，竟不由自主被他逼得後退了一步，顫聲道：「你究竟是誰？」

高老頭緩緩自她面前走過，將手裡的燈放在床頭的小櫃上，然後突然轉身，目光灼灼的瞧著她，緩緩道：「我就是使姬苦情寢不安枕，食不知味的人，我就是使姬苦情覺得已再也活不下去的人……」

俞佩玉失聲道：「姬苦情被逼得只有裝作在那紙閣中苦行懺悔，被逼得只有詐死，莫非就是爲了怕你？」

高老頭咯咯笑道：「你想不到吧，姬苦情平生最畏懼的，竟是我這麼個糟老頭子。」

姬靈風吃驚道：「他難道早已知道你是誰了？」

高老頭冷笑道：「他自然早已知道了，但是他卻不敢揭破，只有裝傻，只因他也知道我早已發現了他的秘密。」

姬靈風道：「什麼秘密？」

高老頭道：「二十多年前，江湖中突然發生了許多件震驚天下的無頭案，有大宗珍寶神秘地被劫，許多名人神秘地被殺，做案的人武功高絕，手腳乾淨，當時武林中雖然動員了數十高手，卻也偵察不出他的下落，只因誰也想不到這做案的人，竟是終年足不出戶，在那紙閣中懺情悔罪的姬苦情。」

俞佩玉動容道：「我早已想到他那樣做法，必定是有陰謀的了。」

姬靈風大聲道：「你說他是殺人的強盜，我絕不相信。」

高老頭嘆道：「非但你不信，當時我若說出，普天之下，只怕沒有幾個人會相信的，我爲了揭破這秘密，只有投身到殺人莊來。」

姬靈風大聲接口道：「你說他那時便已知道了你是誰，那麼他爲何還容你在『殺人莊』裡留下來？他爲何不殺了你？」

高老頭道：「他若不容我留下來，豈非更顯得自己心虛，他若殺了我，豈非更證實了自己的罪行？他思慮周密，從來不肯行險僥倖，自然不會做這種冒險的事，所以他明知我是來監視他的，也只有裝糊塗了。」

他一笑接道：「若非如此，『殺人莊』裡又怎會隨便就收留下一個來歷不明的老頭子。」

俞佩玉道：「你算定他明知你是來監視他的，反而被逼得不得不收留你，這一著雖然妙極，但他既已知道你的身分，豈非時刻都要提防著你，又怎會在你面前洩露秘密？」

高老頭嘆道：「他一眼便可瞧破別人的身分，像他那樣的人，還有誰能揭破他的秘密，我到了這裡後，已知道那些無頭之案是永遠無法破的了。」

姬靈風道：「既是如此，你為何還要留在這裡？」

高老頭道：「我留在這裡，雖不能揭破他的秘密，但總可監視著他，使他再也不敢出去做案，自從我到了這裡之後，江湖中的無頭罪案，果然絕跡了。」

俞佩玉嘆道：「前輩為了阻止罪行發生，犧牲自己的聲名地位，投身為奴，當真是大仁大義，人所難及。」

高老頭面上也不禁起了黯然之色，這十餘年來的艱辛歲月，想來並不是容易度過的，但是黯然之色一閃即過，他瞬即大笑道：「我雖然犧牲了自己的享受，來過這種辛苦日子，卻也逼得他弄假成真，不能不在那紙閣受苦，我縱然犧牲也是值得的了。」

俞佩玉道：「他既不能殺你，又不能逃走，所以到後來只有裝死……」

高老頭道：「他野心勃勃，自不甘如此寂寞終老，想來想去，竟被他想出『裝死』這法子，我雖然明知他絕不會甘心永遠在那紙閣中受罪的，卻也未想到他竟能想出『裝死』這法子來瞞過我。」

姬靈風道：「他既已瞞過了你，你爲何還不走？」

高老頭道：「他當時雖瞞過了我，但後來我愈想愈覺此中必有蹊蹺，那姬苦情絕不是輕易就能被人逼得死的人……何況……」

他嘴角泛起一抹苦澀的微笑，緩緩接道：「我自幼飄零，從未在一個地方耽過半年以上，在這裡，卻已不知不覺耽了許多年，這種簡樸的生活，我非但已過慣，而且已覺得舒服得很，我自己沒有兒女，眼瞧著你們一天天長大，不覺也甚是歡喜，所以……」

姬靈風冷笑道：「我們可用不著你來歡喜，你走不走，和我全沒有半點關係，你也用不著推在我身上，現在你留下來的目的既已達到了，從此我已不再認識你。」

高老頭默然半晌，長嘆道：「不錯，我留下來的目的已達到了，我終於已證實姬苦情還沒有死，從此，我又該四處流浪，去追尋他的下落，我若不找著他，親眼瞧見他死在我的面前，是永遠也不會甘心的。」

姬靈風冷冷道：「他既已走了，只怕你是永遠休想找著他的。」

高老頭道：「不錯，他若從此隱姓埋名，我也許永遠找不著他，但只要他再做出一件罪案，我就有法子追出他的下落，而他這種人是絕不會永遠甘於寂寞的。」

他目中又射出了那逼人的鋒芒，這伏櫪已久的老驥，突然又變成了翺翔萬里，擇人而攫的鷙鷹。

姬靈風終於忍不住問道：「你究竟是什麼人？」

高老頭微微一笑道：「你既已從此不再認識我，又何必問我是誰呢？」

姬靈風扭轉頭去，不再瞧他。

其實她不用問也早已知道，能令姬苦情畏懼的人，又怎會沒有輝煌的過去，驚人的來歷。

這老人究竟是何來歷？姬苦情到哪裡去了？……這些事俞佩玉全未留心，他心裡想著的只有一件事。

他目光四顧，終於問道：「前輩不知是從哪條路走進來的？」

高老頭微笑道：「我聽說你已死了，忍不住悄悄溜進姬夫人的屋裡去瞧個究竟，卻在無意中發現了那衣櫃中竟有條秘道，那衣櫃多年來一直緊閉著，不知今日怎會打開了。」

原來自從俞佩玉走出去後，姬夫人一直忘了將衣櫃關起。

俞佩玉眼睛一亮，道：「那屋裡此刻沒有人麼？」

高老頭道：「你想從那裡出去？」

俞佩玉道：「他們既已認爲我死了，必定不會再加監視，我正可乘機溜出去。」

高老頭突然厲聲道：「你既已死了，怎能活著走出去？」

俞佩玉怔了怔，道：「前輩的意思是……」

高老頭目光閃動，道：「我的意思，你難道還不懂？」

他眼角有意無意間向姬苦情那蠟像瞟了一眼。

俞佩玉恍然道：「不錯，姬苦情既能以裝死瞞過別人的耳目？我爲何不能？世上還有什麼人能比『死人』更容易躲避別人的追蹤，偵查別人的秘密。」

高老頭微笑道：「你終於懂了，你無論與人有什麼冤仇，一死之後，別人必定不再追究，你若想偵查別人的秘密，一死之後，那人更不會再提防著你。」

俞佩玉嘆道：「難怪姬苦情走入那死屋之前，要說：一個人死了，比活著快樂得多，原來他這句話裡，竟別有深意，只可惜那時沒有人聽得懂而已。」

姬靈風冷冷道：「只可惜別人都認得你是俞佩玉。」

俞佩玉怔了怔，苦笑道：「不錯，我雖可裝死，但容貌卻是瞞不過別人的。」

高老頭也不答話，卻悠悠道：「上天造人，雖然賢愚不等，卻永遠不會造出一個完美的人，姑且不論人的內心，單以外貌而論，縱是人所公認的美男子，他的面容也還是免不了有些瑕疵的，從古到今無論男女，絕沒有一張臉是十全十美的。」

他目光凝注著俞佩玉，緩緩接道：「譬如說你，你也可算得上是個美男子了，但眉毛未免稍濃，眼睛未免略小，鼻樑還未能通天，嘴的稜角也不算太好。」

俞佩玉也不知他怎會突然說出這番話來，只有苦笑著吶吶道：「晚輩怎能算得上是美男子。」

高老頭道：「人之內在若有缺陷，任何人都無能爲力，但外貌上的缺陷，卻是可以彌補的，我久已有心想創造出一個十全十美的人，只是要想找一個合適的對象卻也非易事，你總不能將一個缺嘴歪鼻的人，造成絕世的美男子。」

他灼灼的目光，又移向俞佩玉臉上，緩緩接道：「你談吐風度，都已可算得上是合於十全十美了，面貌的瑕疵，也不難補救？我尋找多年，終於找著了你。」

俞佩玉大駭道：「前輩難道想將我改造成……成美男子麼？」

高老頭微笑道：「做一個美男子，已有許多好處，能做一個絕世之美男子，好處更多了，譬如，世間的女子至少已不忍再傷害他，他……」

俞佩玉大聲道：「無論如何，晚輩對此刻的容貌，已很滿意。」

高老頭也不理他，微笑著接道：「別的好處我暫且不去說他，那最大的好處就是，從此之後再也沒有人認得你是俞佩玉了。」

俞佩玉愣了愣，吶吶道：「但……但如此容貌豈非更引人注意？」

高老頭道：「別人震懾於你的容貌，對你其他的事，反而不會留意，這樣你言談舉止中縱有破綻露出，也沒什麼關係。」

俞佩玉默然半晌，長嘆道：「既是如此，晚輩只有從命。」俞佩玉抬起頭，只見謝天璧仍在癡癡的瞧著那蠟像，姬靈風面對石壁，對這一切事似乎都不聞不問。

他嘆息一聲，終於不再言語。

黝黯的地道，突然光亮了起來。

高老頭已出去了一趟，取回了食物和水，以及許多根蠟燭，兩面銅鏡，燭光映在銅鏡上，光亮倍增。

俞佩玉躺在床上，高老頭將一方浸濕了的麻布，蓋起了他的臉，他只覺一股藥味撲鼻，知覺立刻麻木。

暈迷中，只聽高老頭緩緩道：「你好生睡吧，等你醒來時，便已是空前絕後，獨一無二，第一個十全十美的美男子了。」

俞佩玉也不知沉睡了多久，醒來時，臉上潮濕纏著痲布，七天後方自解開，高老頭凝注著他的臉，就像是一個畫家在瞧著自己的精心傑作似的，目光中充滿了驕傲與得意，喃喃道：「這張臉……又有誰還能自這張臉上找出絲毫瑕疵？自然單只這張臉也是不夠好，自然，還有別的，而你……」

他用力拍了拍俞佩玉的肩頭，笑道：「你恰巧自童年的家教中學會了溫文與儒雅，又自屢次出生入死的險難中學會了從容與鎮定，若非已經歷過許多次死亡威脅，已能將生死置之度外，是再也不會有你這種灑脫的……」

姬靈風突然冷冷道：「不錯，這一切加在一起，的確已足以令世上任何一個少女著迷，我能有這樣的屬下，何愁大業不成。」

高老頭怔了怔，道：「誰是你的屬下？」

姬靈風悠然道：「俞佩玉，自然還有你。」

高老頭瞧著她，就像是瞧著什麼怪物似的，瞧得呆住了。

姬靈風冷冷接道：「你們若不肯聽命於我，我立刻就可以揭穿你們的秘密，叫你的心血完全白費，叫俞佩玉死。」

高老頭長長嘆了口氣，道：「既是如此，你快出去對人說吧。」

這一次姬靈風卻不禁怔了怔，道：「你……你要我去向別人揭穿你的秘密？」

高老頭瞧著她，微微笑道：「你不會去說的，是麼？你外表雖然兇惡，其實心地就比你自己想像中還要善良，我從小瞧你長大，怎會不了解你。」

姬靈風呆了半晌，突然往外衝出去，但還未行出幾步，竟又撲倒在石壁上，放聲痛哭了起來。

高老頭輕撫著她的肩頭，嘆道：「好孩子，你未免將一切事都看得太簡單，要知道你縱想做惡人，卻也不是件容易的事，有時候做惡人甚至比做好人是要困難得多。」

俞佩玉站了起來，只覺臉上癢癢的，他剛想伸手去摸，但高老頭已一把拉住了他的手，沉聲道：「三日之內，還摸不得，最好也莫要沾水。」

俞佩玉道：「難道我還要在這裡等三天？」

高老頭笑道：「你若已等不及了，就出去吧，只要小心些也就是了……其實就連我也等不及想要別人來瞧瞧你，讓普天之下的人都知道，這絕世之美男子，終於誕生了。」

旋開了那蒲團，天光照上了俞佩玉的臉。

高老頭又用力一拍他肩頭，笑道：「你還不出去？」

俞佩玉道：「我……我就這樣出去麼？」

高老頭笑道：「你爲什麼不這樣出去？要知道，從此以後，你已不必再怕見任何人，從此以後已沒有人認得出你。」

俞佩玉瞧了謝天璧一眼，只見謝天璧不住的喃喃道：「死人流汗了……死人不見了……」

俞佩玉只覺心裡一陣慘然，拉起謝天璧的手，嘆道：「前輩你……」

姬靈風突然扭回頭，道：「你不必管他，既然是我將他逼瘋的，我自會照管他，在這『殺人莊』裡沒有人會過問我的秘密，也沒有人會找到他的。」

俞佩玉道：「姑娘自己難道還要在這『殺人莊』裡耽下去？」

姬靈風冷道：「我為何不能耽下去？」

俞佩玉道：「但那姬葬花……」

姬靈風冷笑道：「他若知道我未死，一見我的面，只怕就要遠遠逃走，就算借給他個膽子，他也不敢再來找我麻煩的了，自然更不敢來問我是如何逃出來的。」

她哭聲頓住，頃刻間便已恢復往昔的驕傲，目光也已恢復鷙鷹般銳利，冷冷的瞧著俞佩玉道：「你為何還不快走？難道要等我改變主意。」

高老頭微笑道：「看來你還是快走得好，女人的主意，的確是很容易改變的。」

俞佩玉走出了那紙閣，陽光，照在他雪白的衣服上——這衣服自然也是高老頭為他準備的。

他穿著新的衣服，以新的姿態，重又回到了殺人莊，這世界似乎也正以新的面目在迎接著他。

初升的陽光普照下，就連這陰森恐怖的「殺人莊」，都充滿了花香鳥語，再也聞不出半分血腥氣。

俞佩玉走到小溪旁，照了照自己的影子，只見溪水中一個風神如玉的美少年也正在瞧著他，這少年看來彷彿是俞佩玉，又彷彿不是俞佩玉，這少年的眉目雖似俞佩玉的，但卻又不知比俞佩玉的好看多少。

若說俞佩玉的眉目乃是粗胚，這少年的便已經精製，這少年若是幅名家圖畫，俞佩玉便是俗手臨摹的贋品。

俞佩玉也不覺瞧得癡了，喃喃道：「這難道就是我麼？……俞佩玉呀，你要記得，這面目不過是你暫時借來用用的，你切莫忘了自己。」

突聽一陣腳步聲傳了過來。

俞佩玉餘悸猶在，仍不自覺地閃身掠到假山後，只見幾個人談談說說，走了過來，其中一人笑道：「江湖傳言，將這『殺人莊』說得那般神秘，簡直好像是魔宮地獄似的，今日看來倒也普通得很。」

另一人道：「你不想來殺人，也不會被殺，只不過是來弔喪的，『殺人莊』在你眼中看來，自然普通得很。」

第三人笑道：「其實我來弔喪是假，想來見識見識這『殺人莊』倒是真的，若不乘這機會來，我走進『殺人莊』，還想活著走出去麼？」

幾個人談笑而過，俞佩玉心念一動，也跟了過去。

還未走到正廳前，便已瞧見前面擠著一大群人，俞佩玉被擠在人叢裡，簡直什麼也瞧不見。

只聽一人道：「他死得雖不光榮，但喪事倒風光得很。」

另一人道：「這還不是瞧他爹爹的面子。」

俞佩玉忍不住拍了拍那人的肩膀，含笑道：「各位弔祭的，卻不知是哪一路的英雄？」

那人皺著眉回過頭來，滿臉不耐煩的神色，但瞧了俞佩玉一眼後，面上竟立刻露出了笑容，道：「兄台原來還不知道，咱們此刻弔祭的，正是當今武林盟主之子俞佩玉。」

俞佩玉怔了怔，苦笑道：「原來是他。」

那人一挑大拇指，讚道：「俞放鶴究竟不愧爲武林盟主，他兒子死了，他非但毫不追究，還說：『這不肖子若是活著，我也要爲世人除害，但他既已死了，我念在父子之情，少不得要來弔祭於他』，他如此仁義，江湖中誰不相敬，是以那俞佩玉活著時雖不光榮，死後倒風光得很。」

另一人笑道：「兄台瞧來眼生得很，不知高姓大名？」

俞佩玉淡淡笑了笑，道：「在下俞佩玉。」

那人當真嚇了一跳，但瞬即失笑道：「江湖中同名同姓的人，可倒真有不少，只是瞧兄台的人品風采，又比那俞佩玉高明多了。」

俞佩玉微笑道：「只怕也未必高明多少。」

說話間，人叢突然兩邊分開，一個風塵絕代的美婦人，在無數雙眼睛的凝注下，神態自若地走了過來。

俞佩玉認得她正是那名震天下的海棠夫人。

只見她手挽著一個少女，身穿黑衣面蒙烏紗，雖然瞧不出她的神色，卻可聽到一陣陣輕微啜泣聲，自烏紗中傳了出來。

俞佩玉瞧不著她的面目，已知道她是誰了，他心頭一緊，全身都似已麻木，竟不覺瞧得癡了。

海棠夫人若有意，若無意，含笑瞟了他一眼，那少女卻始終低垂著頭，獨自啜泣，誰也不瞧。

海棠夫人這眼波一瞬間雖有風情萬種，俞佩玉卻也茫然不覺，他眼中除了這少女外，也再也瞧不見別的。

只聽群雄竊竊私語。

有人道：「這位姑娘據說就是俞佩玉未過門的妻子，她方才在他靈前，不但哭暈了三次，而且還將一頭青絲，生生剪了下來。」

俞佩玉只覺心頭一陣刺痛，幾乎忍不住要衝過去，告訴她自己還沒有死，叫她莫要傷心。

但是，這時海棠夫人與林黛羽已走過去了，俞佩玉終於也將那滿心傷痛，咬牙忍住，只聽又有人嘆息道：「俞佩玉有這樣的父親，又有這標緻的妻子，若是好自爲之，誰不羨慕？只可惜他自己偏偏不爭氣……」

紛紛議論間，突聽一人大聲道：「俞佩玉是我的朋友，他生前是好是歹，都不去管他，但他死後若有人談論他的是非，被我聽到，卻放不過他。」

喝聲中，一人大步走了過來，滿面俱是悲憤之色，分開人叢，昂然而去，正是那義氣當先的好漢紅蓮花。

俞佩玉眼瞧著自己的未婚妻子和生死至交從自己面前走過去，竟不敢相認。這豈非是世上最令人斷腸的時刻，他縱然勉強忍住，也不覺已熱淚盈眶。

幸好這時誰也不會去留意他神色的變化，只因當今天下最受人注意的人物——天下武林盟主俞放鶴已走了過來。

他雖然也是滿臉傷痛之色，跟在他身後的一群人，步履也俱都十分沉重，只差沒有流下淚來。

俞佩玉瞧見此人，但覺心胸俱裂，但此時此刻，他心中無論是悲傷是憤怒，也全都得忍住。

人叢漸漸散了，每個人走過時，都忍不住要多瞧他兩眼，似乎都在驚異著世上怎會有這樣的美少年。

俞佩玉茫然木立了許久，突然瞧見了姬葬花的臉，也正在瞧他嘻嘻的笑，這張臉看來雖是那麼天真而無辜，但此刻俞佩玉卻只覺比毒蛇還要可怖，他正想遠遠走開，誰知姬葬花竟向他走了過來。

俞佩玉心頭不覺一寒：「難道他已認出了我？」

但在眾目睽睽之下，他既不能轉身狂奔，只有站在那裡等著。

姬葬花竟筆直走到他面前，抱拳笑道：「這位兄台好出眾的品貌，在下好生傾慕，不知兄台可否能讓在下稍盡地主之誼，到莊裡略用兩杯水酒。」

他言語誠懇，笑容溫柔，看來正是盛意拳拳，令人難卻，若是換了別人，必定坦然無疑，隨他去了。

但在俞佩玉眼中，這溫柔的容貌，正無異魔鬼的面具，他話說得愈動聽，居心愈不可測。

俞佩玉只覺背脊發冷，強笑道：「莊主盛情，在下卻不敢打擾。」

姬葬花笑道：「兄台若不答應，便是瞧不起在下了。」

他竟拉起俞佩玉的手，往莊院裡拖。

這隻手冰冷而潮濕，就像是毒蛇的紅舌，俞佩玉又是噁心，又是驚恐，正不知該如何擺脫他。

突聽一個少女的語聲嬌笑道：「這位客人我家夫人已先約好了，莊主就放過他吧。」

一隻白玉般的小手伸了過來，有意無意間往姬葬花脈門上輕輕一劃。

姬葬花竟不能不立刻鬆手，只見一個身穿著水紅輕衫的少女，正歪著頭在瞧他，一雙水汪汪的大眼睛裡，充滿了頑皮之色。

姬葬花咯咯笑道：「小姑娘好大的膽子，你可知道我是誰麼？」

那翠衫少女嘻嘻笑道：「你可知道我家夫人是誰嗎？」

姬葬花道：「我正要問她是誰？」

那少女眨了眨眼睛，悄悄道：「我告訴你，你可不許害怕，她就是海棠夫人。」

姬葬花怔了怔，突然轉身，頭也不回的走了。

俞佩玉瞧著他遠去，剛鬆了口氣。

又聽那少女笑道：「你瞧著他，難道還捨不得他走，要跟他去不成？」

她一雙水汪汪的大眼睛，瞬也不瞬的瞧著俞佩玉，俞佩玉倒被她瞧得有些不好意思起來。

那少女又道：「你可知道他請你去，是爲了什麼？」

俞佩玉微笑道：「倒還不知。」

那少女吃吃笑道：「他請你去，只因他從未殺過你那麼好看的人，所以想殺一個試試看是何滋味，以我想來，殺你這樣的美男子，的確是要比殺那些醜八怪夠刺激得多。」

俞佩玉笑道：「你也想試試麼？」

那少女大眼睛一轉，嬌笑道：「我雖然也想試試，卻又怎忍下得了手？」

她眼波流動，哈哈的笑著，突然塞了張紙在俞佩玉手裡，嬌笑著轉身奔去，奔出數步，又轉過頭來道：「傻小子，還站在那裡發什麼呆，快打開紙來瞧瞧呀，艷福已經從天上掉下來了，你還不知道？」

俞佩玉怔了半晌，但聞手掌中已飄來一陣陣醉人的香氣，正和海棠夫人身上所帶的香氣一模一樣。

他忍不住展開了信箋，只見上面寫著：「今夜三更時殺人莊外，花神祠前，有絕代之名花與百年之佳釀相待於月下，你來不來？」

七 海棠夫人

三更未到，俞佩玉已到了花神祠外。

他依約而來，既非爲了那絕代之名花、更非爲了百年之佳釀，而是爲了那迷霧般的烏紗，烏紗裡一雙清澈的眼波。

月光下，只見悽涼的花神祠前，不知何時已移來了一片花海，百花叢中，白玉几畔，斜倚著一個身披輕紗的美人。

花光月色，映著她的如夢雙眸，冰肌玉膚，幾令人渾然忘卻今夕何夕，更不知是置身於人間，還是天上？

但俞佩玉卻只覺有些失望，縱有天上的仙子殷懃相待，卻又怎及得他思念中的人眼波一瞬。

只聽一陣銀鈴般的笑聲自百花間傳了過來，道：「你既已來了，爲何還不過來？」

俞佩玉大步走了過去，淡淡笑道：「劉伶尚未醉，怎敢闖天台？」

海棠夫人嫣然笑道：「如此名花，尚不足以令你未飲而醉？」

俞佩玉道：「在下未知夫人爲何相召之前，還不敢醉。」

海棠夫人笑道：「如此明月，如此良夕，能和你這樣的美少年共謀一醉，豈非人生一快……這原因難道還不夠？你難道還要問我是爲了什麼？」

俞佩玉微微一笑，走到海棠夫人對面坐下，自斟自飲，連喝了三杯，舉杯對月，大笑道：「不錯，人生幾何，對酒當歌，能和夫人共醉與月下，正是人生莫大快事，我還要多問什麼？」

他本非豪邁不羈的人，但一個人數次自生死關頭闖回來後，對世上一切事都不禁要看得淡多了。

人生不過如此而已，他又爲何要苦苦束縛自己，別人看來很嚴重的事，在他的眼中看來，卻已是毫無所謂的。

海棠夫人凝眸瞧著他，突然笑道：「你知道麼，我對你的興趣，已愈大了。」

俞佩玉笑道：「興趣？」

海棠夫人眼波流動，道：「有關你的一切，我都覺得很有興趣，譬如說……你是什麼人？從哪裡來的？武功是出自什麼門派？」

俞佩玉嘆道：「一個四海爲家的流浪者，只怕連自己也不知該如何回答夫人的這些問題，夫人你說是麼？」

海棠夫人嫣然道：「你年紀輕輕，又能經歷過多少事？怎地說話卻像是已飽經滄桑，早已瞧破了世情似的。」

俞佩玉悠悠道：「有些人一個月經歷過的事，已比別人一生都多了。」

海棠夫人銀鈴般嬌笑起來，道：「你說得很好，但至少你也該說出你的名字，是麼？」

俞佩玉微一沉吟，道：「在下俞佩玉？」

海棠夫人笑聲驟然頓住，道：「俞佩玉？」

俞佩玉道：「夫人難道覺得這是個不祥的名字？」

海棠夫人展顏一笑，道：「我只是覺得有趣……俞佩玉自己參加俞佩玉的喪事，你難道不覺得這很有趣麼？」

她明星般的目光緊盯俞佩玉。

俞佩玉神色不變，淡淡笑道：「司馬相如，藺相如，名相如，實不相如，雖然有個俞佩玉死了，但卻還有個俞佩玉是活著的。」

海棠夫人一字字道：「你能確定自己不是那死了的俞佩玉？」

俞佩玉大笑道：「夫人難道以爲我是鬼魂不成？」

海棠夫人微笑道：「我第一眼瞧見你，便覺得你有些鬼氣。」

俞佩玉道：「哦？」

海棠夫人道：「你像是突然一下子自幽冥中躍入紅塵的，在你出現之前，沒有人瞧見過你，也沒有人知道你的來歷。」

俞佩玉道：「夫人莫非已調查過在下？」

海棠夫人嫣然笑道：「世上沒有一個女人會對你這樣的男人不感興趣的，我究竟也是一個女人，是麼？」

俞佩玉笑道：「夫人豈只是女人而已，夫人乃是女人中的女人，仙子中的仙子。」

海棠夫人道：「但你卻對我全不感興趣，我走過你面前時，你甚至連瞧都未瞧我一眼，這豈非有些奇怪麼？」

她笑容雖是那麼嫵媚，語聲雖是那麼溫柔，但在這動人的外貌下，卻似乎有種刺人的鋒芒，足以刺穿人世間一切秘密。

俞佩玉暗中吃了一驚，強笑道：「夫人艷光照人，在下怎敢作劉楨之平視？」

海棠夫人柔聲道：「你眼睛只是盯著我身後的一個人，但她臉蒙黑紗，你根本瞧不見她的面目，你那樣瞧她，莫非你和她早已認識？」

俞佩玉道：「她……她是誰？」

海棠夫人嬌笑道：「你莫想瞞我，我早已覺得你就是死了的那俞佩玉，你可知道，到目前為止，世上還沒有一個人能瞞得過我的。」

這名動天下的海棠夫人，眸子裡的確似乎有一種足以洞悉一切的魔力，俞佩玉勉強控制著心裡的激動，淡淡笑道：「世上只怕也沒有什麼人能忍心欺騙夫人。」

海棠夫人道：「你呢？」

俞佩玉道：「在下究竟也是個人，是麼？」

海棠夫人咯咯笑道：「好，你很好。」

她突然拍了拍手，花叢間便走出個人來。

夢一般的月光下，只見她深沉的眼睛裡，凝聚著敘不盡的悲哀，蒼白的面靨上，帶著種說不出的憂鬱，這深沉的悲哀與憂鬱，並未能損傷她的美麗，卻更使她有種動人心魄的魅力，她看來已非人間的絕色，她看來竟似天上的花神，將玫瑰的艷麗，蘭花的清幽，菊花的高雅，牡丹的端淑，全都聚集在一身。

剎那間俞佩玉只覺天旋地轉，幾乎連呼吸俱都停止。

海棠夫人凝視著他，絕不肯放過他面上表情任何一絲細微的變化，指著花叢中走出的林黛羽，一字字道：「你再瞧瞧，認不認得她？」

俞佩玉舉杯一飲而盡，道：「不認得。」

「不認得」這雖然是簡簡單單三個字，但俞佩玉卻不知費了多少力氣，才說出來的，這三個字就像是三柄刀，刺破了他的咽喉，這三個字就像是三團灼熱的火焰，滾過了他的舌頭，燒焦了他的心。

明明是他最親切，最心愛的人，但他卻偏偏只有咬緊牙關說「不認得」，世上又有什麼比這更令人痛心的事。

明明是他世上剩下的唯一親人，但他卻偏偏只能視之爲陌路，世上又有什麼比這更殘酷的事。

酒入咽喉，芬芳的美酒，也變得說不出的苦澀，人生本是杯苦酒，這杯苦酒他只有喝下去。

海棠夫人轉向林黛羽，道：「你可認得他？」

林黛羽蒼白的臉，沒有絲毫的表情，冷冷道：「不認得。」

明明是他未來的妻子，但卻當著他的面說不認得他，這三個字也像是三支箭，刺入了俞佩玉的心。

海棠夫人終於輕輕的嘆了口氣，道：「若連她都不認得你，你想必就不會是那死了的俞佩玉了，再說……一個人若連他未來的妻子都不願相認，他縱然活著也等於死了。」

俞佩玉的心的確已死了，仰首大笑道：「夫人說得好，容在下敬夫人三杯。」

他自斟自飲，轉眼間已喝下了數十杯，甚至連林黛羽的轉身走回去時，他都未回頭去瞧她一眼。

海棠夫人笑道：「你醉了。」

俞佩玉舉杯道：「人生難得幾回醉？」

海棠夫人幽然道：「不錯，一醉解千愁，你醉吧。」

俞佩玉喃喃道：「只可惜這幾杯酒還醉不倒我。」

他卻不知他酒量雖好，這百花佳釀的酒力卻更異乎尋常，他全身飄飄然似已凌風，竟真的醉了。

只聽海棠夫人柔聲道：「醉吧，醉吧……置身在此險惡的江湖中，若連醉也不能醉時，人生就真的太悲慘了，下次你若還想醉，不妨再來尋我。」

醺醉中，他彷彿覺得眼前突然出現了許多高高矮矮的人影，每一個人的面目都是那麼猙獰可惡。

他又彷彿聽見海棠夫人道：「這俞佩玉只是個初入江湖的少年，各位總該相信了吧。」

江湖原來竟真是如此險惡，對每個陌生人的來歷都不肯放過，若不是海棠夫人，俞佩玉的麻煩只怕還多著哩。

俞佩玉心裡只覺對海棠夫人說不出有多麼感激，他努力想說幾句感激的話，卻含含糊糊連自己都不知說了些什麼？

他只聽得海棠夫人又道：「這少年今日既是我的客人，終生便都是我百花宮的佳賓，今後若是沒有什麼必要，各位最好莫要麻煩他，現在也讓他好好睡吧。」

俞佩玉醒來時，花香，月色，什麼都沒有了，熹微的曙光，已籠罩著大地，遠處不住有啁啾鳥語。

接著，他便瞧見一條婀娜的人影，自乳白色的晨霧中，踏著殘落的花瓣，飄飄走了過來。她的來臨，彷彿為大地帶來陣清新的氣息，她目光閃動著的光亮，也是明朗而純真的，既不是海棠夫人那樣的鋒芒，那樣的媚豔，也沒有林黛羽那樣的悲哀和憂鬱，這複雜的世界在她眼中看來，似乎也是單純的。

她瞧著俞佩玉，曼聲道：「迷途的燕子呀，你終於醒來了麼，這世上有那麼多甜美的泉水，你為什麼偏要喝酒？」

這甜美的話聲，聽來真有如歌曲。

俞佩玉輕輕嘆了口氣，喃喃道：「人生的煩惱，雲雀姑娘自然是不會懂的。」

姬靈燕垂下頭，突也輕輕嘆息了一聲，幽幽道：「你可知道昔日那無慮無憂的雲雀，如今也有了煩惱？」

俞佩玉苦笑道：「姑娘你又會有什麼煩惱？」

姬靈燕目中竟流下淚來道：「雲雀的窩裡，已流滿了鮮血，她已不能再耽下去了，可憐的雲雀，已經沒有地方可去了。」

她突然拉住俞佩玉的手，顫聲道：「求求你，帶我走吧，無論到什麼地方，我都跟著你。」

俞佩玉心念一動，大聲道：「你怎知道我是誰？為什麼要跟我走？」

姬靈燕道：「我認得你這雙眼睛，你的眼睛是那麼善良，又那麼勇敢，就好像燕子一樣，和任何人都不同，我又怎會忘記？」

這癡迷的少女，竟有種出奇敏銳的觀察力，人人都能瞧出的事，她也許瞧不出，但人們全都瞧不出的事，她反而可以瞧出來的，這也就是她為什麼總是聽不懂人類的話語卻反而懂得鳥語。

俞佩玉默然半晌，苦笑道：「你知道，你是不能跟我走的，我要去的地方，到處都充滿了兇險，每個人都可能傷害到你。」

姬靈燕道：「有你保護著我，我什麼都不怕了。」

她癡癡的瞧著俞佩玉，目光中充滿了哀求，也充滿了對俞佩玉的信任，面對著這麼雙眼睛，又有誰能忍得下心？

俞佩玉終於長嘆道：「你若要跟著我，我實在也無法拒絕你，只是……我連自己都不知是否能保護自己，又怎知是否能保護你？」

姬靈燕嫣然一笑，道：「我知道你一定肯答應我的……」俞佩玉在前面走，她就在後面跟著，也不管俞佩玉要去哪裡，其實俞佩玉自己又何嘗知道自己要去哪裡？

他茫然走著，心裡正在盤算著去向，突聽衣袂帶風之聲響動，四個人自晨霧間掠出，擋住了他的去路。

這四個人身手矯健，來勢迫急，無一是弱者。

俞佩玉瞧得清楚，這四人赫然竟是那惡霸化身的王雨樓、林瘦鵑、寶馬神槍，以及茅山西門無骨。

王雨樓當先一步，目光如炬，道：「是俞佩玉麼？」

俞佩玉淡淡道：「在下正是俞佩玉，各位是誰，有何見教？」

八隻惡毒的眼睛，都在瞧他神情的變化，但他卻完全聲色不動，只因他已經過了太多可驚可怖的事。

世上實在已沒有什麼事能嚇得倒他。

王雨樓哈哈一笑，道：「俞公子初入江湖，便能蒙海棠夫人青眼，自然是大有來歷，在下等不揣冒昧，乃是想來請教請教公子的武功的。」

俞佩玉突然仰天大笑道：「原來海棠夫人昨夜對各位說的話，還是不能令各位相信，原來各位竟要逼我施展本門武功，來瞧瞧我究竟是否那位死了的俞佩玉？」

他故意說破他們的來意，王雨樓居然也是面不改色，微微笑道：「近來江湖中易容術頗爲盛行，公子想必也是知道的。」

俞佩玉道：「在下是否經過易容，各位難道瞧不出麼？」

王雨樓含笑道：「易容之術，千變萬化，在下等正是因爲瞧不出，所以才不能不分外仔細，但公子只要略施武功，在下等立刻告退。」

俞佩玉目光灼灼，說道：「卻不知死去的那位俞公子怎會令各位如此不安，他死了各位竟還不放心。」

王雨樓面色果然變了變，厲聲道：「公子賜招之後，就會知道的。」

語聲中他掌中劍已平刺而出，劍法老練，四平八穩，一招「龍抬頭」，竟真的是王雨樓本門劍法。

但俞佩玉卻又怎能將本門武功露出，「先天無極」之武功獨創一格，招招式式，俱都與眾不同。

他只要使出一招，別人立刻就可瞧破他的來歷。

突聽「嗆」的一聲龍吟，王雨樓一劍方刺出，竟被擊歪，以他的功力，竟覺得手腕有些發麻。

只見一個白衣如雪的美麗少女，手持兩柄精鋼短劍，攔在俞佩玉面前，面上帶著種飄忽的微笑道：「他是個好人，你們可不許欺負他。」

王雨樓變色道：「姑娘是什麼人？爲何要替他出頭？」

姬靈燕笑道：「我爹爹很會殺人，我姐姐也很會殺人，我雖然不會殺人，但也不能眼瞧著別人欺負我的朋友。」

她一面說話，掌中兩柄短劍已旋舞而起。

她身法雖是那麼輕柔而婀娜，但劍法卻是出奇的快捷而毒辣，俞佩玉實也未想到這善良的女子竟有如此毒辣的劍法。

她幾句話說完，已刺出七七四十九劍，雙劍連晃，如水銀瀉地，無孔不入。林瘦鵑縱是劍法名家，也不禁瞧得變了顏色。

姬靈燕已收住劍勢，笑道：「別人都說我學的這劍法很毒辣，你們說呢？」

王雨樓咯咯乾笑道：「好！好劍法！」

姬靈燕道：「我這劍法雖毒辣，但卻不是用來對付人的，只要不用來殺人，劍法毒辣些也沒關係，你們說是麼？」

王雨樓瞧了她半晌，又瞧了瞧俞佩玉，突然一言不發，轉頭而去，別的人自然也都跟著走了。

姬靈燕將兩柄短劍又藏了起來，好像什麼事都沒有發生似的，瞧著俞佩玉癡癡一笑，道：「咱們也走吧。」

俞佩玉嘆道：「你要我保護你，誰知卻反要你來保護我了！我一向真是小看了你，竟不知你有這麼高明的劍法。」

姬靈燕眨著眼睛，笑道：「你也說我劍法好麼？我的鳥兒朋友也是這麼說的，牠們說，雲雀學會劍法，就不怕老鷹來欺負了，你說那些人是不是老鷹？」

一路上，她就這樣絮絮的敘說著她和鳥兒們的故事，敘說著喜鵲的阿諛、烏鴉的忠直，和黃鶯兒的惹人相思。

俞佩玉聽得有趣，倒也不覺路途寂寞。

他本來還在爲自己出路發愁，但後來一想，天下之大，何處不能去？隨遇而安，流浪天下，豈非正可四下探查那些惡魔的秘密，一念至此，他心事頓解，打尖時竟叫了兩壺酒，像是要慶祝他自己的新生。

姬靈燕居然也陪著他喝了兩杯，這美麗的雲雀看來就更活潑了，不住說東問西，不住爲他盛飯倒酒。

俞佩玉不讓她做，她就嘟著嘴生氣，他們的小小爭執，卻不知引來路人們多少羨慕，多少妒嫉。

到了晚上，這吱嚓個不停的雲雀，總算睡下了，俞佩玉卻輾轉不能成眠，披衣而起，悄悄走了出去。

這是城外的小小客棧，月色下照著山坡下的小小池塘，池塘裡有繁星點點，夜風中有蟲鳴蛙語。

許多日子以來，俞佩玉第一次覺得心情寧靜了些，也第一次能欣賞這夜的神秘與美麗。

他信步踏月而行，靜靜的領略著月色的迷濛，荷葉的芬香……突然，兩道惡毒的劍光，向他咽喉直刺了過去。

他再也未想到如此美麗的夜色中，竟也隱藏著殺機，大驚下就地一滾，堪堪避過了這兩柄冷劍。

四個勁裝蒙面的黑衣人，已自暗影中掠出，一言不發，四道比毒蛇還毒，比閃電還快的劍光已交擊而下。

俞佩玉身形不停，自劍網中閃了出去，劍光「嗤嗤」不絕，他身上衣衫已被劃得片片飛舞！

黑衣人顯然並不想一劍致命，只是逼他施展武功。劍光，始終毒蛇般糾纏著他，他不但衣裳被劃破，身上也被劃破了三四道血口，但卻仍是不敢還手。

他愈不還手，黑衣人的疑心愈大。

突有一人冷笑道：「無論是真爲假，殺了吧。」

另一人道：「不錯，寧可錯殺一萬，也不能放走一個。」

俞佩玉雖然明知這些人是誰，卻故意大聲：「你們若要我出手，爲何不敢露出本來面目，我堂堂正正的男子漢，怎能與你們這種藏頭露尾的鼠輩動手。」

那黑衣人冷聲道：「你不動手，就死。」

「死」字出口，四柄劍再不留情，急刺而出！這次俞佩玉若再不還手，就真的就要斃命於劍下了！

就在這時，一條淡紅色的煙霧，似有質，似無質，似慢實快，隨風飄了過來，捲入了劍網。

黑衣人只覺掌中劍勢竟一緩，劍鋒竟似被這煙霧膠住，俞佩玉已乘他們劍勢緩間竄了出去。

但聞一人曼聲低喝著道：「花非花，霧非霧，斷人腸後無覓處，只留暗香一度……」

歌聲方起，黑衣人目中已露出驚恐之色，四人不約而同縱身而起，向黑暗中竄了過去，去得比來時還快。

俞佩玉躬身道：「可是君夫人前來相救？」

黑暗中毫無應聲。

俞佩玉抬起頭來，眼前卻已多了條人影，微顰著的雙眉，蒼白的面容，以及那雙充滿憂鬱的眼睛。

來的竟非海棠夫人，而是林黛羽。

俞佩玉只覺一顆心立被收緊了起來，道：「原來是姑娘，多謝。」

林黛羽揮了揮手打斷了他的話，冷冷道：「你爲何要叫俞佩玉？」

俞佩玉怔了怔吶吶道：「這……只怕……」

林黛羽道：「你最好改個名字，這是個不祥的名字，無論誰若叫這名字，就要惹來不幸，甚至死，我雖然奉了夫人之命，最多也不過只能救你這一次而已。」

俞佩玉默然半晌，苦笑道：「除此之外，還有別的原因麼？」

林黛羽嗄聲道：「不錯！還有別的原因。」

她突然扭轉身，走了幾步，接著道：「他既已死了，我不願聽得有人再叫做這名字。」

俞佩玉道：「但是我……」

林黛羽冷冷道：「你也不配叫這名字。」

俞佩玉怔在那裡，目送著她身影消失，心裡也不知是何滋味，他眼瞧著心上的人對他如此冷漠，本該傷心。

但她對他如此冷漠，卻又正表示她對「俞佩玉」的多情，他又該歡喜，這無情還是有情，他竟不知該如何區處。

一時之間，他心中忽憂忽喜，正也不知是甜是苦？

星漸稀，月更冷，天邊已有曙意。

俞佩玉仍在癡癡的走著，也不知走了多久，晨霧終於自樹葉間升起，突然有個人踉蹌的向他走了過來，這人身材瘦小，鬚髮皆白，面上帶著詭秘的笑容，俞佩玉竟覺得他有些面熟，卻又想不起曾在那裡見過。

只見他手裡拿著幅圖畫，突然舉到俞佩玉面前，笑道：「你瞧瞧，可瞧得出我畫的是什麼？」圖畫上一片混沌，似山非山，似雲非雲，仔細看來，倒有幾分像是倒翻了的一盂水墨。

俞佩玉搖頭道：「瞧不出。」

那老人道：「我畫的就是你眼前的山，你真的瞧不出？」

俞佩玉瞧了瞧晨霧間的雲山，再瞧瞧老人手中的圖畫，竟居然覺得有些相似了，不禁失笑道：「現在瞧出來了。」

那老人突然瘋狂般大笑了起來。

俞佩玉見他笑得手舞足蹈，眉目俱動，雖然似是開心已極，卻又有種說不出的詭異瘋狂之意，忍不住道：「你笑什麼？」

那老人拍手笑道：「我成功了，我成功了。」

俞佩玉又忍不住問道：「你什麼成功了？」

那老人道：「我的畫成功了，我終於得著了畫中的神髓。」

俞佩玉瞧著那一片混沌，苦笑道：「這樣的畫，也能算是得著畫中神髓麼？」

那老人道：「明明是山，我畫來卻可令它不似山，我畫來明明不似山，但卻叫你仔細一看後，又似山了，這只因我雖未畫出山的形態，卻已畫出山的神髓。」

俞佩玉想了想，喃喃道：「這畫中的神髓，只怕是很少有人看得懂的。」

那老人拍手道：「別人正是看不懂的，但只要畫的是山，這畫便在我眼中是山，心中也是山，我看得懂而別人看不懂，豈非更是妙極，妙極。」

他拍手大笑而去，俞佩玉卻仍在癡癡的想著。

「……明明是山，我畫來卻可令它不似山……我雖未畫出山的形態，卻已畫出了山的神髓。」

他耳旁似又響起放鶴老人蒼老的語聲：

「拘於形式的劍法，無論多麼精妙都非本門的精華，『先天無極』的神髓，乃是在於有意而無形，脫出有限的形式之外，進入無邊無極的混沌世界，也就是返璞而歸真，你若能參透這其中的奧妙，學劍便已有成了。」

俞佩玉反反覆覆，仔細咀嚼著這幾句話中的滋味，突覺如有醍醐灌頂，心中頓時光明。他折下根樹枝，以枝爲劍，飄飄一劍刺了出去。

他心裡全心全意，都在想著「先天無極劍」中的一招「天地無邊」，但劍刺出時卻絕不依照「天地無邊」的劍勢。

這一劍明明是一招「天地無邊」，但他刺出後卻完全不似，這一劍明明不似「天地無邊」，但天地無邊中的精髓，卻已盡在其中，兩人交手，能窺出對方劍勢中的破綻，所剋制對方劍勢之變化者則勝，但這一劍有意而無形，卻叫對方如何捉摸？如何擊破？如何閃避！

俞佩玉喜極之下，也不覺大笑狂呼道：「我想通了，我想通了。」

只聽一人銀鈴般笑道：「你想通了什麼？」

林中鳥語啁啾，姬靈燕竟像是早已來了。

俞佩玉笑道：「我想通了什麼，你的鳥兒朋友難道沒有告訴你？」

姬靈燕呆然凝神傾聽了半晌，眨著眼笑道：「牠們也不懂你想通了什麼，只說你有些像瘋子。」

俞佩玉大笑道：「牠們自然是不會懂的，但你不妨告訴牠們，只要牠們能懂得這道理，非但再也用不著去怕老鷹，簡直連人都不必怕了。」

姬靈燕微笑著，緩緩道：「你聽，牠們都在說你的話不錯，牠們都說老鷹沒什麼可怕的，世上最可怕的就是人！」

俞佩玉笑聲漸漸頓住，望著清晨霧林中穿梭來去的鳥們，他不禁又發出一聲感慨的嘆息，喃喃道：「不錯，人的確是最可怕的，想不到你們竟已懂得這道理，而人們自己，卻反而始終不懂……」

姬靈燕幽幽道：「你瞧那邊有個剛自城市中飛來的麻雀，牠說：人們就算懂得這道理，也是永遠不肯承認的。」

兩人回到那小小的客棧，姬靈燕已一覺睡醒，俞佩玉卻有些想睡了，他推開自己的房門，腳步又頓住。

他那小小的竹床上竟盤膝端坐著個人。

初升的陽光，從窗戶裡斜斜照了進來，照著他的臉，只見他頭頂雖已全禿，卻是紅光滿面，鶴髮童顏，生來的異樣，俞佩玉認得他竟是天下第一暗器名家，蜀中唐門的當代掌門唐無雙。

他垂眉斂目，端坐床上，身子周圍竟排著二十多件烏光閃閃的小刀小叉，正是天下武林中人聞名喪膽的唐門毒藥暗器。

還有兩人，一左一右，站在他身邊，雖是黑衣勁裝，蒙面的黑巾都已取下，卻不是王雨樓與西門無骨是誰？

俞佩玉深深呼了口氣，將姬靈燕擋在門外，微笑道：「斗室之中，不想也有佳賓光降，幸會！幸會！」

唐無雙張開眼來瞧了俞佩玉一眼，目中似有電光一閃，沉聲道：「你們說的就是他嗎？」

王雨樓恭聲道：「正是此人。」

唐無雙道：「好，老夫就來試試他。」

「他」字出口，這老人左手五指輕輕一彈，排列在那面前的暗器，已有五件嘯著飛出。

他右手接著一揮，雙足輕輕一掃，又是十多件暗器飛出，剩下還有七八件，竟被他一口氣吹得飛了起來。

這老人全身上下，竟無一處不能發暗器，床上的二十多件暗器，眨眼之間，竟全都被他發了出來。

這些暗器形狀不同，體積各異，他或似指彈，或似腿踢，或似氣馭，擊出時的力道與手法也各有巧妙。

二十多件暗器，有的快，有的慢，有的直擊，有的曲行，還有的盤旋飛舞，竟繞了個彎從後面擊向俞佩玉。

這二十多件暗器，竟似已非暗器，簡直就像是二十多個武林高手，手持不同的兵刃，從四方八面殺了過來。

俞佩玉出道以來，也會過不少名家強敵，但這樣的暗器，他實是見所未見，聞所未聞。

他手裡仍拿著那枝樹枝，竟閉起眼來全心全意，一招「天地無極」正擊而出，跟著又是一招反揮而出。

正反相生，渾圓無極。

別人只見他掌中樹枝圈了兩個圓圈，也瞧不出是何招式，只聽得奪！奪！一連串聲音，二十多件暗器，也不知怎地竟全都釘到那樹枝上。

一根光禿禿的樹枝，竟似平空生出了無數金花。

王雨樓、西門無骨都不禁瞧得變了顏色。

唐無雙也呆了呆，終於失聲讚道：「好劍法。」

他用力拍了拍王雨樓的肩頭，道：「他既已出手，你們可瞧出他劍法來歷了麼？」

王雨樓神色俱喪，嘆道：「瞧不出。」

唐無雙大笑道：「豈只你瞧不出，就連老夫闖盪江湖數十年，也從未瞧過這樣的劍法，但老夫卻可斷定，『先天無極』門中，絕沒有如此高明的劍法。」

王雨樓道：「的確沒有。」

唐無雙笑道：「老夫早已知道他絕不會是死了的那俞佩玉，試問他若是那俞佩玉詐死改扮的，難道就不會換個名字嗎？爲何還要叫俞佩玉？」

王雨樓抱拳強笑道：「在下等失禮之處，還望俞公子多多包涵。」

俞佩玉微微一笑，道：「那也沒什麼，只是以後……」

話猶未了，突聽姬靈燕一聲驚呼，一個人「砰」的闖了進來，粗布衣服，圓頂帽子，竟是這店裡的店小二。

這和氣生財的店小二，此刻神態竟完全變了，竟是兩眼赤紅，齜牙咧嘴，滿臉殺氣，滿面兇光。

姬靈燕驚呼聲中已將俞佩玉拉了開來。

這店小二直闖過去，西門無骨伸腳一勾，將床邊一張小桌子勾得飛起，向他直打了過去。

誰知這店小二伸手一拳，便將桌子打得粉碎，俞佩玉暗中一驚道：「店小二又是什麼人？怎地如此神力？」

一念還未轉完，王雨樓掌中劍已直刺而出。

這店小二竟不閃避，反而挺胸撲上，利劍立刻穿胸而過，王雨樓一腳踢開他，鮮血飛激而出，濺了王雨樓一手。

王雨樓皺眉道：「這廝豈非是瘋了？怎會……」

一句話未說完，唐無雙突然抽出腰畔短刀，刷的一刀劈下，刀光如電，竟將王雨樓一條手臂硬生生砍了下來。王雨樓疼極慘呼，立刻暈了過去。

西門無骨大驚道：「前輩你……你這是做什麼？」

唐無雙紅潤的面色，竟已變爲蒼白道：「這店小二已中了苗疆『天蠶教』的劇毒，不但神智瘋狂，變得力大無窮，而且全身的血也俱都變成了毒血，常人只要沾著一點，片刻間蔓延全身，老夫若不砍斷他這隻手臂，他便已全身腐爛而死。」

西門無骨滿頭已俱是冷汗，顫聲道：「這……這豈非便是『天蠶教』中的七大魔功之一，『屍魔血煞大法』，天蠶教莫非已有人來了！」他語聲中的驚怖之意，就連俞佩玉聽了也不覺寒毛悚慄，再瞧那隻被砍斷的手臂，竟赫然已化爲一堆污血。

俞佩玉竟也忍不住機伶伶打了個寒噤，全身立刻如弓弦般繃緊，那唐無雙竟已冷汗涔涔而落，嗄聲道：「外面來的人，莫非是瓊花三娘子？」

窗外立刻響起了一陣嬌笑聲。

笑聲如銀鈴，如黃鶯，清柔婉轉，說不出的甜蜜悅耳，無論任何人聽了這樣的笑聲，都要心神搖盪失魂落魄。

但唐無雙聽了這笑聲，竟連面上的肌肉都已扭曲。

只聽那嬌笑的聲音甜甜笑道：「到底是唐老爺子好眼力，一瞧就知道是我姐妹們來了。」

唐無雙厲聲道：「你們無端來到中原則甚？」

那聲嬌笑道：「咱們自然是趕來拜訪你唐老爺子的，咱們先到老爺子家裡去，誰知老爺子竟已到黃池，於是咱們也就跟著來了，雖然來遲了一步，沒趕上黃池大會的熱鬧，但能見著你老爺子，總算也不虛此行了。」

她嘀嘀咕咕，邊笑邊說，就像是在和親戚尊長敘說著家常，誰也想不到在這笑語家常中，也會隱藏著殺機。

但這名震天下的武林巨匠唐無雙，卻聽得連雙手都顫抖起來，手掌緊握著那精鋼短刀，顫聲道：「你……你們竟已到老夫家裡去了嗎？」

那語聲笑道：「你老爺子放心，咱們雖然去過一趟，但瞧在大姐夫的面前，連你老爺子家裡的螞蟻都沒踏死半隻。」

唐無雙雖然鬆了口氣，卻又突然暴怒道：「誰是你的大姐夫！」

那語聲道：「唐公子雖然是貌比潘安，才如美玉，但我大姐可也是文武雙全的絕代佳人，兩人郎才女貌，不正是一對天成佳偶麼？」

唐無雙怒罵道：「放屁！滿嘴放屁！」

那語聲也不生氣，仍然嬌笑著接道：「何況兩人早已情投意合，才子佳人，早已在後花園裡私訂終身，你老爺子又何苦定要將鴛鴦拆散？」

唐無雙喝道：「我那逆子本不知道那妖女的來歷，才會被她所惑，如今早已覺醒，再也不會要那妖女爲妻。」

那語聲銀鈴般笑道：「只怕未必吧，唐公子也是個多情種子，絕不會對我大姐變心的，何況像我大姐這樣的美人，世上若有男子不喜歡她，那人必定是個白癡。」

唐無雙厲聲道：「老夫之意已決，你們多說無益，若念在昔日與我那逆子多少有些香火之情，不如早些回去，免得彼此難堪。」

那語聲道：「如此說來，你老爺子是定然不肯答應的了。」

唐無雙道：「絕無變更。」

那語聲道：「你老爺子不會後悔麼？」

唐無雙怒喝道：「唐門中人縱然死盡死絕，也絕不會將那妖女娶進門的。」

那語聲默然半晌，又笑道：「我既然說不動你老爺子，看來只好請個媒人來了。」

聽到這裡，俞佩玉早已知道這「瓊花三娘子」竟是來向唐無雙求親的，而且三娘子中的大姐，也似早已和唐公子有了私情，這樣看來，她們的逼婚手段雖然幾近無賴，唐無雙的執意不允也未免太以無情。

俞佩玉正想瞧瞧她們請來的媒人是誰？是否能說得動唐無雙，只聽窗戶啪的一響，窗外已掠入個人來。

這人雙睛怒凸，面色已成黑紫，雙肩之上，前胸後背，竟插著七柄珠玉鑲柄，光芒閃閃的金刀。

這人死魚般凸出來的眼睛，直勾勾的瞧著唐無雙，眼角鮮血泊泊，那神情也不知有多麼詭秘可怖。

姬靈燕緊握著俞佩玉的手，抖個不停，西門無骨一張臉如被水洗，如被雨淋，冷汗連珠滾落。

唐無雙卻已一躍而起，厲聲道：「天蠶教『屍魔血煞大法』中的金刀化血！」

語音未了，金光閃動，七柄金刀竟一條線飛出了窗外，原來鑲珠的刀柄上，竟繫著根烏金細線。

金刀騰空飛去，刀孔裡箭一般射出了七股鮮血。

鮮血凌空飛濺，幾乎已將斗室佈滿。

唐無雙早已抱起王雨樓，擲出門外，他自己也藉著這一擲之力，飛掠到這斗室中的橫樑之上。

俞佩玉一股掌風拍出，將血點逼在身前兩尺外。

只有西門無骨應變較遲，雖也躍到樑上，但身上已濺幾滴毒血，他咬了咬牙，竟將這幾塊肉生生削下。

毒血雨點般濺到灰黃的土牆上，立刻變成了黑紫色，這斗室四壁，立刻像是畫滿了無數潑墨梅花。

這「瓊花三娘子」使出的每一件功夫，竟都帶著鬼意森森的邪氣，她每使一件功夫竟都要害死一條無辜的人命。

她們行事是非曲直，且不去說它，但她們的武功，卻委實太過惡毒，俞佩玉皺了皺眉，竟突然躍出窗外，唐無雙大駭道：「俞公子，你千萬小心了。」

姬靈燕卻癡癡笑道：「沒關係，世上絕不會有女子忍心害死他的。」

窗外處兩丈，有株白楊樹，樹幹上綁著四五人，一個個俱是暈迷不醒，顯然早已被藥物迷失了知覺。

白楊樹前，並站著三個面靨如花的絕世少女，一件寬大的黑色斗篷，長可及地，掩蓋了她們窈窕的胴體。

她們頭上黑髮高高挽起，鬢角各各插著朵瓊花，一朵花金光閃閃，一朵花銀光燦爛，還有朵花卻發著烏光。

頭戴金花的少女，柳眉微顰，一雙秋水如神的眼波裡，淚光瑩瑩，似乎有滿懷憂鬱難解的心事。

這自然便是那爲情顛倒的大姐了。

頭戴銀花的少女，面如桃花，雙目間帶著種說不出的媚態，眼波一瞬間，已足以令男子其意也消。

第三個少女眼波最嫵媚，笑容最甜，說起話來，未語先笑，誰瞧了她一眼，只怕都要神魂顛倒。

這三個絕世的美女，難道就是當今天下邪教中最著名的高手，天下武林中人聞名色變的「瓊花三娘子」？

這三雙纖若無肉，柔若無骨的春蔥玉手，難道竟也能使出那麼詭秘惡毒的武功？將天下人的人命都視如兒戲。

俞佩玉若非親眼瞧見了她們的手段，簡直不敢相信。

瓊花三娘子三雙明媚的眼波，也全都凝集在他身上，似乎要看穿他的心，看到他骨子裡去。

那最是動人的鐵花娘突然嬌笑，道：「是那裡來的美男子，到這裡來，莫非是要勾引咱們良家婦女麼？」

俞佩玉淡淡道：「在下此來，只是想領教領教姑娘們殺人的手段。」

鐵花娘嬝嬝走了過來，嬌笑道：「殺人，你說得好可怕呀，殺人總是有損女子們的美麗，咱們可從來不敢殺人的，難道你時常殺人麼？」

她笑語溫柔，眼睛無邪的瞧著俞佩玉，說來真像是個從來沒殺過人的，甚至不知殺人爲何事的小姑娘。

俞佩玉雖然知道她非但殺人，而且簡直將人命視爲糞土，但瞧見她這樣的神情，竟有些不相信自己了，不禁自己對自己皺了皺眉，道：「方才那兩個人，難道不是你殺的？」

鐵花娘子瞪大了眼睛，像是覺得不勝驚訝，道：「你是說方才走進屋的那兩個人？」

俞佩玉道：「正是！」

鐵花娘道：「那兩人不是被你殺的嗎？」

俞佩玉怔了怔，道：「我？」

鐵花娘道：「那兩人活生生的走進屋，被你們殺死，你們想來賴我。」

她居然反打俞佩玉一耙，居然說得振振有詞，俞佩玉雖然明知她說的是歪理，一時竟駁她不倒。

鐵花娘嘆了口氣，道：「我知道你殺了人後，心情不好，但你也不必太難受，只要知過能改下次莫要再胡亂殺人，也就是了。」

俞佩玉本是要來教訓她的，不想倒反被她教訓起來了，心裡當真有些哭笑不得，怒氣竟偏偏發作不出。

面對著這樣聰明美麗，又刁蠻，又活潑的少女，若是叱喝怒罵，掄拳動腳，豈非太煞風景。

鐵花娘嫣然一笑，將手裡的羅巾輕輕一揚，笑道：「你心裡若難受，就跟我來吧，說不定我能讓你開心些的。」

她轉身走了幾步，回頭一瞧，俞佩玉居然沒有跟來，竟還是神色安詳的站在那裡，沒有絲毫變化。

鐵花娘心裡不禁吃了一驚，臉上卻笑得更甜了。

原來她這羅巾之中，正藏著天蠶教中最厲害的迷藥。

這「羅帕招魂」大法，看來雖輕易，但使用時非但手法、時機、風向，絲毫差錯不得，還得先令對方神魂癡迷，毫不防備，這自然還得要配合使用人的媚力和機智，是以這羅帕輕輕一招間，學問正大得很，否則又怎能和「屍魔血煞」之類的功夫，並列為天蠶教下的七大魔功之一？

江湖中也不知有多少人已栽在這「羅帕招魂大法」之下，鐵花娘瞧俞佩玉年紀輕輕，算定他是躲不了的。

誰知俞佩玉屢次出生入死，早已對任何事都提防了一著，竟早已閉住了呼吸。

鐵花娘暗中吃驚，口中卻甜笑道：「喲，瞧不出他架子倒大得很，請都請不動麼？」

只聽遠遠一人笑道：「公子若肯跟著我姐妹走，絕不會失望。」

這語聲低沉而微帶嘶啞，但就有種說不出的銷魂媚力，每個字像是都能挑逗得男子心癢癢的。

就連這普普通通的一句話，自她口中說出來，都像是在向別人暗示著一件神秘而銷魂的事。

笑聲中，銀花娘也已走了過來，她眉梢在笑，眼角在笑，全身上下似乎都在對俞佩玉媚笑著。

她人還未到，便已傳來令人心跳的香氣，那纖纖玉手撫著鬢邊髮絲，眼波流動，媚笑道：

「我知道公子絕不會拒絕咱們的，是麼？」

俞佩玉用簡單的話答覆了她，他只是淡淡道：「不是。」

銀花娘腰肢扭了扭，道：「公子難道真的這樣狠心？」

她玉手輕撫，腰肢款擺，每一個動作，都似乎在引誘男人犯罪，每一個手式，都足以挑起男人最原始的慾望。

但俞佩玉只是淡淡的瞧著她，就像是在瞧把戲似的。

他根本不必說話，這輕蔑的態度已比什麼話都鋒利。

銀花娘輕輕嘆了口氣，道：「你既不肯來，又不肯走，站在這裡是爲什麼呢？」

俞佩玉笑道：「我只是想瞧瞧，瓊花三娘子究竟還有些什麼手段。」

銀花娘面色突然一變，咯咯笑道：「好！」

「好」字出口，姐妹三個人的身子突然都旋轉了起來，那寬大的斗篷也飛舞而起，露出了她們的身子。

她們竟幾乎是赤裸著的。

那白玉般的胴體上，只穿著短短的綠裙，露出了一雙修長、瑩白，纖腴合度、曲線柔和的玉腿。

她們的胸域玲瓏而豐滿，纖美的足踝毫無瑕疵，她們細膩滑嫩的皮膚，像絲緞般閃著光。

黑色的斗篷，蝴蝶般飛了出去，漆黑的長髮，流雲般落下，落在白玉般的胸膛上，胸膛似乎正在顫抖。

她們的舞姿，也如絲綢般柔美而流利，春蔥般的玉手，晶瑩修長的腿，似乎都在向俞佩玉呼喚。

然後，她們的面頰漸如桃花般嫣紅。星眸微揚，櫻唇半張，胸膛起伏，發出了一聲聲令人銷魂的喘息。

這正是渴望的喘息，渴望的姿態。

這簡直要令男人瘋狂。

但俞佩玉還是淡淡的瞧，目光也不故意迴避。

這時繁複的舞姿已變得簡單而原始，她們似乎還在煎熬中掙扎著，扭曲著，顫動著，祈求著。

俞佩玉突然嘆了口氣，道：「金花姑娘，你這樣的舞姿若被唐公子見了，他又當如何？」

金花娘身子一陣顫抖，就像是被人抽了一鞭子似的。

但舞姿仍未停，銀花娘一聲銀鈴般的嬌笑，三個人突然頭下腳上倒立而起，竟以手爲腳，狂舞起來。

修長的玉腿，在空中顫抖，伸展著，漆黑的頭髮，鋪滿了一地……這姿態不必眼見，也可想像出是多麼瘋狂，任何男人瞧了若不臉紅心跳，還能自主，他想必是有些毛病。

只聽唐無雙顫聲道：「小心，銷魂天魔舞！」

接著，「砰」的一聲，窗戶關起，竟是連看都不敢看了，魔舞銷魂，誰也不敢自認能把持得住的。

唐無雙知道自己縱然遠在數丈外，但只要稍爲把持不住，立刻便有殺身之禍，他實在不敢冒這個險。

大地靜寂如此，只有那銷魂的呻吟與喘息聲，似乎帶著種奇異的節奏，一聲聲摧毀人的意志。

只聽又是「砰」的一聲，關起的窗戶，竟被擊破個大洞，唐無雙竟受不了那喘息聲，還是忍不住要瞧。

這老人竟已目光赤紅，全身顫抖，幾次忍不住要衝出來，雖然拚命咬牙忍住，卻偏偏捨不得閉起眼睛。

這銷魂魔舞，當真有不可思議的魔力。

俞佩玉在嚴父鞭策下，對這「養心」、「養性」的功夫，自幼便未嘗有一日稍懈，單以定力而論，環顧天下武林高手，實無幾人比得上他，若非這超人的定力，這些日子來他所遭遇的每一件事，都可令他發瘋，但饒是如此，他此刻心跳竟也不禁加速，已不能不出手了。

就在這時，陽光突盛，他眼前似乎有片灰濛濛的光芒閃了閃，凝目一瞧，他身子四側竟已結起一道絲網。

慘白色絲網，已將他身子籠罩在中央，一根根目力難見的銀絲，還在不斷的從瓊花三娘子指尖吐了出來。

俞佩玉目光也不禁被那魔舞所吸引，竟直到此刻才發現——有三個曲線玲瓏的絕代佳人，赤裸著在面前狂舞，粉腿玉股，活色生香，在這種情況下，又有誰還能留意到這比蠶絲還細的銀絲。

鐵花娘突然淩空一個翻身，直立起來，咯咯笑道：「想不到你眼力竟不錯，竟瞧見了。」

俞佩玉嘆道：「姑娘如此犧牲色相，就爲的是放這區區蛛絲麼？」

鐵花娘笑道：「這你就錯了，我們姐妹的天魔神舞，本身就具有銷魂蝕骨的力量，你不信且瞧瞧那位唐老爺子，若不是我姐妹念在唐公子的份上，這位名揚天下的暗器第一高手，現在只怕……只怕早已……」

她故意不說下去，銀鈴般嬌笑了起來。

俞佩玉忍不住轉頭去望，只見唐無雙竟已全身癱在窗檽上，似已全沒有半分力氣，這鐵花娘說的竟非吹噓，這天魔舞若是針對唐無雙而發，唐無雙此刻只怕早已死在牡丹花下了，俞佩玉一眼瞧過，實也不禁暗暗吃驚。

鐵花娘嬌笑了一陣，突又嘆道：「只可惜你竟是個木頭人，全不懂得消受美人之恩，所以我姐妹才只有將這銀絲放出來，但這卻也不是蛛絲。」

俞佩玉道：「不是蛛絲是什麼？」

鐵花娘笑道：「告訴你，讓你開開眼界也無妨，這就是本教的鎮山神物，『天蠶』所吐出來的『情絲』……」

俞佩玉微笑道：「情絲……這名字倒也風雅得很。」

鐵花娘嬌笑道：「情絲糾纏，纏綿入骨，那種銷魂的滋味，你連做夢都想不到的，只可惜你方才眼睛太快，否則就可以嘗試嘗試了。」

俞佩玉知道這天蠶情絲，必定惡毒無比，自己方才若是被它纏住，立刻就要全身被縛，再也休想掙脫，那時就只得任憑她們擺佈了，只怕求生不得，求死也不容易，方才那刹那之間，看來雖無兇險，其實又無異去鬼門關來回了一次。

想到這裡，俞佩玉掌心也不覺濕濕的沁出了冷汗，但面上卻是完全不動聲色，微微笑道：「在下早已知道名字聽來愈是風雅之物，其實愈是惡毒，銷魂散、逃情酒是如此，貴教的情絲也是如此。」

鐵花娘撮了撮嘴，道：「本教的情絲，世上無物能比，那些銷魂散、逃情酒又算得了什麼？」

俞佩玉目光一轉，道：「既是如此，方才姑娘們手吐情絲時，爲何不逕自纏到在下身上來？在下委實有些不解。」

鐵花娘嬌笑道：「說你是呆子，你當真是呆子，方才咱們若將情絲直接纏到你身上去，你豈非立刻就覺察了？一兩根情絲，又怎能纏住你這木頭人？」

俞佩玉微微一笑，道：「原來如此。」

鐵花娘瞧見他的笑容，立刻就發覺自己已被別人用話套出了「情絲」的虛實，眨了眨眼睛，笑道：「但此刻你已被我姐妹的情網重重困住，已是再也休想逃得了，不如快些拜倒在我姐妹的石榴裙下，包君滿意。」

俞佩玉道：「姑娘們有情絲，難道在下便沒有慧劍麼？」

語聲中，他手腕一抖，本來釘在他掌中樹枝上的唐門暗器，便有兩件「嗤」的飛了出去。

這暗器雖是藉著樹枝一彈之力發出的，但暗器破空，風聲尖銳，力道卻比別人用手發出的還要強勁。

那知如此強勁的暗器到了那若有若無的情網上，竟如飛蛾投入蛛網，掙也掙不脫，衝也衝不破。

這兩件尖銳的暗器竟也被粘在情網上，若是人被粘住，情絲入骨，愈纏愈深，豈非永生也難以掙脫？

俞佩玉想到自己，豈非也是被林黛羽的情絲所縛，相思纏綿，不死不休，也不知如何得了。

一念至此，他心中頓時百念俱生，不禁苦笑道：「姑娘這『情絲』兩字，委實是用得妙絕天下。」

鐵花娘抿嘴一笑道：「你已甘願俯首稱臣了麼？」

俞佩玉癡癡的想著，竟似全未聽見她的話。

鐵花娘道：「你若再不答覆，我姐妹的網一收，你便要爲情作鬼了。」

俞佩玉長嘆一聲，道：「爲情作鬼，只怕也比一輩子相思難解的好。」

鐵花娘道：「好！」

從情網間瞧出去，她如花的嬌靨上竟似泛起了一層青氣，道：「你既甘作鬼，也只有由得你。」

她纖手輕輕一招，那層慘白色的絲網，便漸漸向中央收縮，漸漸向俞佩玉逼近，只要情絲粘身，便是不死不休。

這「情網」正無殊「死網」。

俞佩玉心裡也不知想著什麼，竟似全然不知道死之神已向他一步步逼了過來。

遠遠瞧去，只見他正站在三個天仙般的裸女間說笑，這情況天下的男人誰不羨慕，又有誰知道他已陷入致命的危機。

金花娘癡癡的瞧著俞佩玉，幽幽道：「爲情作鬼，的確比一輩子相思難解的好，看來你已是嚐過情的滋味，就算死也沒什麼了。」

俞佩玉突然一笑，曼聲長吟道：「欲道不相思，相思令人老，幾番細思量，還是相思好……」

朗吟聲中，他掌中樹枝輕輕揮了個圓圈，釘在樹枝上的暗器，全都暴射而出，又全都粘在「情網」上，排成個圈子。

鐵花娘咯咯笑道：「你憑這些破銅爛鐵，就想衝得破情網。」

話聲中，俞佩玉以樹枝作劍，已刺出了數十劍之多，每一劍都刺在粘在「情網」上的暗器上。

他每一劍的力量，俱都大得驚人。

鐵花娘只覺手腕一連串震動，「情網」非但無法收縮，更有向外擴張之勢，不禁失聲道：「好聰明的法子，簡直連我都有些佩服你了。」

展。

要知那天蠶絲粘力極強，世上無論什麼東西，粘上便難以掙脫，那時空有力氣，也無法施

俞佩玉掌中的「劍」若是直接刺在「情網」上，劍被粘住，他就算天生神力，可將「情網」刺破個洞，人還是要被纏住。

但他先將暗器粘上「情網」，再以「劍」擊暗器，那些暗器自然是粘不住東西的，這法子說來雖然簡單，但若無極大智慧，又怎能想得出，他掌中這根小小的樹枝，此刻正已無殊一柄「慧劍」。

這正是智慧之劍，無堅不克，除了「慧劍」之外，世上還有什麼能擊破「情網」。

只聽一連串「叮咚」聲音，如雨打芭蕉。

他一劍跟著一劍刺出，力道愈來愈大，但每一劍所用的力量，俱都絲毫不差，絲網用力向內收縮，暗器受擊向外突破，終於已透出絲網。

八　極樂毒丸

俞佩玉突然引吭長嘯，身軀旋轉，「慧劍」劃出個圓圈，本自排成一行的暗器，被劍力所催，第一件暗器向旁劃出幾寸，打中第二件暗器，第二件暗器又將絲網劃開數寸，打著第三件暗器……

眨眼之間，「情網」幾被劃開，俞佩玉用樹枝一挑，人已乘勢飛出，長嘯不絕，沖天飛起。

「瓊花三娘子」竟似幾已瞧得呆了，到這時方自驚覺，三個人齊地跺一跺腳，向後倒竄而出。

鐵花娘厲聲笑道：「很好！普天之下，你是第一個能衝出情網的人，你的確值得驕傲，的確也該得意……」

悽厲的笑聲中，她突然自樹上拔出柄金刀，刀光一閃，竟將綁在樹上的人幾條手臂生生砍下。

鮮血飛濺，那些人竟似全不覺痛苦，反在癡癡的笑著，鐵花娘已將這幾條鮮血淋漓的手臂，向俞佩玉擲了過去。

俞佩玉怒喝道：「到了此時，你們還要害人。」

他身形方落下，又復竄起，他知道手臂裡濺出來的，必定又是殺人的毒血，怎敢絲毫大意。

但他見鐵花娘如此殘酷毒辣的手段，實已不覺怒從心頭起，身形凌空，便要向她們撲去。

突然間，只聽「蓬」的一震，幾條手臂竟俱都爆炸開來，化成了一片慘不忍睹的血霧。

血霧蔓延得極快，向俞佩玉湧了過去。

俞佩玉身在空中，大驚之下，四肢驟然一拳，自己將自己彈得向後飛了出去，落在窗前。

血霧蔓延得更大，但卻漸漸淡了。

只聽鐵花娘悽厲的笑聲遠遠傳來，道：「天蠶附骨，不死不休，你等著吧……」

從淡淡的血霧中瞧出，再也瞧不見「瓊花三娘子」的蹤影，只有那柄金刀插在樹上，猶在顫抖。

有風吹過，大地間充滿了血腥。

俞佩玉胃裡直想嘔，心裡卻滿是驚駭。

只聽唐無雙長嘆道：「這正是天蠶魔教中的『化血分身，金刀解體，血遁大法！』此法施出，天下只怕是誰也休想抓得到她們的。」

他斜斜倚在窗框上，凝注著遠方，目中正也充滿驚怖之色，像是已瞧見了未來的兇險與危機。

俞佩玉嘆了口氣，道：「如此邪毒之魔教，世上為什麼沒有人除去他們。」

唐無雙苦笑道：「世上又有誰能除得去他們？這天蠶魔教，武功之邪毒，世罕其匹，常人根本近不了他們的身子，便已斃命。」

俞佩玉道：「他們的教主是誰？」

唐無雙道：「天蠶教的教主，行蹤飄忽，有如鬼魅，江湖中簡直沒有一個人瞧見過他們的真面目，甚至連他的名姓都不知道。」

俞佩玉道：「我不信世上就沒有一個人制得住他。」

唐無雙嘆道：「天蠶教武功雖狠毒，但卻絕不輕易犯人，足跡也很少來到中土，只是潛伏在這蠻荒地的窮山惡谷中，他們不來尋別人時，別人根本找不到他們，只要他不犯人，別人已是謝天謝地，誰願去找這個麻煩。」

俞佩玉黯然半晌，緩緩道：「終必會有人的。」

唐無雙眼睛一亮道：「只有你……你少年膽大，武功又高，將來若有人能鏟除天蠶教，就必定只有你了，至於我……」

他苦笑著接道：「我少年荒唐，縱情聲色，定力最是不堅，這『天蠶魔教』中的邪功，恰巧正是我的剋星。」

俞佩玉這才知道這堂堂的武林一派宗主，怎會對「瓊花三娘子」那般畏懼，方才又怎會那般不濟。

但他對自己的隱私弱點竟毫不諱言，胸襟倒也非常人能及，就憑這點，已無愧一派掌門的身分。

突見西門無骨探出頭來，詭笑著瞧著俞佩玉，道：「天蠶附骨，不死不休，只要被他們纏著的，至今已無一人是活著的，他們此番一走，俞公子倒要注意才是。」

俞佩玉淡淡笑道：「這倒不勞閣下費心。」

西門無骨面色變了變，道：「既是如此，在下就先告退了。」

他轉向唐無雙，又道：「前輩你……」

唐無雙遲疑著道：「俞公子……」

俞佩玉截口笑道：「前輩只管請去，不必爲晚輩費心，晚輩自己若不能照顧自己，日後還能在江湖上走動麼？」

唐無雙想了想，道：「你自己想必是能照顧自己的，只是你要記著，天蠶纏人，最厲害的只有七天，你只要能避開頭七天，以後就沒什麼關係了。」

西門無骨陰惻惻道：「只是這七天至今還沒有人能避得開的。」說完了話，勉強扶起王雨樓，頭也不回的走了出去。

姬靈燕等唐無雙也走了之後，才笑嘻嘻走出來，道：「我就知道世上沒有一個女人忍心。」

話未說完，俞佩玉已倒了下去。

只見他臉色發青，嘴唇已在不住顫抖，全身都抖個不停，伸手一摸，全身都已如烙鐵般燙手。

原來方才血霧散開時，他已不覺吸入了一絲，當時已覺有些不對，到了此時更是完全發作出來。

姬靈燕竟已駭呆了，呆呆的瞧著俞佩玉，道：「你……你到底還是中了她們的毒了。」

俞佩玉只覺全身忽冷忽熱，知道中毒不輕，但他素來先替別人著想，生怕姬靈燕爲他傷心著急，咬住牙勉強笑道：「我早已知道中毒，但……但這毒不妨事的。」

姬靈燕想了想，道：「你早已知道中毒，方才爲何不說？」

俞佩玉苦笑道：「那西門無骨對我總是不懷好意，我方才若是露出中毒之態，他只怕就放不過我，所以我一直撐到現在。」

他說話雖然已極是困難，但仍忍耐住，掙扎著爲姬靈燕解釋，只望這天真純潔的女孩子，多少能懂得一些人的機心。

姬靈燕嘆了口氣，道：「你們人爲什麼總是有這許多機心，鳥兒們就沒有……」

俞佩玉瞧著她這張天真迷惘的臉，心裡不覺有些發苦，他知道西門無骨的話絕非故意恫嚇，「瓊花三娘子」必定放不過他，這七天本已難以避過，何況自己此刻竟又中毒無力，連站都無法站起，這毒縱不致命，只怕他也是再難逃過「瓊花三娘子」毒手的了。

此刻若是別人在他身旁，也許還可以助他脫過這次險難，怎奈姬靈燕對人事卻是一無所知。

俞佩玉愈想愈是著急，想到「瓊花三娘子」再來時，若是見到姬靈燕，只怕連她也放不過的，一念至此，大聲道：「你的鳥兒朋友都在等著你，你快去找牠們吧。」

姬靈燕道：「你呢？」

俞佩玉道：「我……我在這裡歇歇就好的。」

姬靈燕想了想，笑道：「我陪著你，等你好了，我們一齊去。」

她微笑著坐下，竟全不知道俞佩玉已危在旦夕。

俞佩玉氣血上湧，嘴突然麻木，要想說話，卻已連話都說不出來，只能焦急的望著姬靈燕。

只見姬靈燕微笑的臉愈來愈模糊，愈來愈遠，她話聲也似自遠天縹縹緲緲傳來，還是帶著笑道：「你莫要著急，鳥兒們病倒了，我也總是陪著牠們的，天天餵給牠們吃，我的藥很靈，你吃下去也必定會舒服得多。」

俞佩玉想大叫道：「我不是鳥，怎可吃鳥的藥？」

但他卻連一個字也說不出，只覺姬靈燕已塞了粒藥在他嘴裡，藥丸溶化，流入喉嚨，帶著種奇異的香氣。

他只覺情緒竟漸漸穩定，全身說不出的快美舒暢，再過了一會兒，便突然跌入甜甜的夢鄉，睡著了。

俞佩玉睡睡醒醒，只要一醒，姬靈燕就餵他一粒藥吃，吃下後就舒服得很，立刻又睡著了。

起先他醒來時，還在大聲催促著道：「你快逃吧……快逃吧，『瓊花三娘子』隨時都會來的。」

但到了後來，他只覺飄飄欲仙，對一切事都充滿信心，「瓊花三娘子」就算來了，也好像沒什麼可怕的。

他也弄不清自己怎會有這感覺，也不知是否過了那要命的七日，若是有別人在旁，一定要爲他急死了。

他們根本就未離開那斗屋一步，「瓊花三娘子」還是隨時隨刻都會來的，只要一來，俞佩玉就休想活命。

也不知過了多少天，有一天俞佩玉神智突然清醒，全身非但絲毫沒有中毒的那種慵懶無力的跡象，反而覺得精神特別健旺。

姬靈燕瞧著他笑道：「我的靈藥果然是不錯吧。」

俞佩玉笑道：「當真是靈丹妙藥，天下少有……」

他眼睛四下一轉道，才發現自己還是睡在那斗室裡，斗室中屍血雖早已打掃得乾乾淨淨，但是還是立刻想起了「瓊花三娘子」，心裡一寒，道：「我已睡了多久了？」

姬靈燕道：「像是有八、九天了。」

俞佩玉失聲道：「九天？她們沒有來？」

這要命的七天竟糊里糊塗便已過去，他又驚又喜，簡直有些難以相信，姬靈燕笑嘻嘻道：「你想她們？」

俞佩玉苦笑道：「我怎會想她們？只是她們怎會沒有來？」

姬靈燕悠悠道：「你怎會沒有走？難道在等她們？」

俞佩玉跳了起來，失聲道：「不錯，她們決計不會想到我在這裡還沒有走，必定往遠處追去了，再也想不到我竟還留在這裡。」

他拉起姬靈燕的手，笑道：「這樣做雖然有些行險僥倖，但在無奈之中，已是任何人所能想出的最好法子了，真難為你怎能想出來的？」

姬靈燕癡癡笑道：「什麼法子？我不知道呀。」

俞佩玉怔了怔，瞧著她那張天真無邪的臉，也不知她究竟是真的癡迷無知，誤打正著，還是有著絕大的智慧。

大智大慧，有時的確反而不易為世俗所見的。

姬靈燕站了起來，突然笑道：「走吧，她們還在外面等著你哩。」

俞佩玉吃驚道：「她們就在外面？」

姬靈燕笑道：「你睡覺的時候，我又在這裡交了許多烏鴉姐姐、麻雀妹妹，我早已跟她們說好了，等你病癒，就帶你去瞧她們。」

這時陽光從窗戶裡斜斜照進來，正是清晨，窗外「吱吱喳喳」的，果然到處都響著鳥語。

俞佩玉暗道一聲「慚愧」，跟著姬靈燕走出去。

姬靈燕一看到鳥兒，便嬌笑著走開，俞佩玉瞧見那株大樹仍孤零零的挺立在晨風裡，只是樹上的人已不見了。

他忽然想到這客棧雖然荒僻，卻也並非遠離人煙，客棧裡驟然死了這麼多人，怎會沒有人來查問？

樹上的人又到底是生是死？他們若是活看，該如何打發救治他們？他們若是死了，埋葬他們的屍身也非難事。

還有，這客棧此刻已瞧不見人，難道竟是沒有人管的？若沒有人管，自己又怎能在這裡住了八九天之久？

這許多問題，全都令人頭痛得很，俞佩玉縱然清醒，只怕也難解決，完全不解人事的姬靈燕又是如何解法的。

想到這裡，俞佩玉不覺動了懷疑之心，瞧著遠處陽光下正在拍手跳躍的姬靈燕，暗道：「她莫非並不是真的癡呆，而是在裝傻？……這些天莫非已有別人來過，幫她解決了這些事？但是她又爲何不說？」

但轉念一想，又不禁嘆道：「人家不辭勞苦的救了我，我反而懷疑於她，這豈非有些說不過去，她若真的對我有惡意，又怎會救我？」

只見姬靈燕嬌笑著奔來，道：「她們告訴我，說前面有個好玩的地方，咱們去瞧瞧好麼？」

陽光下，她面靨微微發紅，就像是初熟的蘋果，眼睛也因歡喜而發亮，更像是全不知道人間的險詐。

面對著這純真的笑靨，俞佩玉更覺得自己方才用心之齷齪，更覺得應該好好補報於她，自然不忍拂了她的心意，笑道：「你無論想去什麼地方，我都陪著你。」

姬靈燕眼睛更亮了，突然抱著俞佩玉親了親，嬌笑道：「你真是個好人。」

她雀躍著在前面領路，又說又笑，俞佩玉瞧見她如此開心，也不覺甚是歡喜，「瓊花三娘子」的陰影，已愈來愈遠了。

兩人走了許久，姬靈燕笑道：「那地方遠得很，你累不累？」

俞佩玉笑道：「我精神從來也沒有這樣好過。」

姬靈燕拍手道：「這全是我那藥的功勞，鳥兒們吃了我的藥，飛得也又高又快的。」

走到正午，兩人尋了個小店吃飯，姬靈燕吃得津津有味，俞佩玉卻不知怎地，什麼東西都吃不下去。

吃完飯兩人再往前走，俞佩玉只覺眼皮重重的，直想睡覺，方才的精神，竟不知到哪裡去了。

姬靈燕不住笑道：「就快到了……你累不累？」

俞佩玉見她如此有勁，更不願掃了她的興，打起精神道：「不累。」又忍不住問道：「那究竟是什麼地方？」

姬靈燕眨著眼睛道：「到了那裡，你一定會吃驚的。」

這時已近黃昏，放眼望去，只見遠處炊煙四起，彷彿已將走到一個極大的城鎮，路上行人也漸多了。

姬靈燕更是興致勃勃，但俞佩玉卻非但更是打不起精神來，而且愈來愈難受，簡直恨不得立刻倒下來睡一覺。

兩人走過一片莊院，姬靈燕突然笑道：「你可知道這裡是什麼地方呢？」

俞佩玉懶洋洋地搖頭道：「不知道。」

姬靈燕道：「這裡就是『金穀莊』，莊主叫羅子良，是個大富翁，而且還會些武功，只是做人特別小氣，平日省吃儉用，連佣人都捨不得多僱幾個。」

俞佩玉本已懶得說話，但卻又聽得奇怪，忍不住道：「這些事你怎會知道的？」

姬靈燕道：「自然是我的鳥兒朋友告訴我的。」

俞佩玉笑道：「你的鳥兒朋友知道的倒真不少。」

姬靈燕笑道：「牠們整天飛來飛去，世上什麼人的事，都休想瞞得過牠們。」

俞佩玉嘆道：「幸虧你心地善良，否則別人的隱私全都被你知道，那豈非太可怕了。」

姬靈燕笑道：「聽說懂得鳥語的人，有時會發財的，但有時卻也會倒楣，你可知道從前有個人叫公治長……」

俞佩玉小時候，坐在瓜棚樹下，也曾聽說過那公治長的故事，據說此人懂得鳥語，聽得有隻鳥說：「公治長，公治長，南山有隻羊，你吃肉，我吃腸。」

「他就去將羊扛了回來，但卻未將腸子留給鳥吃，鳥生氣了，就將他害得幾乎連命都送掉。」

這故事雖然有趣，但俞佩玉非但懶得說，懶得聽，簡直連想都懶得想了，腦袋昏昏沉沉，走路都要摔跤。

姬靈燕突然拉著他的手，笑道：「到了，進去吧。」

俞佩玉用力睜開眼睛，只見前面也是座規模不小的莊院，大門漆得嶄亮，氣派竟然很大。

姬靈燕道：「這裡面有趣得很，咱們快進去瞧瞧。」

俞佩玉苦笑道：「這裡是別人的家，咱們怎能隨便進去。」

姬靈燕笑道：「沒關係的，只管進去就是。」

她居然大模大樣的推門而入，俞佩玉也只好被她拉了進去，裡面院子寬大，廳堂也佈置得甚是華麗。

姬靈燕竟筆直走入大廳裡坐下，居然也沒有人攔阻著，她這莊院打掃得乾乾淨淨，也不像是沒人住的。

俞佩玉忍不住道：「乘主人還未出來，咱們趕緊走吧。」

姬靈燕根本不理他，反而大聲道：「還不倒茶來。」

過了半晌，果然有個青衣漢子端著兩碗茶走進來，恭恭敬敬的放在桌上，一言不發，又垂頭走了出去。

姬靈燕喝了口茶，又道：「我肚子餓了。」

話剛說完，便有幾個人將酒菜擺上，態度俱是恭恭敬敬，非但一言不發，而且簡直連瞧都未瞧他們一眼。

俞佩玉看得呆了，幾乎以爲這是在做夢。

姬靈燕取起筷子，笑道：「吃呀，客氣什麼？」

她果然吃了起來，而且吃得津津有味，俞佩玉卻那裡吃得下去，呆了半晌，忍不住又道：「這裡的主人，莫非你是認識的麼？」

姬靈燕也不去理他，又吃了兩口，突然將桌子一掀，酒菜嘩啦啦落了一地，姬靈燕大聲道：「來人呀。」

幾條青衣漢子倉皇奔了出來，一個個面上都帶著驚恐之色，垂首站在姬靈燕面前，連大氣都不敢喘。

姬靈燕瞪著眼睛道：「這碗海參鴨掌鹹得要命，是誰端上來的。」

一條青衣漢子仆地跪下，顫聲道：「是小人。」

姬靈燕道：「你難道想鹹死我麼？」

俞佩玉忍不住道：「他又未曾吃過，怎知是鹹是淡，你怎能怪他，何況咱們平白吃了人家的酒菜，怎麼還能發脾氣。」

姬靈燕嫣然一笑，道：「我是不懂事的，你莫要怪我。」

俞佩玉嘆道：「你！」

他的話還未說出，那青衣漢子已大聲道：「小人不該將這鹹菜端上來的，小人該死，端菜的手更該死……」突然自腰畔拔出柄短刀，「喀嚓」一刀，將自己手切了下來。

俞佩玉瞧得大吃一驚，只見這漢子雖痛得滿頭冷汗，卻不敢出聲，右手捧著左腕，鮮血直往下流，他也不敢站起來。

姬靈燕卻嬌笑道：「這樣還差不多。」

俞佩玉動容道：「你……你怎地變得如此狠心？」

姬靈燕道：「他們又不是鳥，我為何要心疼他們。」

俞佩玉道：「人難道還不如鳥麼？」

姬靈燕笑道：「他們心甘情願，你又何苦著急。」

俞佩玉怒道：「世上那有情願殘傷自己肢體的人。」

姬靈燕不再答話，卻瞧著那些青衣漢子笑道：「你們都願意聽我的話，是麼？」

青衣漢子齊地道：「願意。」

姬靈燕道：「好，你們都將自己左手的手指切下兩根來吧。」

這句話說出來，俞佩玉更是嚇了一跳，誰知這些人竟真的拔出刀來，「喀嚓」一刀，將自己手指切下兩根。

姬靈燕道：「你們這樣做，都是心甘情願的，是麼？」

青衣漢子們也不管手上流血，齊聲道：「是的。」

姬靈燕道：「你們非但不覺痛苦，反而開心得很，是麼？」

青衣漢子們齊聲道：「是，小人們開心極了。」

姬靈燕道：「既然開心，為何不笑？」

青衣漢子們雖然一個個都痛得滿頭冷汗，但卻立刻笑了起來，笑得齜牙咧嘴，說不出的詭秘難看。

俞佩玉瞧得寒毛悚慄，也不覺流出了冷汗。

這些活生生的漢子，竟似全都變成了傀儡，姬靈燕要他們說什麼，他們就說什麼，要他們做什麼，他們就做什麼，世上竟會有這樣的怪事，俞佩玉若非親眼瞧見，那是絕對不會相信的。

姬靈燕轉臉向他一笑，道：「你可知道他們爲何如此聽我的話？」

俞佩玉道：「他……他們……」

姬靈燕不等他說話，已一字字接道：「只因他們已將靈魂賣給了我。」

俞佩玉只覺身上寒毛一根根立起，大駭道：「你……你瘋了……」

姬靈燕悠然笑道：「我不但買了他們的靈魂，就連你的靈魂也快被我買過來了，不但他們要聽我的話，你也要聽。」

俞佩玉大怒道：「你……你竟敢如此……」

姬靈燕笑道：「你現在兩腿發軟，全身無力，是站也站不起來的了，我只要一根手指，就可以將你推倒。」

俞佩玉霍然站起，但果然兩腿發軟，又「噗」地坐倒。

姬靈燕道：「再過一會兒，你全身就要忽而發冷，忽而發熱，接著就是全身發痛發癢，就好像有幾千幾萬個螞蟻在往你肉裡鑽似的。」

俞佩玉已不必再等，此刻便已有這種感覺，顫聲道：「這……這是你下的毒手？」

姬靈燕嫣然笑道：「除了我，還有誰呢？」

俞佩玉牙齒「格格」打戰，道：「你爲何不痛快殺了我？」

姬靈燕笑道：「你這麼有用的人，殺了豈非太可惜麼？」

俞佩玉滿頭冷汗滾滾而落，道：「你究竟想怎麼樣？」

姬靈燕道：「你現在雖似在地獄之中，但只要肯將靈魂賣給我，我立刻就可以將你帶到天堂，甚至比天堂還要快樂的極樂世界中。」

俞佩玉只覺那痛苦實是再也難以忍受，嘶聲道：「你要我怎樣？」

姬靈燕笑道：「現在，我要你立刻去到那『金殼莊』，將莊裡大大小小二十三個人全都殺得一個不留……那羅子良辛苦積下的財富，我現在正十分有用。」

俞佩玉慘笑道：「我現在還能殺人麼？」

姬靈燕道：「你現在雖不能殺人，但到了那『金殼莊』時，就會變得力大無窮，不使出來反而會覺得全身要爆炸般難受。」

這非人所能忍受的痛苦，幾乎已使得俞佩玉不顧一切，他拚命站起，衝出門外，但卻又衝了回來，嘶聲道：「我不能做這樣的事。」

姬靈燕笑道：「你一定會做的，要不要和我打賭？」

俞佩玉顫聲道：「我本當你是個天真純潔的女子，誰知你竟全是裝出來的，你裝得那般無知，好教別人全不會提防你，誰知你……你竟比姬靈風還要惡毒。」

姬靈燕神秘的一笑，道：「你以爲我是誰？」

俞佩玉瞧著，她那天真純潔的眼睛裡突然射出了鷙鷹般的光，俞佩玉機伶伶打了個寒噤，失聲道：「你……你就是姬靈風！」

姬靈風咯咯笑道：「你做了十幾天傻子，如今才算明白了？你難道還以爲我真的懂得鳥語麼？世上那有真懂鳥語的人，就連姬靈燕那白癡，也未必是懂的，我所知道的事，全是我費了無數心力打聽出來的，連人都不知道，烏又怎會知道？你自以爲聰明，竟會連這種道理都想不通。」

俞佩玉全身顫抖，道：「難怪你一定要跟著我？難怪你能算得出『瓊花三娘子』絕不會去而復返，再到那小客棧去……」

姬靈風道：「你雖然中了『瓊花三娘子』的毒，但並不深，而且你好像早已服過什麼靈丹妙藥，對毒性的抵抗力十分強。」

俞佩玉失聲道：「不錯，崑崙『小還丹』……」

姬靈風笑道：「這就對了，只是，崑崙『小還丹』雖然能解百毒，但對於我的『極樂丸』卻是一點用也沒有的……」

俞佩玉駭然道：「極樂丸，我難道就是被你的『極樂丸』害成如此模樣？他們難道也是中了你『極樂丸』的毒，才……才將靈魂賣給了你。」

姬靈風道：「你若將我那『極樂丸』說成是毒藥，簡直是對我的一種侮辱，你現在雖是如此痛苦，但只要服下我一粒『極樂丸』，不但立刻痛苦盡失，而且立刻精神百倍，讓你覺得一輩子也沒有這麼舒服過。」

俞佩玉顫聲道：「這『極樂丸』莫非是有癮的？中了它的毒後，就每天定要吃它，否則就會變得不能忍受的痛苦。」

姬靈風笑道：「你說對了，我這『極樂丸』中，混合有一種產自西方天竺的異花果實，那種花叫『罌粟花』，世上再沒有任何花種比它更美麗，但它的果實，卻可以叫人活得比登天還快樂，也可以叫人活得比死還痛苦。」

她突然轉向那些青衣大漢，緩緩道：「你們現在活得是不是十分快樂？」

青衣大漢們齊聲道：「小人們從未這麼快活過。」

姬靈風道：「我若不給你們『極樂丸』吃呢？」

青衣大漢一張臉立刻扭曲起來，目中也露出驚恐之色，顯見這恐懼竟是從心底發出來的，齊地頷首道：「求姑娘饒命，姑娘無論要小人們做什麼都可以，只求姑娘每天賜給小人們一粒『極樂丸』。」

姬靈風道：「爲了一粒極樂丸，你們甚至不惜出賣自己的父母妻子，是麼？」

青衣大漢齊聲道：「是。」

姬靈風轉首向俞佩玉一笑，道：「你雖然沒有父母妻子可以出賣，但卻可以出賣你自己，你以區區肉身作代價，便可換得靈魂上至高無上的快樂，這難道不值得？」

俞佩玉滿頭大汗涔涔而落，吃吃道：「我……我……」

姬靈風柔聲道：「你沒有法子可以反抗的，在那八九天裡，我每天都在加重『極樂丸』的份量，現在你的毒癮，已比他們都深了，你所受的痛苦，根本已非任何人所能忍受，還是早些乖乖的聽話才是聰明人。」

俞佩玉咬緊牙關，連話都已不能說出口。

姬靈風道：「你早一刻答應，便少受一刻的痛苦，否則你只不過白白多受些苦而已，反正遲早也是要答應的。」

來。

她自懷中取出了個翡翠的小瓶，倒出了粒深褐色的丸藥，立刻便有一種奇異的香氣傳送出來。

青衣大漢們貪婪地盯著她手裡的丸藥，就好像餓狗看著了骨頭似的，看來竟比狗還要卑賤。

姬靈風將丸藥送到俞佩玉面前，嫣然笑道：「我知道你已忍受不住了，不如先吃一粒丸藥，再去做事吧，只要你答應我，我也就信任你。」

俞佩玉雙手緊緊絞在一齊，嘶聲道：「不！我不能。」

姬靈風聲音更溫柔，道：「現在，只要你一伸手，就能從地獄裡走到天堂，這麼容易就能得到的快樂，你若不要，豈非是呆子。」

俞佩玉眼睛也不禁去盯著那粒丸藥，目中也不禁露出貪婪之色，一伸手就能得到的快樂，他能拒絕麼？

他終於顫抖著伸出了手掌。

姬靈風笑道：「快來拿呀，客氣什麼？」

青衣大漢們伏在地上，狗一般的喘著氣。

俞佩玉眼角瞧見了他們，突然想到自己若是吃下了這粒「極樂丸」就也要變得和他們一樣卑賤，終生都要伏在姬靈風的腳下，求她賜一粒「極樂丸」，終生都要做她的奴隸，沉淪在這卑賤的痛苦中，萬劫不復。

想到這裡，俞佩玉全身已滿是冷汗，突然狂吼一聲，踢倒兩條大漢，瘋狂般向外衝了出去。

姬靈風竟也不阻攔他，只是冷冷道：「你要走，就走吧，只要記著，你痛苦不能忍受時，隨時都可以回來的，這『極樂丸』始終在等著你，你一回來，就能得到解脫。」

她面上露出一絲惡毒的笑容，悠然接著道：「就算用鐵鏈鎖起你的腳，你也是會回來的，就算將你兩條腿砍斷，你爬也要爬回來的。」

俞佩玉衝入曠野，倒在砂地上翻滾著，掙扎著，全身的衣服都已被磨碎，身上也流出了鮮血。

但他卻似毫無感覺，這些肉身的痛苦，也算不了什麼，他那要命的痛苦是從靈魂裡發出來的。

不是身歷其境的人，永遠想像不出這種痛苦的可怕。

他甚至用頭去撞那山石，撞得滿頭俱是鮮血，他咬緊牙關，嘴角也沁出了鮮血，他搥打著自己的胸膛……

但這一切都沒有用，他耳邊總是響著姬靈風那幾句話：「你隨時都可以回來的……你一回來就能得到解脫。」

解脫，他現在一心只想求解脫，出賣自己的肉體也好，出賣自己的靈魂也好，他什麼都顧不得了。

他果然不出姬靈風所料，又衝了回去。

突然一人咯咯笑道：「好呀，你終於還是被咱們找著了。」

三條人影燕子般飛來，擋住了他的去路，三件烏黑的斗篷，在日色下閃著光，赫然竟是「瓊花三娘子」。

但這時「瓊花三娘子」已不可怕了，俞佩玉心裡簡直已沒有恐懼這種感覺，他眼睛裡充滿了血絲，嘶聲道：「讓路，讓我過去。」

「瓊花三娘子」瞧見他這種模樣，面上不禁露出驚奇之色，三姐妹對望了一眼，鐵花娘皺眉道：「好個美男子，怎地變成了野獸？」

話未說完，俞佩玉已衝了過來。

他此刻雖又力大無窮，但那已只不過是野獸般出自本能的力氣，他已忘了該如何使用技巧與內力。

鐵花娘的腳輕輕一勾，俞佩玉便仆地倒了下去，銀花娘的腳立刻踩住了他的背脊，訝然道：「這人怎地連武功也忘了？」

金花娘道：「莫非香魂瞧錯了，這人並不是他？」

鐵花娘道：「這張臉絕不會錯的，只是香魂方才瞧見他時，他神情雖有些異常，甚至連香魂發出煙火訊號他都未覺察，但卻還不是這樣子。」

只見俞佩玉掙扎著，搥打著砂地，嘶聲道：「求求你，放我走吧。」

銀花娘冷笑道：「你想我們會放你走麼？」

俞佩玉道：「你們不放我走，不如就殺了我。」

金花娘嘆了口氣，道：「你怎會變成這樣子，莫非是中了什麼毒？」

俞佩玉嘶聲道：「極樂丸……極樂丸，求求你給我一粒極樂丸。」

金花娘道：「什麼是極樂丸？」

俞佩玉道：「我什麼都答應你，我情願做你的奴隸，我去殺那羅子良……」他神智已完全迷糊，竟胡言亂語起來。

金花娘動容道：「好厲害的『極樂丸』，竟能使如此倔強的人不惜做別人的奴隸，我怎地竟想不出這『極樂丸』是什麼東西。」

鐵花娘想了想，道：「不管怎樣，咱們先將他帶走再說。」

她輕輕一彈指，立刻有幾個短裙少女自山坡外躍下，手裡拿著個銀灰色的袋子，將俞佩玉裝了進去。

這袋子也不知是用什麼織成的，竟是堅韌無比，俞佩玉在裡面拳打腳踢，大聲嘶喊，也都沒有用。

姬靈風只怕做夢也想不到俞佩玉會被人裝在袋子裡，否則他當真是爬也要爬回去的。

金花娘嘆道：「瞧他中的毒，真是奇怪得很，卻不知有什麼法子能解，也不知道江湖中誰知道這解法？」

鐵花娘道：「連咱們都不能解，天下還有誰能解？」

金花娘皺眉道：「難道咱們就看他這樣下去麼？」

銀花娘冷冷道：「大姐莫忘了，他是咱們的仇人，他縱不中毒，咱們自己也要殺他，現在他已中毒爲何反而要救他？」

金花娘長長嘆息了一聲，道：「他雖是咱們的仇人，但我瞧他這樣子，也實在可憐。」

鐵花娘嬌笑道：「大姐倒真是個多情人，只是未免有些多情情不專。」

金花娘含笑瞧著她，道：「你以爲這是爲了我麼？」

鐵花娘咯咯笑道：「不是爲你，難道還是爲我？」

金花娘笑道：「你這次可說對了，我正是爲了你呀。」

鐵花娘的臉，竟飛紅了起來，咬著嘴唇道：「我……我甚至連他的名字都不知道，大姐……」話未說完，臉更紅了，突然轉身奔了開去。

這時一輛華麗的大車駛來，少女們將那袋子抬了上去，「瓊花三娘子」也各自上了馬，馬車立刻絕塵而去。

馬車向南而行，正是經鄂入川，由川入黔的路途。

一路上，俞佩玉仍是掙扎嘶叫，痛苦不堪，「瓊花三娘子」非但沒有虐待他，反而對他照料得無微不至。

那潑辣刁蠻的鐵花娘，眉目間竟有了憂鬱之色，金花娘知道她嘴裡不說，其實已在暗暗爲「他」擔心。

銀花娘卻不時在一旁冷言冷語，道：「你瞧三妹，人家幾乎殺了她，她卻反而愛上人家了。」

金花娘笑道：「三妹平時眼高於頂，將天下的男人都視如糞土，我正擔心她一輩子嫁不出去，如今她居然也找著了個意中人，咱們豈非正該爲她歡喜才是。」

銀花娘道：「但他卻是咱們的仇人。」

金花娘微笑道：「什麼叫仇人，他又和咱們有什麼了不得的仇恨，何況他若做了三妹的夫婿，仇人豈非也變成親家了麼？」

銀花娘怔了怔，笑道：「我真不懂三妹怎會看上他的。」

金花娘道：「他不但是少見的美男子，而且武功又是頂兒尖兒的，這樣的少年，誰不歡喜，何況三妹豈非正到了懷春的年紀了麼？」

銀花娘咬了咬牙，打馬而去。

這一行人行跡雖詭秘，但肯大把的花銀子，誰會對她們不恭恭敬敬，一路上曉行夜宿，倒也無話。

過了長江之後，她們竟不再投宿客棧，一路上都有富室大戶客客氣氣的接待她們，原來「天蠶教」的勢力已在暗中慢慢伸延，已到了江南，那些富室大戶，正都是「天蠶教」的分支弟子。

最令金花娘姐妹歡喜的是「他」痛苦竟似漸漸減輕了，有時居然也能安安穩穩的睡一覺。她們自然不知道這是因爲「罌粟花」的毒性雖厲害，但只要能掙扎著忍受過那一段非人所能忍受的痛苦，毒性自然而然地就會慢慢減輕，只是若沒有人相助，十萬人中也沒有一個能忍受過這段痛苦煎熬的，若非「瓊花三娘子」如蛆附骨的追蹤，俞佩玉此刻只怕早已沉淪。

瞧著「他」日漸康復，鐵花娘不覺喜上眉梢，但銀花娘面色卻更陰沉，她竟似對俞佩玉有化解不開的仇恨。

俞佩玉人雖漸漸清醒，卻如大病初癒，沒有一絲力氣。

他想到自己竟險些淪入那萬劫不復之地，不禁又是一身冷汗，人生的禍福之間，有時相隔的確只有一線。

只是「瓊花三娘子」雖然對他百般照顧，他心裡卻更是忐忑不安，不知道這行事詭秘的三姐妹，又在打什麼主意。

由鄂入川，這一日到了桑坪壩。

桑坪壩城鎮雖不大，但街道整齊，市面繁榮，行人熙來攘往，瞧見這三姐妹縱馬入城，人人俱都為之側目。

「瓊花三娘子」竟下了馬攜手而行，眼波橫飛，巧笑嫣然，瞧著別人為她們神魂顛倒，她們真有說不出的歡喜。

銀花娘突然拍了拍道旁一人的肩頭，媚笑道：「大哥可是這桑坪壩上的人麼？」

這人簡直連骨頭都酥了，瞧見那隻柔若無骨的春蔥玉手還留在自己肩上，忍不住去悄悄捏著，癡癡笑道：「誰說不是呢？」

銀花娘似乎全不知道手已被人捏著，笑得更甜，道：「那麼大哥想必知道馬嘯天住在哪裡了？」

那人聽到「馬嘯天」這名字，就像是突然挨了一皮鞭似的，手立刻縮了回去，陪笑道：「原來姑娘是馬大爺的客人，馬大爺就住在前面，過了這條街，向左轉，有棟朱門的大宅院，那就是了。」

銀花娘眼皮一轉，突然附在他耳邊悄笑道：「你爲什麼要怕馬嘯天？只要你有膽子，晚上來找我，我……」往他耳朵裡輕輕吹了口氣，嬌笑著不再往下說。

那人靈魂都被她吹出了竅，漲紅了臉，掙扎著道：「我……我不敢。」

銀花娘在他臉上一擰，笑啐道：「沒用的東西。」

那人眼睜睜瞧著她們走遠，心裡還是迷迷糊糊的，如做夢一樣，摸著還有些癢癢的臉，喃喃道：「格老子馬嘯天，好東西全被你佔去了，老子……」

忽然覺的臉上癢已轉痛，半邊臉已腫得像隻桃子，耳朵裡更像是有無數根尖針在往裡刺，他痛極，駭極，倒在地上殺豬般大叫起來。

金花娘遠遠聽到這慘叫聲，搖頭道：「你又何苦？」

銀花娘咯咯笑道：「這種專想揩油的傢伙，不給他點教訓成麼，大姐什麼時候變得仁慈起來了，難道已真準備做唐家的孝順好媳婦？」

金花娘臉色變了變，不再說話，沉著臉向前走，只見前面一圍高牆，幾個青皮無賴正蹲在朱紅大門前的石獅子旁玩紙牌。

銀花娘走過去，一腳將其中一人踢得飛了起來，另幾條大漢驚怒之下，呼喝著跳起，銀花娘卻瞧著他們甜甜笑道：「請問大哥們，這裡可是馬大爺的家麼？」

瞧見她的笑容，這些漢子們的怒氣已不知到哪裡去了，幾個人眼珠子骨碌碌圍著她身子打轉。

其中一人笑嘻嘻道：「我也姓馬，也是馬大爺，小妹子你找我有什麼事呀？」

銀花娘嬌笑道：「你這張臉好像不太對嘛。」

她嬌笑著又去摸那人的臉，那人正湊上嘴去親，那知銀花娘反手就是一個耳光，又將他打得飛了出去。

其餘的幾條大漢終於怒喝著撲了上去。

銀花娘嬌笑道：「我可不準備做人家的好媳婦，手狠心辣些也沒關係。」

她竟是存心和金花娘鬥氣，只見那些大漢，被打得東倒西歪，頭破血流，還不知道是怎麼回事。

金花娘氣得只是冷笑，索性也不去管她。

突聽一人吼道：「格老子，是那個龜兒子敢在老子門口亂吵，全都跟老子住手。」七八個人前呼後擁，圍著條滿面紅光的錦衣大漢，大步走了出來。

銀花娘嬌笑道：「我當是誰，原來是馬大爺出來了，果然好威風呀，好煞氣。」

那七八個人一齊瞪起眼睛來想要呼喝，馬嘯天瞧見了她們，面上卻已變了顏色，竟在門口，就地噗通跪倒，恭聲道：「川北分舵弟子馬嘯天，不知三位香主駕到，有失遠迎，罪該萬死，但望三位香主恕罪。」

銀花娘臉一板，冷笑道：「馬大爺居然還認得咱們麼，幸好馬大爺出來得早，否則我們真要被馬大爺手下的這些好漢們打死了。」

明明是她打別人，卻反說別人打他。

馬嘯天汗流浹背，那敢抗辯，陪笑道：「那些畜牲該死，弟子必定要重重的治他們罪……」

金花娘終於走了過去，淡淡道：「那也沒什麼，就饒了他們吧，卻不知馬舵主可有地方安頓咱們，最好是清靜些的地方，咱們還有病人在車上。」

馬嘯天連連稱是，躬身迎客，別的人瞧見平日不可一世的馬大爺，今日竟對這三個女子如此敬畏，更早已駭呆了。

等到金花娘走進了門，銀花娘突然冷笑道：「我大姐雖說饒了他們，我可沒說。」

馬嘯天滿頭大汗，吃吃道：「弟子知道……弟子懂得。」

鐵花娘忍不住悄悄拉著銀花娘袖子道：「二姐你明知大姐近來心情不好，又何苦定要惹她生氣？」

銀花娘冷笑道：「她又沒有替我找著個如意郎君，我何必要拍她馬屁。」將袖子一摔，昂著頭走了進去。

馬嘯天將「瓊花三娘子」引入花廳，突然屏退了從人，陪笑道：「弟子隨時準備著三位香主大駕光臨，又知道三位香主喜歡清靜，早已為香主們準備了個舒適地方。」

金花娘道：「在哪裡？」

馬嘯天道：「就在這裡。」

他微笑著將廳上掛著的一幅中堂掀起，後面竟有個暗門，他打開門就是條地道，居然佈置著幾間雅室。

銀花娘冷冷道：「咱們又不是見不得人的，為何要躲在地洞裡。」

馬嘯天滿懷高興，被潑了頭冷水，吶吶道：「香主若覺不好，後園中也還有別的地方……」

金花娘沉著臉截口道：「這裡就好。」

她當先走了進去，幾個少女抬著俞佩玉跟在後面。

俞佩玉見到她們來的地方愈來愈隱秘，自己這一去更不知如何得了，只是他縱然一萬個不情願，卻已是身不由主。

少女們將俞佩玉放在床上，就掩起門走了。

密室中什麼聲音也聽不到，俞佩玉躺在床上，正望著房頂胡思亂想，一個人已推門走了進來，卻是鐵花娘。

她靜靜坐在床頭，含笑瞧著俞佩玉，也不說話。

俞佩玉終於忍不住道：「此番當真多虧了姑娘，否則在下只怕……只怕……」

鐵花娘嫣然一笑道：「你不恨我們了？」

俞佩玉也不該如何回答這句話，只得嘆了口氣，道：「在下從未恨過姑娘們，只要姑娘們莫……莫要……」

鐵花娘道：「莫要胡亂殺人，是麼？」

俞佩玉苦笑道：「姑娘自己也說過，人殺多了，容貌也會變得醜惡的。」

鐵花娘又靜靜的瞧了他半晌，突然笑道：「你喜歡我長得美些麼？」

俞佩玉吶吶道：「我……在下……」

他說「喜歡」也不好，說「不喜歡」也不好，急得滿頭大汗，只覺回答這少女的問話，竟比幹什麼都吃力。

鐵花娘眼睛瞧著他，道：「喜歡就是喜歡，不喜歡就是不喜歡，這又有什麼不敢回答的呢？」

俞佩玉暗暗嘆了口氣，道：「自然是喜……喜歡的。」

鐵花娘嫣然一笑，又道：「你要我聽你的話麼？」

這刁鑽的少女，問的話竟愈來愈古怪了。

俞佩玉苦笑道：「在下自顧尚且不暇，又怎敢要姑娘聽在下的話。」

鐵花娘柔聲道：「只要你要我聽你的話，我就肯聽你的話。」

俞佩玉吃吃道：「但……但在下……」

鐵花娘道：「你難道喜歡我去殺人？」

俞佩玉失聲道：「在下並無此意。」

鐵花娘笑道：「那麼你是要我聽你的話了。」

俞佩玉又嘆了口氣，只得點頭道：「是。」

鐵花娘突然跳起來在他臉上親了親，嬌笑著奔了出去，俞佩玉瞧著她身影消失在門後，喃喃道：「她爲何突然如此歡喜？難道她以爲我答應了她什麼？」想到她們對那唐公子的糾纏，他不禁又捏了把冷汗。

這些天，他雖日益清醒，但總是覺得虛弱無力，神思困倦，想著想著，竟迷迷糊糊睡著了。

也不知睡了多久，突覺一個光滑柔軟的身子，鑽進了他的被窩，輕輕咬他的脖子，輕輕對著他耳朵吹氣。

俞佩玉一驚醒來，秘室裡燈已熄了，他什麼也瞧不見，只覺滿懷俱是軟玉溫香，香氣如蘭，令他心跳。

他不禁失聲道：「你……你是誰？」

身旁那人兒也不答話，卻解開了他的衣襟，蛇一般鑽進他懷裡，纖纖十指，輕輕搔著他的背脊。

俞佩玉知道這投懷送抱的，除了鐵花娘，再不會有別人，只覺一顆心愈跳愈厲害，沉住氣道：「你若是真聽我的話，就趕快出去。」

他身旁的人卻媚笑道：「誰要聽你的話，我要你聽我的話，乖乖的……」低沉而微帶嘶啞的話聲充滿了挑逗。

俞佩玉失聲道：「銀花娘！是你！」

銀花娘膩聲道：「你要聽我的話，我絕不會令你失望的。」

俞佩玉滿身神力，此刻竟無影無蹤，竟被壓得透不過氣來，又是心跳，又是流汗，突然道：「你將燈燃起來好麼？」

銀花娘道：「這樣不好麼？」

俞佩玉道：「我想瞧瞧你。」

銀花娘吃吃笑道：「想不到你竟也是個知情識趣的風流老手，好，我就依了你。」

她赤著足跳下了床，摸索著尋到火石燃起了燈，燈光照著她誘人的身子，她媚笑著瞧著俞佩玉，嬌笑道：「你要瞧，就讓你瞧個夠吧。」

俞佩玉冷冷道：「我正是要瞧瞧你這無恥的女子，究竟無恥到什麼程度，你自以為很美，我瞧了卻要作嘔。」

他平生從未說過這麼刻毒的話，此刻為了故意激怒於她，竟撿那最能傷人的話，一連串說了出來。

銀花娘媚笑果然立刻不見了，嫣紅的笑靨，變為鐵青，春情蕩漾的眼波，也射出了惡毒的光，嘶聲道：「你……你竟敢……竟敢捉弄我。」

俞佩玉生怕她還要上來糾纏，索性破口大罵，道：「你縱然不顧羞恥，也該自己去照照鏡子，瞧瞧你……」

他愈罵愈是厲害，春情再熱的女子，挨了他這一頓大罵後，也要涼下來的，銀花娘嘴唇發白，顫聲道：「你以為你自己是個美男子，是麼？我倒要看你能美到幾時？」

突然，將牆上掛著的一柄刀抽了下來，衝到床前，扼住了俞佩玉的脖子，獰笑道：「我現在就叫你變成世上最醜怪的男人，叫天下的女人一瞧見你就要作嘔，看你還神不神氣？」

俞佩玉只覺冰涼的刀鋒，在他面頰上劃過，他非但不覺痛苦，反覺有一種殘酷的快感，竟大笑起來。

銀花娘瞧見著這張毫無瑕疵的臉，在自己刀鋒下扭曲，眼看著鮮紅的血，自他蒼白的面頰上湧出。

她只覺手掌發抖，這第二刀竟再也劃不下去——一個人若想毀去件精美的藝術傑作，並不是件容易的事。

俞佩玉卻瞪著她，大笑道：「動手呀！你爲何不動手了？這張臉本不是我的，你毀了它，對我正是種解脫，我正該感謝你，我不會心疼的。」

被刀鋒劃開的肌肉，因大笑而扭曲、撕裂，鮮血流過他眼睛，他目光中正帶著種瘋狂的解脫之意。

銀花娘只覺冷汗已浸濕了刀柄上的紅綢，嘶聲道：「就算你不會心疼，但有人卻會心痛的，我得不到你，就毀了你，看她會不會再要你這又醜又怪的瘋子？」

她竟也瘋狂般大笑起來，第二刀終於又劃了下去。

突然，「砰」的一聲，門被撞開，鐵花娘衝了進來，抱住了銀花娘的腰，一面往後拖，一面叫道：「大姐，快來呀，你看二姐發瘋了。」

銀花娘不住用手去撞她，大笑道：「我沒有瘋，你的如意郎君才瘋了，他竟說他的臉不是自己的，這瘋子就給你吧，送給我也不要了。」

九　意外之變

俞佩玉、銀花娘、鐵花娘三人正糾纏中，金花娘已披著衣裳，奔了進來，瞧見了床上滿面流血的俞佩玉，失聲驚呼道：「這……這是你做的事？」

銀花娘大笑道：「是我又怎樣，難道你也心疼……」

話未說完，金花娘的手掌已摑在她臉上。

清脆的掌聲一響，笑聲突然頓住，吵亂的屋子突然死寂，鐵花娘鬆了手，銀花娘一步步往後退，貼住了牆，眼睛裡射出兇光，顫聲道：「你打我，你竟敢打我？」

金花娘跺腳道：「你為何要做這樣的事？」

銀花娘跳了起來，大叫道：「我為何不能做這樣的事，你只知道老三喜歡他，可知道我也喜歡他？你們都有意中人，為何我不能有？」

金花娘呆住了，道：「你……你不是恨他的麼？」

銀花娘嘶聲道：「不錯，我恨他，我更恨你，你只知道老三年紀大了，要找男人，可知道我的年紀比她還大，我難道不想找男人？」

金花娘呆了半晌，長嘆道：「我實在沒有想到，你還要我為你找男人，你的……你的男人難道還不夠多，還要別人為你找？」

銀花娘狂吼一聲，突然衝了出去。

只聽她呼喊聲自近而遠：「我恨你，我恨你們……我恨世上所有的人，我恨不得天下人都死個乾淨！」

金花娘木然站在那裡，久久都動彈不得，鐵花娘卻已衝到床前，瞧見俞佩玉的臉，忍不住放聲大哭起來。

俞佩玉反覺出奇的平靜，喃喃道：「世上是永遠不會有毫無缺陷的事，這道理高老頭爲何不懂得，他此刻若是瞧見了我，又不知該是什麼感覺……」

他突然覺得很好笑，竟又大笑了起來，他終於又解脫了一重縛束，他心裡只覺出奇的輕鬆。

鐵花娘頓住了哭聲，吃驚的瞧著他，他此刻心裡的感覺，她自然無法了解，任何人也無法了解的。

三天後，俞佩玉自覺體力已恢復了大半，但臉上卻已紮滿了白布，只露出一雙鼻孔，和兩隻眼睛。

金花娘與鐵花娘瞧著他，心裡充滿了歉疚與痛苦。

金花娘終於嘆道：「你真的要走了麼？」

俞佩玉笑道：「該走的時候，早已過了。」

鐵花娘突然撲過去，摟住了他，大聲道：「你不要走，無論你變成什麼樣子，我……我還是對你好的。」

俞佩玉笑道：「你若真的對我好，就不該不放我走，一個人若不能自由自主，他活著豈非也沒什麼意思了。」

金花娘黯然道：「至少，你總該讓我們瞧瞧你，你已變成什麼樣子？」

俞佩玉道：「無論變成什麼樣子，我還是我。」

他輕輕推開鐵花娘，站了起來，突又笑道：「你們可知道，我出去後第一件事要做什麼？」

金花娘道：「你莫非要去尋我那可惡的二妹？」

俞佩玉笑道：「我的確要去找個人，但卻不是找她。」

鐵花娘揉了揉眼睛，道：「你要找誰？」

俞佩玉道：「我先要去尋那唐公子，叫他到這裡來見你們，再去尋唐無雙唐老前輩，告訴他『瓊花三娘子』並不是他想像中那麼壞的人。」

金花娘垂下了頭，幽然嘆道：「我……我真不知該如何謝你。」

俞佩玉笑道：「你們若能坐在這裡，讓我自己走出去，就算是感謝我了。」

他大步走出去，沒有回頭，金花娘與鐵花娘果然也沒有跟著他，她們的眼淚早已流下了面頰。

俞佩玉只覺心裡無牽無掛，也不必對任何人有所歉疚，他既然從未虧負過別人，別人的眼淚也就拉不住他。

他開了地室的門，掀起了那幅畫，夕陽就斜斜地照上了他的臉，此刻雖未黃昏，卻已將近黃昏。

他用手擋住陽光，另一隻手關起了地道的門，突然他兩隻手一齊垂下，連腳步也無法抬起。

這花廳的樑木上，竟懸著一排人，死人！

鮮血，猶在一滴滴往下滴落，他們的血似乎還未冷，他們每個人咽喉都已洞穿，又被人用繩索穿過咽喉上的洞，死魚般吊在橫樑上，吊在最前面的一個，赫然就是此間的主人。

這件事，顯然只不過是下午才發生的，只因正午時這殷懃的主人還曾去過地室，送去了食物和水。

這許多人同時被人殺死，地室中毫未聽出絲毫動靜，殺人的人，手腳當真是又毒辣，又俐落，又乾淨。

俞佩玉站在那裡，瞧了兩眼，想回到地室中去，但目光一轉，突又改變了主意，大步走出了花廳。

他心裡縱然有些驚駭，但別人也絕對瞧不出來，他從那一行屍身旁走過，就像是走過一行樹似的。突聽一人喝道：「是什麼人？站住！」

俞佩玉立刻就站住了，瞧不出絲毫驚慌，也瞧不出絲毫勉強，就好像早已知道有人要他站住似的。

那人又喝道：「你過來。」

俞佩玉立刻就轉過身，走了過去，於是他就瞧見，這時從另一扇門裡走出來的，竟是那金燕子。

他雖覺有些意外，但簡直連眼色都沒有絲毫變化，金燕子面上卻滿是驚奇之色，厲聲道：「你是從哪裡走出來的？我方才怎地未瞧見你？」

俞佩玉淡淡道：「我是從出來的地方走出來的。」

金燕子喝道：「你是否和『瓊花三娘子』藏在一起？」

俞佩玉道：「是不是又和你有何關係？」

他話未說完，金燕子掌中的劍已抵在他咽喉上。

她自然再也不會認出這是俞佩玉。

俞佩玉不但面目全被包紮住，他此刻的從容、鎮定和瀟脫，也和從前像是完全兩個人了。

莫說是只有一柄劍抵住他的咽喉，就算有一千柄、一萬柄劍已刺入他的肉，他只怕都不會動一動聲色。

一個人若是眼瞧著自己的父親在面前慘死，卻被人指爲瘋子，還不得不承認自己的仇人就是明明已死了的父親，世上還有什麼能令他覺得不能忍受的事？一個人若面對著自己最心愛的人，而不能相認，世上還有什麼能令他覺得痛苦的事？一個人若經歷了數次死亡，只因奇蹟而未死，世上又還有什麼能令他覺得害怕的事？一個人若已從極美變爲極醜，世上又還有什麼事是他看不開的？

一個人若已經歷過別人無法思議的冤屈、恐嚇、危險、痛苦，豈非無論什麼事也不能令他動心。

俞佩玉這分從容、鎮定與灑脫，正是他付了代價換來的，世上再也沒有別的人能付出這代價。

世上正也再沒有別人能比得上他。

金燕子掌中劍，竟不知不覺的垂落了下來。

她忽然發覺自己若想威嚇這個人，簡直已變成件可笑的事，這人的鎮定，簡直已先嚇住了她。

俞佩玉瞧著她，突然笑道：「神刀公子呢？」

金燕子失聲道：「你……你認得我？」

俞佩玉道：「在下縱不認得姑娘，也知道姑娘與神刀公子本是形影不離的。」

金燕子盯著他的眼睛，道：「我怎地覺得你有些眼熟。」

俞佩玉道：「頭上受傷紮布的人，自然不止我一個。」

金燕子厲聲道：「你究竟是誰？」

俞佩玉道：「在下俞佩玉。」

金燕子一張美麗的臉，立刻扭曲了起來，顫聲道：「俞佩玉已死了，你……你……」

俞佩玉笑道：「姑娘可知這世上有兩個俞佩玉，一個已死了，一個卻還活著，在下只可惜不是那死了的俞佩玉，而他的朋友似乎比我多些。」

金燕子長長吐出口氣，道：「這些人，可是你殺死的？」

俞佩玉道：「這些人難道不是姑娘你殺死的麼？」

金燕子恨恨道：「這些人作惡多端，死十次也不算多，我早已有心殺死他們，只可惜今天竟來遲了一步！」

俞佩玉訝然道：「原來姑娘也不知道殺人的是誰……」

突聽一人緩緩道：「殺人的是我。」

這話聲竟是出奇的平淡，聲調既沒有變化，話聲也沒有節奏，「殺人的是我」這五個字自他口中說出，就好像別人說「今天天氣不錯」似的，他似乎早已說慣了這句話，又似乎根本不覺得殺人是件可怕的事。

隨著語聲，一個人突然出現在他們眼前，以俞佩玉和金燕子的眼力，竟都未瞧出這人是從哪裡來的。

他們只覺眼前銀光一閃，這人便已出現了。

他穿著的是件銀光閃閃的寬袍，左面的袖子，長長飄落，右面的袖子，卻束在腰間絲縧裡，竟是個獨臂人！

他胸前飄拂著銀灰色的長髯，腰上繫著銀灰色的絲縧，腳上穿著銀灰色的靴子，銀冠裡束著銀灰色的頭髮。

他的一張臉，竟赫然也是銀灰色的！銀灰色的眉毛下，一雙銀灰色的眸子裡，射出了比刀還鋒利的銀光。

金燕子縱橫江湖，平日以爲自己必是世上膽子最大的女人，但此刻卻不禁機伶伶打了個寒噤，失聲道：「這些人都是你殺的？」

銀光老人淡淡道：「你以爲老夫只剩下一條手臂，就不能殺人了麼？老夫若不能殺人，這世上的惡人只怕就要比現在多得多了。」

金燕子吶吶道：「前輩……不知前輩……」

銀光老人道：「你也不必問老夫的名姓，你既是『天蠶教』的對頭，便是老夫的同路人，否則此刻你也不會再活在世上。」

若是換了別人在金燕子面前說這種話，金燕子掌中劍早已到了他面前，但此刻這老人淡淡說來，金燕子竟覺得是件天經地義的事，卻道：「不知前輩可找著了那『瓊花三娘子』麼？」

銀光老人道：「你和她們有什麼仇恨？」

金燕子咬牙道：「仇恨之深，一言也難說盡。」

銀光老人道：「你一心想尋著她們？」

金燕子道：「若能尋著，不計代價。」

銀光老人道：「好，你若要找她們，就跟老夫來吧。」

他袍袖飄飄，走出了花廳，穿過後園，走出小門，後門外的寬街上，靜悄悄的瞧不見一個人。

金燕子跟在他身後，滿臉俱是興奮之色，俞佩玉竟也跟著走了來，心裡卻充滿了疑惑。

這老人明明不知道「瓊花三娘子」在哪裡，爲何說要帶金燕子去找，他縱能將馬嘯天等人都殺死，但獨臂的人，又怎能將那許多死屍吊起在樑上——這兩件事，他顯然是在說謊，他爲何要說謊？

說謊的人，大多有害人的企圖，但以這老人身法看來，縱要殺死金燕子，也不過是舉手之勞，又何必要如此費事？

他究竟想將金燕子帶到哪裡去？

這老人卻始終沒有瞧俞佩玉一眼，就好像根本沒有俞佩玉這個人似的，俞佩玉默默的跟著他，也不說話。

這老人雖沉得著氣，俞佩玉也是沉得住氣的。

金燕子卻有些沉不住氣了。

這時天色愈來愈暗，他們走的路也愈來愈荒僻，這奇詭神秘的老人走在月光下，就像是個銀色的幽靈。

金燕子終於忍不住問道：「那『瓊花三娘子』究竟在哪裡？」

銀光老人頭也不回，淡淡道：「邪惡的人，自然在邪惡的地方。」

少女們對「邪惡」這兩字總是特別的敏感的。

金燕子不覺失聲道：「邪惡的地方？」

銀光老人道：「你若不敢去，現在回頭還來得及。」

金燕子咬了咬牙，再不說話，俞佩玉仔細咀嚼「邪惡的地方」這五個字，只覺這老人的居心更是難測。

那銀光老人大袖飄飄，走得看來並不快，大半個時辰走下來，卻早已走出了城，金燕子近年崛起江湖，聲勢不弱，她既以「燕子」兩字成名，輕功自是高手，但跟著這老人一路走來，竟不覺發了喘息。

倒是俞佩玉，雖然體力未復，此刻還未覺得怎樣，只不過對這老人的武功，更生出警惕之心。

只見這老人在樹林裡三轉兩轉，突然走到山坡前，山勢並不高，但怪石嵯峨，寸草不生，看來竟甚是險惡。

山岩上有塊凸出的巨石，上面本來鑿著三個大字，此刻卻是刀痕零亂，也不知被誰用刀斧砍了去。

俞佩玉暗道：「岩上的字，本來想必便是山名，但卻有人不惜花費偌大力氣，爬上去將它砍掉，這卻又是爲的什麼？難道這山名也有什麼秘密，是以那人才不願被別人瞧見，但這三個字的山名，又會有什麼秘密？」

要知俞佩玉屢次出生入死後，已深知世上人事之險惡，是以無論對什麼事，都不禁分外小心。

是以在別人眼中看來無足輕重的事，他看來卻認爲大有研究的價值，只要稍有疑惑之處，他便絕不會放過的。

只不過他現在已學會將無論什麼事都放在心裡，是以他此刻疑惑雖愈來愈重，卻仍神色不動，更不說破。

那老人身子也未見作勢，又飄飄掠上了山岩，掠到那塊突出的巨石後，金燕子正想跟上去。

突聽「格」的一響，那塊有小屋子般大小的千斤巨石，竟緩緩移動了開來，露出後面一個黝黑的洞穴。

這變化就連俞佩玉也不免吃了一驚，金燕子更是瞧得目定口呆，兩隻手本來作勢欲起，此刻竟放不下來。

只聽那老人喚道：「你兩人爲何還不上來？」

金燕子轉頭瞧了俞佩玉一眼，突然悄聲道：「此行危險得很，你爲何要跟來，快走吧。」

俞佩玉微笑道：「既已跟到這裡，再想走只怕已太遲了。」

金燕子皺眉道：「爲什麼？」

俞佩玉再不答話，竟當先掠了上去，只覺那老人一雙利銳的眼睛正在盯著他，似乎想瞧瞧他功力的高下。

他心念一轉，十成功力中，只使出了五成。

那老人面色雖絲毫不動，目中卻似露出了不滿之色，這時金燕子已全力迎了上去，那老人才覺得滿意了些。

俞佩玉心裡又不覺奇怪：「他若要害我們，我們武功愈差，他動手就愈方便，他本該高興才是，但瞧他的神色，卻似希望我們的武功愈強愈好，這又是爲了什麼？他心裡到底是在打的什麼主意？」

金燕子已掠了上去，只是那洞穴黑黝黝的，竟是深不見底，裡面不住有一陣陣陰森森的寒風吹出來！

那方巨岩被移開後，恰巧移入旁邊一邊凹進去的山岩裡，計算得實在妙極，而這塊重逾千萬斤的巨岩，竟能被一個人移開，其中的機關做得自然更是妙到毫巔，這樣的機關也不知要費多少人力物力才能造成，若非要隱藏什麼重大的秘密，誰肯花這麼大的力量。

到了這時，金燕子也不禁動了疑心，吶吶道：「瓊花三娘子會在這山洞裡？」

銀光老人道：「這山洞本是『天蠶教』藏寶的秘穴，『瓊花三娘子』若非教中的主壇壇主，還休想進得去哩。」

金燕子忍不住道：「天蠶教的秘密，前輩又怎會知道？」

銀光老人淡淡一笑道：「天下又有幾件能瞞得住老夫的秘密。」

這話若是旁人說出來，金燕子縱不認爲他是虛言搪塞，也要認爲他是吹牛，但到了這老人嘴裡，份量卻大是不同。

金燕子竟覺口服心服，想了想，喃喃道：「奇怪，天蠶教遠在苗疆，藏寶秘穴卻在這裡。」

銀光老人目光一寒，道：「你不敢進去了麼？」

金燕子長長吸了口氣，大聲道：「只要能找得到『瓊花三娘子』，上刀山，下油鍋也沒關係。」

銀光老人目光立刻和緩，道：「好，很好，只要你能膽大心細，處處留意，老夫保證你絕無危險，你們只管放心進去吧。」

俞佩玉突然道：「在下並無進去之意。」

他直到此刻才說話，本來要說的是：「我知道『瓊花三娘子』絕不在這山洞裡，你爲何要騙人？」

但他知道這句話說出來後，那老人絕不會放過他，他此刻實未必是這老人的敵手，是以才先試探一句。

銀光老人目中果然又射出了寒光，道：「你不想進去？」

俞佩玉道：「在下也不要找『瓊花三娘子』，爲何要進去？」

金燕子趕緊道：「這本不關他的事，我根本不認得他的。」

銀光老人淡淡道：「你若不願進去，老夫自也不勉強你。」

他手掌有意無意間在那無名山岩上輕輕一拍，掌擊山岩，毫無聲音，但山石上卻多了個如刀斧鑿成般的掌印。

俞佩玉笑道：「在下雖本無進去之意，但天蠶教的藏寶秘穴，究竟也不是人人可以進去的，既然有此機會，進去瞧瞧也好。」

銀光老人也不理他，卻自懷中取出了一柄長約一尺三寸的銀鞘短劍，和一個銀色火摺子，一併交給了金燕子，道：「此劍削鐵如泥，這火摺子也非凡品，你帶在身邊，必有用處，只是要小心保管，千萬莫要遺失了。」

金燕子道：「多謝前輩。」

她和俞佩玉剛走進洞穴，那方巨岩竟又緩緩合起。

金燕子大駭道：「前輩合起這石頭，咱們豈非出不去了。」她縱身又想躍出，誰知洞外一股大力湧來，竟將她推得踉蹌向後跌倒。

只聽銀光老人道：「你要出來時，以那短劍擊石七次，老夫便知道了……」

話猶未了，巨石已完全合起，不留絲毫空隙。

洞穴裡立刻一片漆黑，伸手不見五指。

突見一縷銀花爆出，金燕子已亮起了那奇形火摺子，只見銀星不住四下飛激，一道淡淡的銀光直射出來。

銀光照著俞佩玉的臉，他面目雖被白布紮住，但一雙眸子卻在灼灼發光，瞧不出有絲毫驚慌之色。

金燕子也不知這人到底是癡是呆，還是膽子特別的大，卻嘆道：「此事明明與你無關，你何苦要跟著來？」

俞佩玉暗嘆道：「這位姑娘脾氣雖然大些，但心地倒當真善良得很，到了此刻，還一心在為別人著想。」

這些天來，他遇著的女子不是心地險惡，便是刁鑽古怪，驟然發覺金燕子的善良，不覺大生好感，微笑道：「兩人在一起，總比孤身涉險得好。」

金燕子怔了怔，道：「你是為了我才來的？」

俞佩玉笑道：「姑娘既是那位俞佩玉的朋友，便等於是在下的朋友一樣。」

金燕子盯了他一眼，面靨突然飛紅了起來，幸好那銀光甚是奇特，她面色是紅是白別人根本無法分辨。

她扭轉頭，默然半晌，突又道：「你猜那老人他竟是何心意？」

俞佩玉沉吟道：「姑娘你說呢？」

金燕子道：「他若是要害我，又怎會將如此貴重之物交給我，何況瞧他那一掌之力，要取我兩人的性命，並不是什麼困難的事。」

俞佩玉道：「不錯，此人掌力陰柔而強勁，功力已爐火純青，看來竟不在武當出塵道人的『綿掌』之下……」

金燕子道：「但他若無惡意，又為何定要逼你進來，而且又將出路封死，先斷了咱們的退路，讓咱們只有往前闖。」

俞佩玉笑道：「既是如此，咱們就往前闖闖再說吧。」

金燕子終於又忍不住回頭瞧了他一眼，突然笑道：「我膽子素來很大的，不想你竟比我還大，在你身旁，我就算想害怕，也覺得不好意思害怕了。」

朦朧的銀光下，她笑容看來是那麼明朗，在如此明朗的笑容後，看來是藏不住絲毫秘密的。

俞佩玉不禁暗暗嘆道：「天下的女子若都像她這麼樣，這世界只怕就會太平得多了……」

俞佩玉要過那火摺子，當先開路。

銀光映照下，他突然發覺這山洞兩壁，都雕刻著極精細的圖畫，每幅圖都有一男一女，神情栩栩如生。

金燕子只瞧了一眼，臉已飛紅了起來，呼道：「這鬼地方果然『邪惡』，怎地……怎地……」

俞佩玉臉也不覺發熱，他實也想不到在這種陰森詭秘的山洞裡，竟會雕刻著如此不堪入目的圖畫。

只見金燕子話未說完，已掩著臉向前直奔。

突然間，黑暗中轉出兩個人來，兩柄大刀，閃電般向金燕子直砍了下去，刀風強猛，無與倫比。

俞佩玉失聲喝道：「小心。」

喝聲出口，他人已衝了過去，抱住了金燕子，就地一滾，只覺寒風過處，刀鋒堪堪擦身而過。

接著，「噹」的一響，長刀竟砍在地上，火星四濺，但一刀砍過後，這兩個人便又緩緩退了回去。

俞佩玉苦笑道：「原來這竟是石頭人。」

金燕子道：「若不是你，我就要變成死人了。」

俞佩玉只覺一陣陣香氣如蘭，襲人欲醉，俯下頭，這才發覺金燕子還被他抱在懷裡，櫻唇距離他不過三寸。

他的心不覺立刻跳了起來，正想道歉。

誰知金燕子竟又咯咯笑道：「你說的那神刀公子，若是瞧見咱們這樣子，只怕也要氣死了，我真希望他現在就在這裡瞧著。」

俞佩玉本怕她嬌羞惱怒，誰知她竟比自己還要爽朗一點，也不會裝模作樣地故作扭捏之感。

一個男人在這種情況下，能遇著個心胸明朗的女子，實在是件走運的事，俞佩玉也覺甚是開心，忍不住笑道：「他這次怎地沒有跟著你，倒的確是件怪事。」

金燕子笑道：「他一天到晚就像蒼蠅似的盯著我，別人只要瞧我一眼，他就生氣，我實在煩都煩死了，找著個機會，就立刻溜走，他只怕……」

語聲突然頓住，目光凝注著俞佩玉身後，道：「你……你瞧……」

俞佩玉轉首望去，只見他身後的山石，像是道門戶的模樣，門楣上刻著八個字，被銀光一照，顏色慘碧。

「銷魂媚宮，妄入者死！」

金燕子盯著這八個字，皺眉道：「天蠶教的藏寶地，怎會叫做銷魂媚宮？」

俞佩玉瞧見那些圖畫，再瞧見「銷魂媚宮」這四個字，便知道這洞穴不但「邪惡」，而且還必定極神秘，極危險，也可能是極香艷的地方，就像是那些令人害怕，又令人嚮往的傳說一樣。

他目光直視著金燕子，突然道：「你還要進去？」

金燕子笑道：「這八個字難道就能將咱們嚇退了麼？」

俞佩玉道：「若是『瓊花三娘子』並不在裡面呢？」

金燕子怔了怔道：「她們怎會不在裡面？那老人怎會騙我？」

俞佩玉嘆道：「據我所知，『瓊花三娘子』是絕不會在裡面的，至於那老人爲何要騙你，我卻也想不通了。」

金燕子沉思了半晌，緩緩道：「你說，咱們既已到了這裡，還能回頭麼？」

她掠了掠鬢邊亂髮，接著道：「現在咱們就算在那石頭上敲七百下，那老人也不會放咱們出去的，他既然要將咱們騙進洞，想必總有些用意。」

俞佩玉沉聲道：「入了此門後，每走一步，都可能遇著意想不到的危險，你……你爲何不等在這裡，讓我一個人進去瞧瞧再說。」

金燕子嫣然一笑，道：「你自己說過，兩人在一起，總比孤身涉險好得多。」

在這種孤獨危險的地界，人總是會將自己的本性顯露出來，可恨的人會令人覺得更可恨，可愛的人卻會變得更可愛了。

俞佩玉竟不覺拉住了金燕子的手，笑道：「走吧，只要小心些，我想也不會……」

話未說完，突覺腳下一軟，腳下的石地竟裂開個大洞，兩人的身子，眼見已將直跌下去。

金燕子忍不住失聲驚叫，只覺俞佩玉拉著她的那隻手一緊，一股大力傳來，將她送上了地面。

而俞佩玉自己卻已跌了下去。

金燕子藉著俞佩玉一甩之力，凌空翻身，落在洞邊，失聲道：「你……你沒事麼？」

那地洞竟深達十餘丈，只見火摺子的銀光在下面閃動著，也瞧不見俞佩玉究竟是生是死。

金燕子已急出了眼淚，嘶聲道：「你怎地不說話呀？」

地洞裡還是沒有應聲。

金燕子眼睛一閉，竟也要往下面跳。

就在這時，突覺一個人緊緊拉住了她。

金燕子張開眼，火摺子的銀光仍在地洞裡閃動，那又一驚，「誰拉住了我了？」再瞧正笑吟吟站在她身邊的，卻不是俞佩玉是誰？

她驚喜交集「嚶嚀」一聲，不覺撲入俞佩玉懷裡，頓腳道：「你駭死我了，你……你方才爲什麼不說話呀？」

俞佩玉微笑道：「方才我就仗著一口真氣，才能攀在石壁上，若是一開口說話，洩了那口氣，只怕就真的要跌下去了。」

金燕子嬌笑道：「我瞧見那火摺子在下面，還以爲你……也完了……誰知火摺子雖然掉了去，你卻在上面。」

俞佩玉凝目瞧著她，忍不住嘆道：「但你又何苦？」

金燕子垂下頭，輕輕道：「你若爲救我而死，我還能活著麼？」

她突又抬頭，爽朗地一笑道：「不只是你，任何人爲了救我而死，我只怕都活不下去的。」

俞佩玉眨了眨眼睛，故意道：「你說後面這句話，不怕我失望麼？」

金燕子抿嘴一笑道：「我知道像你這樣的人，必定早已有了意中人了，所以我若說只會爲你而死，豈不是要你爲難麼？」

俞佩玉不覺又拉起了她的手，大笑道：「你實在是我見到的女孩子中，最不會給人煩惱的一個。」

他只覺和金燕子這樣的女孩在一起，心胸竟是說不出的舒暢，她既不會裝模作樣，叫別人爲她想，也不會故意使些小心眼，用些小手段，叫別人爲她煩惱，只可惜這樣的女孩子世上實在太少了。

但火摺子已落了下去，兩人瞧著那閃動的銀光，不覺又發起愁來，俞佩玉目光轉動，突然瞧見了那柄銀鞘短劍。

他拔出劍來，劍身如銀星燦爛奪目，輕輕一插，便直沒入石，握著劍一轉，便將山石挖了個洞。

俞佩玉喜道：「好鋒利的劍，咱們要拾火摺子就得靠它了。」

他將金燕子垂下地穴，用短劍在壁上挖了一行洞，然後自己再爬了下去，將火摺子拾起。

只見那地穴中倒插著無數柄尖刀，尖刀上盡是枯骨，衣衫也大多腐朽，死了至少已有二十年了，但其中卻有個身穿綠衫的女子屍體，衣裳顏色如新，屍體也是完整的，甚至還未開始腐爛。

俞佩玉暗道：「瞧這些枯骨與這綠衫女子之死，其間至少相隔二十年，這『銷魂媚谷』莫非已有二十年未有人來，這裡的秘密雖然已埋藏了二十年，直至最近才又被人發現，自然絕不會是『天蠶教』的藏寶之地了！」

金燕子用鞋底在地上擦了擦，擦去了苔痕污跡，便露出平整光滑的石板來，她不禁皺眉道：「這一路上，都可能有翻板陷阱，咱們怎麼往前走呢？」

俞佩玉沉吟道：「你跟著我走，莫要距離太近，我縱然落下去，也有個照應。」

金燕子大聲道：「這本來是我的事，你應該讓我走在前面，你不必將我當做個女人，就處處都讓著我呢。」

俞佩玉微笑道：「我雖不願將你當女人，但你事實上卻是個女人，在女人面前，男人都喜歡逞逞英雄，你又何必不讓讓我呢？」

金燕子凝眸瞧著他，笑道：「你實在是我所見到的男人中，最不討厭的一個。」

俞佩玉再往前走，走得更加小心，一步未踏實前，總要先試探試探虛實，對於機關消息，他反應自比別人要靈敏得多。

一路上竟無陷阱，走了兩三丈後，突見兩個白石雕成的裸女，互相擁抱在一起，極盡纏綿之至，不但身材雕塑得玲瓏剔透，纖毫畢現，眉目間更充滿著春情蕩意，此刻雖已滿是塵埃，但無論是誰，只要瞧一眼，仍不免要心跳加速，面紅耳赤。

兩座石像都比常人要大些，恰巧將去路完全堵死。

俞佩玉正想找出上面的掣鈕，將之移開，金燕子已飛紅了臉，一把奪過他的火摺子，哼道：「這地方怎地盡是這種東西，也不怕別人瞧著嘔心麼。」

說著說著，竟一腳踢了過去。

俞佩玉要想攔阻，已來不及了。

那裸女的肚臍裡，已射出一縷淡淡的粉色霧，來勢如矢，筆直向金燕子的臉上噴了過去。

俞佩玉一把將她拉在旁邊，著急道：「你可聞著什麼氣味了麼？」他一急之下，竟忘了屏住呼吸，鼻子裡已吸入一絲胭脂香氣。

金燕子剛搖了搖頭，俞佩玉早已盤腿坐下，運氣調息，金燕子才知道自己又闖下禍了，顫聲道：「你……你……」

俞佩玉拚命用眼色叫她莫再說話，金燕子雖閉住了嘴，心裡卻更是著急，過了半晌，只見俞佩玉長長嘆了口氣，道：「幸好時隔太久，那藥力已有些失效，否則……」

金燕子道：「藥力雖然失效，但我若被那粉霧噴在臉上，還是要命的，是麼？」

俞佩玉道：「也許。」

金燕子幽幽嘆道：「你又救了我一次了。」

俞佩玉用火摺子照著那白石裸女，仔細瞧了半晌，突然道：「你能閉起眼來麼？」

金燕子笑道：「我爲什麼不能瞧瞧。」

俞佩玉苦笑道：「這樞紐所在之地，甚是不雅……」

他話未說完，金燕子已趕緊閉起眼睛，也不知俞佩玉在什麼地方摸了摸，轉了轉，可聽「喀」的一聲，兩座石像終於飛開，讓出中間一尺多通路，金燕子便自兩個裸女的懷抱走了過去。

她忍不住嘆道：「想不到你對這些鬼名堂也如此精通，若不是你，我只怕一輩子也休想能走得進去的。」

俞佩玉緩緩道：「依我看來，能走進去，倒不如走不進去得好。」

金燕子笑道：「爲什麼？這地方處處透著邪門古怪，看來也不知究竟有多少秘密，就算沒有『瓊花三娘子』的事，我也想進去瞧瞧的。」

俞佩玉道：「秘密愈大之處，兇險也愈大……」

金燕子道：「有你在，我還怕什麼？」

俞佩玉只得一笑，當先開路，過了這裸女門後，地上積塵也較少，銀光照耀下，已隱約可以瞧得出地上也有花紋圖案。

這些花紋圖案，竟也俱是男女間的糾纏之態。

俞佩玉仔細瞧了半晌，道：「你瞧著我的腳踩在那裡，也跟著我踩在那裡，千萬錯不得。」他一腳踩下去，正又是十分「不雅」之處。

金燕子一面走，一面啐道：「這鬼地方，真不是正人君子能來的。」

俞佩玉道：「這裡的主人故意如此作法，想必正是要叫正人君子裹足，縱然知道他的秘密，要來也覺不便，否則他又怎能逍遙法外。」

金燕子笑道：「你呢？你不是正人君子麼？」

俞佩玉笑道：「有時是的，有時倒也未必。」

金燕子嬌笑道：「你非但不討厭，簡直有些可愛了……」

話未說完，笑聲突然頓住，只見一個紅衣女子，從上面倒吊下來，一張臉也說不出有多麼猙獰可怖。

金燕子駭極失聲，道：「看來，妄入者死這句話倒真不是嚇人的。」

只見這位紅衣女子亦是屍體完整，死了最多也不過只有兩天。

俞佩玉喃喃道：「埋藏了二十年的地方，一旦被人發現後，立刻就有許多人冒死而來，此間的秘密難道竟真的如此誘人麼？」

走了兩步，又瞧見個紫衣女子的屍身，被一根形式奇古的巨大鐵矛釘在石壁上，她雙手緊緊抓住矛頭，顯然是臨死前拚命想將這鐵矛拔出來，卻再也拔不出，竟被活活的釘死在這裡。

金燕子瞧了一眼，只覺心頭作嘔，幾乎要嘔吐。

此後每走幾步，便可發現一具女子的屍身，有的被刀劈而死，有的面目腐爛，有的竟是在石縫裡活活夾死的。

金燕子顫聲道：「這條路當真步步俱是危機，我若不跟著你走，現在只怕……只怕已和這些女孩子一樣了。」

俞佩玉沉聲道：「她們能走到這裡，已可見她們之中必有能人。」

金燕子道：「你說她們是一齊來的。」

俞佩玉道：「想必俱是一路。」

金燕子默然道：「這些女孩子看來生前必定是又年輕，又漂亮，卻偏偏要到這鬼地方來送死，卻又是爲了什麼呢？」

俞佩玉道：「這原因只有一個，此地雖非『天蠶教』的藏寶之地，但想必也埋葬著一批數量甚大的珍寶了。」

金燕子突然停下腳步，道：「你想那老人將咱們騙來，會不會是要咱們爲他探路呢？」

俞佩玉嘆道：「想來正是如此，所以，他才希望我們武功愈強愈好，又不惜將重要珍貴的寶劍借給你。」

金燕子駭然道：「咱們若能走進去，便無異爲他開了路，縱然得到了寶物，也只好給他，咱們若是死了，也和他沒半點關係，這老人好惡毒的心腸，咱們與他素昧平生，他竟不惜拿咱們的性命來做他的問路石。」

俞佩玉沉吟道：「這其中還有件奇怪的事。」

金燕子道：「什……什麼事？」

俞佩玉道：「你瞧這些屍身，俱是女子，方才那地穴中的枯骨，也全都是女子的，難道來此盜寶的人，竟無一個男的嗎？」

只聽一人淡淡道：「這有兩種原因，你們可想知道麼？」

金燕子聽得這平淡的語聲，臉上立刻變了顏色，拉住俞佩玉的手，道：「他……他跟來了。」

那老人淡淡道：「老夫既要你們開路，自然就是要跟著走進來的，有你們為老夫將埋伏破去，老夫也免得費力了。」

銀光閃動間，他已幽靈般走了出來。金燕子又急又怒，道：「我尊你一聲前輩，居然如此對付我，居然還好意思厚著臉皮承認。」

銀光老人道：「你們雖為老夫吃了苦，但也非全無好處，何況，你們能到此間一遊，就算死也不冤枉了。」

金燕子道：「這究竟是什麼地方？」

銀光老人道：「你們為何不瞧瞧這裡？」

金燕子順著他手指之處瞧去，只見一個青衣女子的屍體旁，石壁上果然又刻著十六個大字：

「溫柔之鄉，行樂之宮。

銷魂蝕骨，亦毒亦兇。」

銀光老人道：「四十年前，這裡正是普天之下的風流俠少夢魂嚮往之地，若能到此一遊，縱然蝕骨銷魂，也在所不惜。」

金燕子駭然道：「為什麼？」

銀光老人道：「只因到了這裡，才知道男人真正的快樂是什麼。哈哈，只可惜享受過這種快樂之後就非死不可了。」

說到這裡，他竟然大笑了幾聲，但笑聲亦是平平淡淡，既無絲毫高低變化，也聽不出絲毫歡愉之意。

金燕子不覺倒抽了一口涼氣，道：「既是如此，這裡為何不見男人的屍身？」

銀光老人道：「只因那時男人都要等到入宮被那銷魂宮主品評之後，才會死的。」

金燕子咬牙道：「女孩子明知這種鬼地方，為什麼還要來呢？」

銀光老人道：「這原因就多了，有的是妒忌這銷魂宮主的美貌，一心想除去她，有的是懷恨自己的夫婿情人被她迷死，前來尋仇……」

金燕子道：「但現在那銷魂宮主縱然還活著，也是個老妖怪了，為什麼還有這許多女孩子要來送死呢？」

銀光老人道：「銷魂宮主雖已死，但她的珍寶秘笈仍在，那些珍寶且不去說它，她的媚功秘笈，數十年來，就是天下女子千方百計想得到手的東西，無論是誰，只要能得到她的媚功，便可令天下的男人都拜倒在裙下。」

金燕子瞧了俞佩玉一眼，臉不覺又紅了，道：「這種髒東西，我瞧都不要瞧。」

銀光老人咯咯笑道：「等你瞧見了時，就再也捨不得放手了。」

他目光忽然轉向俞佩玉，道：「你武功雖不濟，對這旁門雜學倒精通得很，你這樣的人，老夫若是殺了你，倒也可惜。」

俞佩玉微笑道：「此刻還未入宮，你自然不會殺的。」

銀光老人目光灼灼，道：「你若能帶老夫入宮，老夫非但不殺你，還將那藏寶與你平分。」

俞佩玉道：「我若不肯呢？」

銀光老人淡淡道：「你若不肯，現在就休想活下去。」

俞佩玉一笑道：「此地既已有人來過，藏寶說不定已被取去了。」

銀光老人冷冷道：「直到此刻爲止，這裡還沒有一個人活著走出去。」

俞佩玉笑道：「我常常聽說這句話，其實那沒有活人走出去的地方，總是有活人走出去過的，只是別人沒有瞧見而已。」

銀光老人大笑道：「老夫眼瞧著這九個女子進來，親手封死了出路，又在外面等了兩天，若有人走出去，老夫情願挖出這雙眼珠子來。」

俞佩玉目光閃動，緩緩道：「你將那馬嘯天滿門殺死，是否就爲了懷疑他將此地的秘密，洩露給這九個女子知道的。」

銀光老人目光一寒，冷冷道：「你已問得太多了。」

金燕子駭然道：「你爲了懷疑一個人，將他滿門殺死，不嫌這手段太毒辣麼？」

銀光老人淡淡道：「你莫忘了，老夫殺死的乃是天蠶教下。」

金燕子道：「就因爲他們將你的秘密洩露給別人，才殺他們的，是麼？」

銀光老人道：「哼！」

金燕子目光閃動，大聲道：「但天蠶教下，又怎會知道你的秘密？莫非你也是和他們勾結的？」

銀光老人霍然轉身，一掌拍在石壁上，緩緩道：「你也問得太多了。」

金燕子瞧著石壁上的掌印，嘟起嘴再不說話。
俞佩玉摸索了幾乎有半個時辰，不住喃喃道：「難道入宮的門戶竟不在這裡？」
銀光老人道：「前面已無去路，不在這裡，又在哪裡。」
俞佩玉想了想，突將那青衣少女移開，這屍身全身上下都瞧不見傷痕，一雙手卻已黑紫。
他俯下身，用短劍的銀鞘，撥開了這雙手便瞧見這雙手的左右食指上，各有一點血痕，就好像是被蚊子叮過的一個傷口，竟已致命。
俞佩玉站了起來，長長嘆息一聲，喃喃道：「溫柔之鄉，行樂之宮……入宮的秘密，原來就在這兩個『之』字上。」
只見石壁上的字跡，筆劃間也都積滿了塵埃，只有「之」字上的兩點，卻光潤而乾淨，似經人手擦過。
金燕子喜道：「不錯，我也瞧出來了，只要在這兩個『之』字點上一按，門戶就出現，是麼？」說著說著，她一雙手已向那點上按了下去。
俞佩玉一把拉住了她，道：「你難道也要學這青衣女子一樣？若是開一次門，便得犧牲一條人命，這代價豈不太大了麼？」
突見銀光一閃，那老人已奪過短劍，將青衣少女的兩根手指割了下來，同時在兩點上一按。
平滑的石壁裡，突然響起了一陣樂聲，然後石壁便緩緩移開，現出了一重直垂到地的珠簾。

珠光晶瑩，耀眼生輝，上面也出現了十六個字。

「極樂之歡，與君共享。

入此門中，一步登天！」

銀光老人冷漠平淡的面容，已露出激動興奮之色，雙目中光芒閃動，突然仰首大笑道：「銷魂娘子的秘密，今日終於落到老夫手中了。」

大笑聲中，掀開珠簾，大步走了進去。

金燕子卻忍不住拾起他拋下的兩截斷指一瞧，只見那乾枯烏黑的手指尖端，果然又多了兩個小洞。

她瞧了俞佩玉一眼，忍不住嘆道：「你又救了我一次，想不到在這小小兩個點裡，竟也埋伏著殺人的陷阱。」原來兩點之中，各有一枚目力難見的毒針，手指按下去，只能覺出癢了一癢，等到覺出痛時已無救了！

俞佩玉瞧著那晶瑩的珠簾，似在思索著該不該進去，突見一蒼白的手伸出來，拉住了金燕子。

只聽那老人道：「這些藏寶，已有一半是你的，你為何不進來？」一句話未說完，金燕子已被直拉了進去。

俞佩玉在暗中嘆息一聲，苦笑低語道：「鳥盡弓藏，兔死狗烹，這惡毒的老人，想必是不會放過我的……」這時金燕子的歡呼聲已傳了出來，他終於走了進去。

珠簾裡，果然又是另一個天地，俞佩玉只覺滿眼金碧輝煌，珠光寶氣，驟然間竟瞧不出裡面的景象。

金燕子已捧著隻玉杯走過來，杯中亦是寶光燦爛，映得她嫣紅的笑靨更是迷人，她雀躍著笑道：「你瞧見過這麼美的東西麼？」

俞佩玉道：「你喜歡？」

銀光老人笑道：「女孩子瞧見珠寶，有誰不喜歡？」

俞佩玉笑道：「聽你口氣，難道你不喜歡珠寶？」

金燕子道：「他是不同的，男人喜歡珠寶，是因爲它的價值，女子喜歡珠寶，卻是因爲它的美，你瞧，這美不美。」

她將一串珠鍊懸在脖子上，霧般朦朧的珠光，映著她霧般朦朧的眼波，她竟像是有些醉了。

俞佩玉忍不住嘆道：「珍珠雖美，又怎及你的眼波？」

金燕子垂頭而笑，一朵紅雲，已悄悄爬上面頰。

那銀光老人卻全未瞧她一眼，對四下價值連城的珠寶，竟也似全都不屑一顧，只是不住在四下搜索。

珍珠、翡翠、白玉……一件件被他拋在地上，如拋垃圾，他所尋找之物，難道竟比這些珠寶還要珍貴？

金燕子悄聲道：「你想他可是在找那銷魂秘笈麼？」

俞佩玉道：「想必是的。」

金燕子吃吃笑道：「他又不是女人，就算學會這銷魂宮主的媚術，又有何用？」

俞佩玉沉吟道：「也許他所學的武功，與這銷魂宮主本是一路，兩相參照，自有益處，也許他有個女兒……」

話未說完，那老人突然縱聲狂笑起來。

只見他蒼白的手掌裡，緊緊抓著幾本粉紅絹冊，那歡喜雀躍之態，簡直比金燕子瞧見珠寶時還要開心。

俞佩玉卻忍不住長長嘆息了一聲。

銀光老人笑叱道：「老夫夙願得償，你也該爲老夫開心才是，卻嘆的什麼氣？」

俞佩玉道：「在下突然想起了『鳥盡弓藏』這句話，是以不免嘆息。」

銀光老人大笑道：「老夫說過不殺你，豈有食言背信之理。」

他左手在洞穴中央虛空一劃，又道：「老夫非但絕不傷你性命，還要依約將此間珠寶分一半給你，以此爲界，左邊一半珠寶全是你的，你只管取去吧。」

金燕子笑道：「閣下言而有信，倒也不枉我稱你一聲前輩。」

俞佩玉卻淡淡道：「前輩縱將此間珠寶全都賜給在下，在下帶不出去，也是枉然。」他身形始終有意無意間擋在門前，不肯移動一步。

銀光老人笑道：「你的武功縱不佳，兩斤力氣總是有的，用個包袱將這些珠寶一包，不就全部扛走了麼？」

俞佩玉還是淡淡笑道：「前輩雖不傷我性命，但在下去包這珠寶時，前輩只怕就要一掠而出，將這門戶封死，那時縱將世上的珍寶全歸於我，也是無用的了。」

銀光老人想不到這看來老老實實的少年，居然也能瞧破自己的心事，怔了一怔，惱羞成怒，喝道：「你擋在這裡，老夫難道就不能出去了麼？」

喝聲中，五指如鈎，直扣俞佩玉的脈門。

俞佩玉手掌一翻，反向他脈門劃了過去，竟是連滑帶打的妙著，老人一驚，右掌急拍而出。

俞佩玉竟然不避不閃，一掌迎了上去，雙掌相擊，如擊鼙鼓，兩人身形竟都往後退了三步。

銀光老人既未想到這少年招式如此精妙，更未想到他真力如此充沛，驚怒之下，猙獰笑道：「不想你竟是個好角色，老夫倒看走了眼了。」

一句話說完，已攻出十餘招，奇詭的招式間，已似帶些邪氣，俞佩玉見招拆招，半步不退，但病毒初癒，十餘招接下來，氣力也覺不濟，瞧著金燕子大喝道：「你還不快衝出去。」

金燕子竟也瞧得呆了，此刻一驚，卻笑道：「兩個人打一個，總比一個人好，我也來……」

俞佩玉不等她說完，已截口道：「以你的武功，出手也是無用的，先衝出去再說，莫要管我。」說話間微一分神，已被老人逼退了兩步。

金燕子瞧著他兩人間不容髮的招式，自己竟實在插不了手，只得嘆了口氣，一個箭步自那老人身側飄出。

誰知那老人背後也似長著眼睛，反手一掌，金燕子便已招架不住，但覺胸口一熱，又向後直跌了出去。

俞佩玉乘這老人反掌而擊時，出拳如風，又攻回原地，道：「你受了傷？」

金燕子身子已發麻，卻強笑道：「我不妨事，你莫要管我。」

俞佩玉見她的笑容，卻已知道她短時間只怕是站不起來的了，心裡一亂，已被那老人兩掌震了出去。

金燕子失聲驚呼：「你沒事麼？」

俞佩玉咬緊牙關，又接了老人三掌，兩人一個在簾內，一個在簾外，三招過後，珠簾已散落了一地。

金燕子嘶聲道：「你怎地不說話，莫非是受了傷？」

俞佩玉只得大聲道：「你只管放心，我……」

他嘴裡一說話，真氣又一弱，又被逼退兩步，已完全退出門外。

銀光老人隨著攻出數招，大笑道：「你兩人倒真不愧同命鴛鴦，互相如此關心，老夫瞧得倒羨慕得很。」

十 同命鴛鴦

俞佩玉正想乘銀光老人說話分心時再攻回原地，怎奈竟已力不從心，紮在頭上的白布，都已被汗水濕透。他此刻如是轉身而逃，也許還有希望可以衝出去，但他怎能拋下金燕子不管呢。

那老人顯然也已瞧破他心意，獰笑道：「你此刻若不回去，老夫就先封起這門戶，將她困死再說，那時你便連同命鴛鴦都做不成了。」

俞佩玉嘆了口氣，道：「既是如此，你就讓路給我過去吧。」

老人哈哈一笑，果然向旁邊退出了幾步，只見俞佩玉黯然走了過來，誰知他剛走到門口，突然翻身攻出兩拳。

這兩拳勢不可擋，老人竟又被逼退兩步，那門戶就完全空了出來，俞佩玉咬牙大呼道：「我替你擋住了他，你快走。」

金燕子果然踉蹌奔出門來，顫聲道：「你……你呢？」

俞佩玉簡直急得要發瘋，真想扼住金燕子的脖子，對她說：「你難道不會等逃出之後，再設法來救我。」

但他此刻已被逼得透不過氣來，竟開不了口。

銀光老人咯咯笑道：「他爲了救你而寧可自己不走，你難道忍心一個人走麼？」

金燕子跺腳道：「我自然不會一個人走，我們要死也死在一起。」

銀光老人大笑道：「對了，這樣才不愧有良心的人，老夫倒也佩服。」

俞佩玉又急又氣，真恨不得一腳將金燕子踢出去，急怒之下，心神又分，只覺胸口一熱，已被老人震入了門戶之中。

這一次他再也無力攻出。

只聽老人大笑道：「姑娘難道不進去麼？」

金燕子嘶聲道：「我自然會進去的，用不著你費心。」

俞佩玉還想喝止，但話未說出，金燕子已踉蹌跌了進來，撲進他懷裡，但聞那老人狂笑不絕，道：「老夫說過不殺你，就不殺你，但你們自己若被悶死，卻怨不得老夫了。」接著「喀」的一響，石門已關起。

洞穴中突然變得死寂，連笑聲都聽不見了。

金燕子呆了半晌，眼淚終於流下面頰，顫聲道：「都是我連累了你，但你……你爲何不一個人逃走。」

俞佩玉嘆道：「你又爲何不走，你難道不能等逃出去後，再設法來救我麼，那樣豈非比兩個人都被困死強得多。」

金燕子怔了怔，卻又突然「噗哧」一笑。

俞佩玉皺眉道：「你笑什麼？難道這道理不對麼？」

金燕子幽幽道：「你既然早已想通這道理，爲何又不自己先逃出去，再設法來救我？」

這次俞佩玉也不禁怔住了，怔了半晌，苦笑道：「方才我只道你是個傻姑娘，卻不想我比你還要傻得多。」

金燕子柔聲道：「你一點也不傻，你只是爲了太關心我，處處想著我，卻將自己忘了。」

俞佩玉忍不住輕撫著她的頭髮，嘆道：「那麼你呢？你豈非也是爲了我，而忘了自己麼？」

金燕子嚶嚀一聲，整個人都鑽進他懷裡。

俞佩玉幼年喪母，在嚴父管教下成長，雖然早已訂下親事，但卻連未來妻子的手指都未沾過，又幾時享受過這樣的兒女柔情，一時之間，他但覺神思迷惘，也不知是樂是悲？是愁是喜？

人們在這種生死與共的患難中，情感往往會在不知不覺間滋長，那速度簡直連他們自己都想像不出。

連想像都無法想像的事，又怎能阻止得住。

也不知過了多久，金燕子一躍而起，紅著臉笑道：「你瞧，我們竟都變成了呆子，竟未想到這門既能從外面打開，自然就更能從裡面打開了，否則那銷魂宮主活著時，難道都要等人從外面開門麼？」她愈想這道理愈對，不禁愈說愈是開心。

俞佩玉卻又長嘆了一聲，苦笑道：「那老人既已知道這門戶樞紐所在，掌中又有那般鋒利的劍，只要舉手之勞，就可將機關弄壞，這石門重逾千斤，機簧若是被毀，還有誰能推得開，他既要將我們困死在這裡，自然早已想到這其中的關鍵。」

金燕子怔了怔，笑容突然不見，吶吶道：「但……這裡的珠寶，他難道全不要了麼？」

俞佩玉嘆道：「人既被困死在這裡，珠寶自然更不會跑了，反正遲早總是他的，他又何必著急，何況，他目的本就不在這些珠寶上。」

金燕子頹然坐了下來，怔了半晌，突又展顏一笑，道：「在今天早上之前，我真是做夢也想不到會和你死在一起，但奇怪的是，我現在竟一點也不覺害怕，我現在才知道，死，並不是我想像中那麼可怕的事，何況我能和你死在一起，總比那八個女孩子強得多了。」

俞佩玉眼睛突然一亮，失聲道：「你說那八個女孩子？」

金燕子也不知他為何突然叫起來，吃吃道：「是，是呀。」

俞佩玉抓住她的手，道：「你瞧清楚了麼？的確是八個？不是九個？」

金燕子想了想，道：「不多不少，正是八個。」

她忍不住又道：「但八個九個，又和咱們有什麼關係？」

俞佩玉大聲道：「有關係的，簡直大有關係了。」

金燕子瞧他竟似喜動顏色，不禁更是奇怪，問道：「有什麼關係？那些女孩子豈非都已死了麼？」

俞佩玉緊緊握住她的手，道：「那老人說親眼瞧見九個女孩子進來，以他的眼力，自然不會看錯，而你卻只瞧見八個女子的屍身，也沒有瞧錯。」

他長長吐了口氣，眼睛盯著金燕子，一字字道：「那麼，我問你，第九個女孩子，到哪裡去了？」

金燕子似懂非懂，喃喃道：「是呀，那第九個女孩子，難道不見了麼？」

俞佩玉道：「偌大的一個人，怎會不見。」

金燕子道：「是呀，那麼大的人，又怎會不見呢？」

俞佩玉失笑道：「你難道還不懂，那第九個女孩子蹤影不見，想必是因爲這裡還另有出路，否則她難道鑽進地下了不成？」

金燕子也終於懂了，忍不住跳起來抱住俞佩玉，嬌笑道：「你真的一點也不傻，我卻真的是個傻丫頭。」

死在眼前生機突見，他們當真說不出的歡喜。

但他們卻實在太歡喜了些，竟忘了那九個女子既然爲了此間的寶藏而來，若是真的已從另一條路走了出去，爲何竟未將藏寶帶走？

她既已入了寶山，難道還會空手而回麼？

那銀光老人是在形式奇特的、落地的石櫃裡，找到銷魂秘笈的，此刻那石櫃的門，仍然開著。

石櫃前，有隻青灰色的蒲團，仔細一瞧，卻也是石頭雕成的，雕刻之精妙細膩，幾乎已可亂真。

孤零零一隻蒲團放在那裡，已顯得和這石室中其他地方都極不調合，何況這蒲團又是以青石雕成的。

更何況在俞佩玉的記憶中，蒲團下總是會隱藏著些秘密，他一眼瞧見了這隻蒲團，就立刻走了過去。

但這隻蒲團卻像是連根生在地上的，扳也扳不動，抬也抬不起，無論向任何方向，旋轉俱是紋風不動。

俞佩玉失望地嘆了口氣，抬起頭，突然瞧見櫃子裡的石壁上，也雕滿了一雙雙淫猥的人像。

而這裡的每一雙人像，竟都巧妙地盤成一個字。

「得我秘笈，入我之門。

傳我心法，拜我遺靈。

凶吉禍福，唯聽我命。

違我留言，必以身殉。」

這四行似偈非偈的銘語旁，還有幾行較小的字。

「得我秘笈藏寶，當即跪於蒲團，面對此壁，誠心正意，以頭頓地，叩首九九八十一次，以行拜師之禮，自然得福，若是違我遺命，得寶便去，我之鬼魂，必奪汝命，切記切記。」

那銀光老人顯然並未將這銷魂娘子的遺言放在心上，他自然不會相信一個死人還能要他的命。

但俞佩玉微一沉吟，卻真的跪在蒲團上，叩起頭來。

金燕子忍不著驚笑道：「你難道真想拜這死人爲師麼？」

俞佩玉一面叩首，一面微笑道：「這銷魂宮主生前行事，已令人不可思議，臨死時，必定更要絞空心思，來想些怪主意。」

金燕子嘆道：「一個人能像她那樣活著，自然不甘心沒沒而死。」

俞佩玉道：「所以，我想她既然花費這麼大功夫，刻下這些遺言，就絕不會全無用意，這其中必定還有秘密。」

金燕子皺眉道：「但一個死人，又能做出什麼事來呢？……」

心念一轉，臉色突然變得蒼白，顫聲道：「莫非……莫非她並沒有死？」

她說完了這句話，俞佩玉已叩完了八十一個頭。

突然間，只見那刻滿了字的石壁，竟一分爲二，向兩旁分開，石壁後燦爛輝煌，強光炫人眼目。

也就在這同一刹那間，那石蒲團竟如流星般向石櫃裡滑了過去，俞佩玉跪在堅硬而又凹凸不平的石頭上，叩了八十多個頭，雙膝自然有些痲木痠痛，還未來得及躍起，那蒲團已載著他滑入了裂開的石壁。

俞佩玉身不由主，但覺光芒耀眼，什麼也瞧不見，這時蒲團卻驟然改變了個方向，向後滑出。

俞佩玉身子向前一栽，已跌在地上，只覺「噗」的一聲，他身子像是壓破了一種什麼東西。

接著，便有一股煙霧，爆射而出，蒲團已又退出石壁，石壁立刻又合起，幾乎都是在同一剎那裡發生的。

這一剎那裡的變化實在太多，太快，俞佩玉也是應變不及，鼻子裡已吸入了一絲胭脂的香氣。

香氣雖甜美，卻必定蝕骨刺腸。

俞佩玉再也想不到了這遵守銷魂宮主的遺命後，換來的竟是這種「福氣」，他想屏住呼吸，卻已來不及了。

金燕子但覺一陣強光，照得她睜不開眼來。

她依稀只瞧見那蒲團帶著俞佩玉滑入了石櫃裡，等她眼睛再瞧見東西時，蒲團已退回原地。

再瞧那櫃子，還是和以前一樣，像是毫無變化。

但俞佩玉卻已不見了。

金燕子整個人都呆在那裡，簡直不能相信自己的眼睛，這是怎麼回事？……這究竟是怎麼回事？

她幾乎忍不住要放聲驚呼出來。

但此時此刻，她就算喊破喉嚨，也沒有人會聽見。

金燕子闖盪江湖，也曾屢次出生入死，究竟不是普通女孩子，她在俞佩玉身旁，雖然是那麼嬌弱。

但世上又有那個女孩子，在男人身旁不顯得分外嬌弱呢？她們在男人身旁，也許連一尺寬的溝都要別人扶著才敢過去，但沒有男人時，卻連八尺寬的溝也可一躍而過，她們在男人身旁，瞧見老鼠也會嚇得花容失色，像是立刻就要暈過去，但男人不在時，就算八十隻老鼠，她們也照樣能打得死。

現在，只剩下金燕子一個人了，她知道現在無論什麼事，已全都靠自己想法子，再也沒有人可以依靠。

女孩子在沒有人可以依靠時，就會突然變得堅強起來，能幹起來，何況，金燕子本來就不是軟弱無能的。

她反覆去瞧壁上的字，反覆思索，突然失聲道：「我明白了。」

原來這石蒲團下，果然是有機關的。

這蒲團既不能扳開，也不能旋轉，卻要人的重量壓上去，再加上彎腰叩頭時，因動作生出的力量。等到叩到第八十一個頭時，那力量恰好足夠將蒲團下的機簧扳動，引動石壁，石壁一開，便引動另一根機簧，將蒲團帶進去，等到這一根機簧力盡時，蒲團又彈回，石壁也隨之合起。

這道理說穿了十分簡單，只不過銷魂宮主故弄玄虛，使這一切事看來都有說不出的恐怖神秘。

金燕子再不遲疑，立刻也跪在蒲團上，叩起頭來，但叩到第五十二個頭時，突又一躍而起。

她目光四轉，找到了一個三尺寬的鐵箱子，就將這鐵箱的蓋子揭了下來，反轉一手，將這鐵箱蓋頂在後面腰上。

然後，她才又跪到蒲團上去叩頭。

誰知她叩完了八十一個頭，那蒲團還是動也不動，金燕子不禁又怔住，難道這機關用過一次後，就不靈了。

但她還是不死心，想再試一次。

這一次她剛叩了四五個頭，蒲團就箭一般滑了出去。

原來她身子苗條，重量不夠，身後雖然有個鐵蓋，但卻令她腰彎得不夠低了，所以直等她叩到八十六個頭時，那力量才夠將機簧扳動。

她一瞥之下，人已滑入石櫃。

入了石壁後，蒲團便又彈了回去。

但金燕子卻早已有了打算，她身子剛向前一栽，兩隻手已將那鐵箱蓋往後面甩了出去。

金燕子之暗器在江湖中也是一絕，手上的力量，拿捏得自然不差，那鐵箱蓋恰巧被她甩在石壁間。

石壁合起來，卻被這鐵蓋卡住，雖然將這鐵箱蓋夾得「吱吱」作響，卻再也無法完全關起來。

這時，金燕子眼睛終於已習慣了強光，終於瞧清了這秘窟中的密窟，究竟是什麼情況。

這是個八角形的石室，四壁嵌滿了龍眼般的明珠，每一粒明珠後，都有片小小的銅鏡。無數面銅鏡，映著無數粒明珠，珠光燦爛，看來就如滿天繁星，全都被那銷魂宮主摘下。

石室中央，有一具巨大的石棺，除了石棺外，自然還有些別的東西，但金燕子卻已都沒有心去瞧了。

她心裡只惦念著俞佩玉。

只見俞佩玉盤膝坐在那裡，全身都在顫抖，裹在頭上的白布，宛如被一桶水自頭上淋下，更已濕透。

金燕子忍不住驚呼道：「你……你怎地變成這樣子了？」

俞佩玉緊咬著牙，連眼睛都沒有張開。

金燕子又驚又怕，剛想去拉他的手，誰知俞佩玉突然反手一掌，將她整個人都打得直跌出去。

金燕子失聲道：「你這是怎麼回事？」

俞佩玉哼聲道：「你……你莫要管我，讓我靜靜調息，就會好的。」

他說每一個字，都像是花了無窮力氣。

金燕子再也不敢說話，只見俞佩玉身旁，有一灘亮光閃閃，粉紅色的碎片，她也瞧不出是什麼。

再瞧那石棺後，也有個石櫃，門也已被打開。

這石櫃裡竟擺著七、八十個粉紅色的琉璃瓶子，閃著亮光，看來就和俞佩玉身旁的那碎片質料一樣。

瓶子旁，還有幾本粉紅色的絹冊，卻和銀光老人取去的毫無不同，只是書頁零亂，像是已被人翻動過。

金燕子只當是俞佩玉動過的，忍不住也走過去拿起來瞧瞧，只瞧了兩頁，臉已通紅，一顆心已跳了起來。

這上面第一頁是寫著：

「銷魂秘笈，得之極樂。

銷魂秘藥，得之登天。」

這十二個字旁邊還寫著：「此乃銷魂真笈，唯世間有福女子方能得之，習此一年，已可令天下男子神魂顛倒，習此三年，便可媚行天下。外間所有者，乃秘笈僞本，切切不可妄習，否則便將沉溺苦海，不能自拔，百痛纏身，直至於死，此乃爲師門所予違我遺言者之教訓，汝既已至此，得此秘笈，終汝一生，極樂無窮矣。」

金燕子瞧到這裡，已不禁暗驚於這銷魂宮主心胸之狹，手段之毒，竟連死後還不肯放過不聽她話的人。

她生前如何，自是可想而知。

瞧到第二頁時，金燕子臉已發起燒來，她簡直連做夢都想不到世上竟會有這樣的事，這樣的法子。

她幾乎忍不住要將之立刻毀去，但不知怎地卻又有些捨不得，正在遲疑時，突然靈機一動，暗道：「他莫非就是中了這瓶子裡的毒？這秘笈中想必定有解法……」

這正是最好的理由，讓她可以繼續瞧下去，又瞧了幾頁，她就發現這秘笈上果然寫著：「瓶中皆爲催情之藥，或爲水丸，或爲粉末，男子受之，若不得女體，必將七竅流血而死。」

瞧到這裡，金燕子不覺驚呼出聲，抬起頭，只見俞佩玉正瞪著眼在瞧她，眼睛裡竟像是要噴出火來。

金燕子被他瞧得全身發熱，一顆心幾乎要跳出腔子來，心裡又驚又怕，卻又有種說不出的滋味。

俞佩玉牙齒咬得「吱吱」的響，道：「你……你快走……快……」

金燕子卻還是呆呆的站在那裡，這少年爲了她才落得這模樣，她難道能忍心瞧著他七竅流血而死？

她突然嫣然一笑，向俞佩玉走了過去。

她只覺心裡像是有隻小鹿在東撞西撞，全身都已開始發軟，也分不清是驚？是怕？是羞？是喜？

俞佩玉眼睛盯著她，顫聲道：「你莫要過來，求求你，莫要過來！」

金燕子閉起眼睛，嚶嚀一聲，撲入俞佩玉懷裡。

她決定犧牲自己——但無論那一個女孩子，都絕不會爲一個自己不喜歡的男人作這種犧牲的。

金燕子緊閉著眼睛，卻放鬆了一切！

她已準備奉獻，準備承受……

誰知就在這時，她只覺腰畔一麻，竟被俞佩玉點了穴道，接著，整個身子竟被俞佩玉拋了出去。

接著，鐵箱蓋被踢飛，石壁已合起。

金燕子又是驚訝，又是感激，卻不知怎地，竟似又有些失望，這幾種感覺混在一起，也不知是何滋味。

她知道俞佩玉理智還未喪失，不忍傷害她。

她知道俞佩玉點了她穴道，是怕她再進去，而他將石壁再封死，卻是爲了防備自己忍不住時再衝出來。

這門戶顯然也是無法從裡面打開的。

現在，俞佩玉在裡面，已只有等死。

金燕子淚流滿面，嘶聲道：「你……你爲何這麼傻，你難道以爲我只是爲了救你才這樣做麼？我本就情願的呀，你難道不知道我本就喜歡你……」

石室中，竟有秘密的傳聲處。

金燕子的呼聲，俞佩玉竟能聽得清清楚楚，但這時他就算想改變主意，卻已來不及了。

他搥打著石壁，顫聲道：「你知道，我不能這樣做！我不能毀了你。」

金燕子也聽見他的聲音，大呼道：「但你若不能這樣，就只有死。」

俞佩玉道：「我……我實在……」

金燕子痛哭道：「你難道情願死，也不願要我？」

俞佩玉道：「求你原諒我。」

金燕子道：「我恨你，我恨你……我永遠也不能原諒你，你只知道不忍傷害我，但你可知道這樣拒絕了我，對我的傷害卻又是多麼重。」

她自己實在不知道自己怎會說出這樣的話來。

也許，她只是想將俞佩玉弄出來。

俞佩玉全身都已像是要爆裂，大呼道：「我錯了，我的確是錯了，我本也是喜歡你的。」

金燕子心裡還存萬一的希望，道：「你為何不出來？你現在難道不能出來了麼？」

俞佩玉道：「來不及了，現在已來不及了。」

金燕子痛哭道：「你可知道，你不出來只有死？」

俞佩玉顫聲道：「我雖然死，也是感激你的。」

他身體裡像是有火在燃燒，已完全崩潰了。

她竟不知道，此刻，那石棺竟已打開，已有一個比仙子還美麗，卻比鬼魂還冷漠的女子，自棺中走了出來。

這石棺中的艷屍，難道真的已復活！

她穿的是一身雪白的衣服，臉色卻比衣服更白。

她瞧著俞佩玉在地上掙扎，突然冷笑道：「你們兩人真的是一雙同命鴛鴦，你們死後，我必定將你們葬在一起。」語聲也是冰冰冷冷，全無絲毫感情。

她的人就算未死，心卻早已死了。

俞佩玉聽得這語聲，大驚轉身，立刻就瞧見了她的臉，這張美麗的臉，在他眼裡，竟比鬼還要令他吃驚。

這幽靈般的女子，竟是林黛羽。

死在地道中的八個少女，竟都是百花門下。

林黛羽竟就是那神秘失蹤的第九個。

俞佩玉駭極大呼道：「林黛羽，你……你怎會在這裡？」

林黛羽臉色也變了，失驚道：「你是誰？怎會知道我名字？」

俞佩玉大呼道：「我就是俞佩玉。」

林黛羽怔了怔，冷笑道：「原來你就是那俞佩玉，你居然還不肯改名字。」

俞佩玉呼道：「我本來就是俞佩玉，我爲何要改名字？」

林黛羽冷冷道：「無論你改不改名字，現在都已沒關係，反正你已要死了，你既也知道了這裡的秘密，就只有死。」

俞佩玉掙扎著站起來，突然瞧見那石棺中，竟還有具艷麗絕世顏色如生的女子屍身。

俞佩玉又不禁失聲道：「這……這究竟是怎麼回事？」

林黛羽道：「你吃驚麼？告訴你，這棺中的，才是真正銷魂娘子的艷屍，她活著時顛倒眾生，死了也捨不得讓自己容顏腐蝕。」

俞佩玉道：「那麼你……你呢？」

林黛羽冷冷道：「我聽得有人要進來，才躲入棺中的，我知道你武功不弱，又何苦多花力氣，和你動手。」

俞佩玉恍然道：「原來那迷藥，也是你佈置下的。」

林黛羽冷笑道：「我自己也是被那蒲團帶進來的，算準了蒲團退回時，上面的人必定要往前栽倒，所以就先將迷藥放在那裡，要你死，我何必自己動手。」

俞佩玉此刻才對一切事全都恍然，頓聲道：「你……幾時變得如此狠毒的？」

林黛羽道：「這世上狠毒的人太多，我若不狠，就要被別人害死。」

俞佩玉慘笑道：「但我卻是你未來的丈夫，你怎能……」

話未說完，林黛羽已一掌摑在他臉上，厲叱道：「我未來的丈夫已死了，你竟敢佔我的便宜。」

這一掌下手又狠又重，俞佩玉卻像是全無感覺，只是用一雙佈滿紅絲的眼睛盯著她，不住喃喃道：「你是我的妻子……你是我未來的妻子。」

林黛羽被他這種眼光瞪得害怕起來，道：「你……你想怎樣。」

俞佩玉嘴角泛起一絲奇特的笑容，嘴裡還是不住喃喃道：「你是我未來的妻子，你是我……」

突然向林黛羽撲了過去。

他本以內力逼著藥力，是以還能保存最後一分理智，但此刻藥力終於完全發作，他已再也忍受不住。

何況，面前這人，又本是他未來的妻子。

林黛羽又驚又怒，反手又是一掌摑在他臉上，怒喝道：「你這瘋子，你敢。」

俞佩玉不避不閃，捱了她一掌，還是毫無感覺，眼睛裡的火焰卻更可怕，還是向她撲過去。

林黛羽這才想起他臉上是紮著布的，出手一拳，直擊他胸膛，誰知這一拳竟還是傷不了他。

這時俞佩玉藥力發散，全身都漲得似要裂開，林黛羽的拳勢雖重，打在他身上卻像是爲他搥背似的。

林黛羽駭極之下，突然反身而逃。

俞佩玉瘋狂般追過去。

這溫雅的少年，此刻竟已變成野獸。

外面的金燕子，早已被這變化駭呆了，她雖然瞧不見裡面的情況，但聽這聲音，已有如眼見。

她忍不住大呼道：「俞佩玉，你在做什麼？」

裡面只有奔跑聲、喘息聲，卻沒有回答。

金燕子也不知怎地，突覺心裡也似要爆炸，竟又大呼道：「你為什麼不要我？反而要她？」

俞佩玉喘息著道：「她……她是我……」

金燕子嘶聲道：「你說過，你是喜歡我的，是麼？」

俞佩玉道：「我是……不是……不是……」

林黛羽聽得更怒更恨，大叫道：「你這瘋子，你既喜歡她，為何不去尋她？」

俞佩玉道：「我喜歡你，你……你是我妻子。」

林黛羽怒罵道：「放屁，誰是你妻子。」

金燕子卻已在外面放聲痛哭起來。

這情況的複雜，簡直誰也想像不到，誰也描敘不出，這三個人關係本已微妙，愛恨本已糾纏不清。

造物主卻又偏偏在這最難堪的時候，最難堪的情況下，將這三個關係最複雜的人安排到一起。

若是仔細去想，就知道世上委實沒有比這更瘋狂，更荒唐，更離奇，更不可思議的事了。

而這所有的事，竟都是個死人造成的，石棺中那銷魂娘子的艷屍，嘴角豈非猶帶著微笑。

金燕子痛哭著，她自己也不知道自己為何要哭，與其說她悲痛、失望，倒不如說她自覺受了侮辱。

突然間，林黛羽傳出了一聲驚呼，這一聲驚呼就像是一根針，直刺了金燕子的心裡去。

她知道林黛羽終於已被俞佩玉捉住。

然後便是掙扎聲、怒罵聲、呻吟聲、喘息聲，拳頭擊打胸膛聲，突然又有「噗」的一聲。

於是金燕子就什麼聲音都聽不到了。

這無聲的寂靜，竟比什麼聲音都要令金燕子難受，她想要哭的聲音更響些，卻連哭都已哭不出來。

也不知過了多久，突然一陣腳步聲傳了過來。

金燕子心裡一喜：「莫非是俞佩玉來救我了？」她本不是心胸狹小的人，恨一個人總是恨不長的。

誰知這腳步聲竟非來自裡面，而是自洞外傳來的

那銷魂娘子在世時，想是要將這洞穴裡裡外外，每件事都聽得清清楚楚，是以便將傳聲的設備，造得分外靈敏。

只見一個女子嬌笑道：「巧手三郎，果然是名不虛傳，我若不是將你請來，只怕真的一輩子也休想走到這裡。」

這聲音雖然微帶嘶啞，但卻又甜又膩，說話的人，像是隨時隨地都在向人撒嬌發嗲似的。

另一個男人語聲大笑道：「這倒不是我要在你面前吹噓，除了我大哥、二哥和我之外，別的人要想好生生走到這裡，只怕難得很。」

那女子嬌笑道：「你這麼能幹的男人，想必有許多女孩子喜歡的，卻怎會到現在還未成家，倒真是奇怪得很。」

那巧手三郎嘻嘻笑道：「我是在等你呀。」

兩人嘻嘻哈哈，居然打情罵悄起來，若是俞佩玉在這裡，早已聽出這女子便是那一怒出走的銀花娘。

但金燕子卻不知道這兩人是誰，只覺他們討厭得很，而自己卻偏偏不能動彈，想躲都躲不了。

金燕子不覺又是吃驚，又是著急，只望那銀光老人真的已將機關徹底破壞，叫這兩人進不來。

只聽那巧手三郎突然「咦」了一聲，頓住笑聲，道：「這門上機簧樞紐外的石壁，怎地竟被人用利劍挖了個洞，而且還將機關用鐵片卡住了，難道是怕人從裡面走出來麼?」

銀花娘也訝然道：「裡面怎會有人走出來?這裡的秘密，我爹爹只告訴了我姐妹三人，並沒有別人知道呀。」

巧手三郎道：「這秘密必已洩漏，此地也必定有人來過，能來到這裡的人，必非庸手，我看咱們不如……」

銀花娘嬌笑截口道：「來的人縱非庸手，但『如意堂』的三少爺，也不會怕他的，是麼？」

巧手三郎大笑，道：「我怎會怕他……我什麼都不怕，我只怕你，你若再得到銷魂娘子的幾手功夫，我可更要招架不住了。」

銀花娘吃吃笑道：「我要學銷魂娘子的功夫，也是爲了侍候你呀。」

笑聲中，「格」的一響，門戶已開了。

一個身穿淡綠衣衫，手裡拿著雙分水峨嵋刺的少年，「嗖」地竄了進來，身手看來竟是十分矯健。

他面色慘白，鷹鼻削腮，看來一副酒色過度的模樣，但眼睛倒還有神，目光四下一轉，就盯在金燕子身上。

金燕子的大眼睛也瞪著他，卻不說話。

巧手三郎突然笑道：「你瞧，這裡果然有人進來，而且還是個模樣蠻標緻的小妞兒哩，但卻不知被誰點住了穴道了。」

銀花娘歡呼著走了進來，居然穿了件規規矩矩的衣裳，但那雙眼睛，還是一點也不規矩，眼皮一轉道：「點她穴道的人，怎地不見了？」

巧手三郎走過去，腳尖在金燕子身上輕輕一點，也說不出有多輕薄，可恨金燕子簡直要氣瘋了。

這巧手三郎卻嘻嘻笑道：「小姑娘，是誰點了你穴道的呀，這人實在太不懂憐香惜玉，你告訴我，他到哪裡去了？我替你出氣。」

銀花娘吃吃笑道：「好妹子，你就快告訴他吧，咱們這位三郎，天生的多情種子，瞧見漂亮的女孩子受了欺負，他比誰都生氣。」

巧手三郎大笑道：「這話怎地有些醋味。」

銀花娘伸手勾住他脖子，道：「我不喜歡你，會吃醋麼？」

巧手三郎骨頭都酥了，笑道：「我有了你，怎會還瞧得上別人，你那兩條腿……」話未說完，突然倒下去，連一聲慘呼還未發出，就已斷氣，臉上還帶著笑容，連自己都不知道自己是怎麼死的。

金燕子也想不到有這變化，也不覺嚇呆了。

銀花娘卻連眼睛都沒有眨一眨，瞧著金燕子笑道：「這樣的男人，瞧見女人就想佔便宜，死了也不冤，但我若不是爲了你，還真有點捨不得殺他哩。」

金燕子睜大眼睛，道：「你爲了我？」

銀花娘柔聲道：「好姐姐，你雖不認得我，但我一瞧你這身衣服，可就認出你了，你就是名滿江湖的女俠金燕子，是麼？」

金燕子道：「你是誰？」

銀花娘嘆了口氣，幽幽道：「我是個孤苦伶仃的女孩子……」

金燕子大笑道：「你有父親，又有姐妹，怎可算是孤苦伶仃？」

銀花娘眼珠子一轉，眼淚像是立刻就要流下來了，垂首道：「我雖有父母姐妹，但他們……他們卻都討厭我，我既不會討他們的歡喜，又沒有他們那麼心狠手辣。」

金燕子瞧她這副模樣，心已有些軟了，但還是大聲道：「瞧你方才殺過人，難道還不算心狠手辣麼？」

銀花娘顫聲道：「你可知道，我爲了要他帶我到這裡來，受了他多少欺負，我若不殺了他，一輩子就都要受他的凌侮。」

她突然撲在金燕子身上，痛哭道：「好姐姐，你說，這能怪我麼？」

金燕子心更軟了，嘆了口氣，道：「不錯，這實在不能怪你，世上有些男人，的確是該殺的。」

她實在想不出這少女有騙她的理由，這少女若是對她有惡意，豈非早已可以一刀將她殺了。

卻不知銀花娘的心機，她簡直一輩子也休想猜得到。

她雖然也有些江湖經驗，但和銀花娘一比，簡直就像小孩子似的，銀花娘就算將她賣了，她還不知是怎麼回事呢？

這時銀花娘早已解開了她的穴道，嫣然笑道：「想不到這位姐姐你竟能諒解我，我不知有多麼感激你。」

金燕子嘆道：「你救了我，我該感激你才是。」

銀花娘垂下了頭，忽然道：「我心裡有句話，不知該不該說。」

金燕子道：「你爲何不說？」

銀花娘垂著頭，幽幽道：「我孤苦伶仃，不知道你肯不肯收我這個妹妹。」

金燕子怔了怔，失聲道：「我們不是剛認識麼？」

她話未說完，銀花娘眼淚已流了下來，道：「我自己的親姐姐都不肯要我了，別人又怎麼會要我，我……我真傻，我……我……」

說著說著，又痛哭起來。

金燕子忍不住摟住了她，柔聲道：「好妹妹，誰說我不肯要你，但……你總該先告訴我，你叫什麼名字呀。」

銀花娘展顏一笑，道：「我真糊塗……好姐姐，請受妹子花銀鳳一拜。」

她居然真的拜倒在地。

金燕子趕緊扶起了她，笑道：「我是金燕子，你是銀鳳凰，看來倒真像是天生的姐妹。」

其實她自己也是孤身飄泊，沒有親人，如今突然收了個這麼美麗的妹妹，心裡也不覺甚是歡喜。

她卻不知她這妹並非「鳳凰」，而是隻「母狼」，隨時隨地，都可能將她吃下肚子去的。

但銀花娘卻為何要如此巴結金燕子？為何要與金燕子結拜呢？她心裡究竟在打什麼主意？

這除了她自己外，只怕誰也不知道。

銀花娘在石室中東張西望，像是開心得很，絕口不問金燕子是怎麼到這裡來的？是被誰點了穴道。

金燕子自己卻忍不住道：「這裡的珍寶，雖已有不少，但銷魂娘子的真正寶藏，卻還在裡面呢。」

銀花娘張大眼睛，道：「這裡面還有屋子？」她其實早已算定這裡面還有屋子，否則點了金燕子穴道的那人又到哪裡去了。

金燕子沉聲道：「你跟著我來，卻千萬要小心，無論見著什麼人，什麼事，都莫要多嘴，你能聽我的話麼？」

銀花娘笑道：「妹子不聽姐姐的話，聽誰的話。」

金燕子一笑，又扳下個鐵箱蓋，叩起頭來，她想不出別的主意，自然只有照方抓藥，還是用那老法子。

銀花娘靜靜的瞪著，心裡雖奇怪，卻絕不多嘴，什麼時候該說話，什麼時候不該說話，她分得比誰都清楚。

只見那蒲團果然又滑了進去，銀花娘瞧得也不免暗暗一驚，卻聽得金燕子在裡面竟已失聲驚呼了起來。

俞佩玉與林黛羽，竟已不見了。

銀花娘趕緊跟著掠進去，瞧見裡面的珠光寶氣，她又是驚奇，又是歡喜，金燕子卻只呆呆的站著，不住喃喃道：「他們怎地不見了？」

銀花娘忍不住問道：「誰不見了？」

金燕子也不答話，繞過那巨大的石棺，突然瞧見石棺後，竟又多了個地洞，石櫃裡的藥瓶，也又被壓碎了兩個。

她雖然天真明朗，不懂人心之奸詐，但卻絕非笨人，心念轉了轉，又猜出這裡面方才發生過什麼事。

——俞佩玉捉到了林黛羽，兩人掙扎著跌倒，林黛羽又壓破了藥瓶，自己也已吸入了催情之藥。

所以，她便也不再掙扎反抗了。

但兩人掙扎時，無心中又觸動了處機關，現出了那地洞，兩人神智俱已暈過，竟不覺全都掉了下去。

地洞裡黑黝黝的，下面也不知是什麼地方。

金燕子又是擔心，又是著急，突然道：「你在這裡等著，我下去瞧瞧。」

銀花娘瞟了那石櫃裡的絹冊與藥瓶一眼，道：「你可千萬要小心才是，我好容易有個姐姐，可不願意……」

金燕子截口笑道：「你放心，姐姐死不了的。」

她試探著爬入那地洞，才發覺這地洞竟是個斜坡，就好像滑梯似的，她索性閉起眼睛，滑了下去。

等她張開眼睛，又不禁驚呼出聲來。

這地洞下，才是真正的「行樂之宮」所在地。

這是個廣大的石洞，似乎並未經人工改造，絢麗的珠光，映著千奇百怪的鐘乳，天工之巧，更勝人間。

鐘乳下，奇石旁，是一張張柔軟的錦榻，錦榻旁有一張張形式奇妙的低几，低几上還留有玉盞金樽。

金燕子落下來的地方，是個極大的水池，只不過此刻水已乾枯，卻更顯得池邊雕塑之淫巧。

此刻，這石洞中雖然靜寂無聲，但當年卻想必充滿了極樂的歡笑，此刻，錦墊上雖已無人，昔年卻想必都坐著英俊的少年、美麗的少女，玉盞中裝的想必是天下珍饈，金杯中盛的想必是美酒。

一個人自上面滑下來，滑入這溫暖的水池中，瞧見四面的「美景」，那豈非真的是一跤跌入溫柔鄉裡，一步登天了。

但金燕子卻還是瞧不見俞佩玉和林黛羽。

她四面走了一轉，才發現一根巨大的鐘乳後，隱隱有天光傳入，出口竟在這裡，俞佩玉竟已走了。

俞佩玉明知她被點了穴道，被困在石室中，竟還是不顧而去，金燕子木立在出口前，眼淚不覺流下面頰。

只聽銀花娘喚道：「姐姐，你沒事麼？」

金燕子忍住滿肚辛酸，道：「現在已沒有事了，你下來吧。」

她擦乾了臉上淚痕，決定將這一日的遭遇，當做場噩夢，以後再也不去想它，再也不去想俞佩玉。

她卻未想到，林黛羽已將俞佩玉恨之入骨，怎會和俞佩玉一起走呢？這一段糾纏不清的情怨，又豈是如此容易便能解決的？

氣。

山洞外，初升的陽光，正映照著輝煌的大地，不知名的山花，在溫軟的微風中，吐露著香氣。

銀花娘正忙著將洞中的藏寶，一箱箱運出來。

金燕子幽幽嘆道：「你瞧，那花朵上的露珠，世上又有什麼珍珠能比它更美麗。」

銀花娘笑道：「但珍珠卻能令咱們過人人都羨慕的生活，也可換得別人的服從與尊敬，露珠又怎麼有它的魔力。」

金燕子凝注著天畔的雲，道：「但你卻也莫要忘記，這世上也有珍珠換不來的東西。」

銀花娘吃吃笑道：「大姐你莫非有什麼傷心事？」

金燕子嘆了口氣，不再說話。

銀花娘道：「大姐你等等我，我馬上就回來。」

她突然飛奔而去，金燕子果然癡癡的等著她，不到半個時辰，她已僱來了三輛大車，還帶來了兩匹馬。

那三個趕車的瞪大了眼睛，滿臉驚奇之色，幫著銀花娘將一隻隻鐵箱搬上車，但卻沒有一個開口問話。

只要是男人，銀花娘就有本事令他服服貼貼的。

一道深溪，自山坡上蜿蜒流下來。

金燕子騎在馬上，沿溪而行，走了沒多遠，突然發現溪水中有條白布，捲在石頭上，還未被流水沖走。

她忍不住躍下馬，用樹枝挑起那白布，污髒的白布上，還帶著斑斑血跡，顯然就是包在俞佩玉頭上的。

俞佩玉顯然在這溪水旁停留了一陣，解下這白布，洗了洗臉，也許還在溪水中照了照自己的容貌。

他瞧見自己受了傷的臉，心裡是什麼感覺呢？

那時林黛羽又在哪裡？難道就在旁邊瞧著他麼？

她難道已不再恨他？已承認他就是自己未來的丈夫？這俞佩玉，難道和那俞佩玉本是同一個人？

但那俞佩玉豈非明明已死了麼？明明有許多人親眼瞧見過他的屍身，那難道還會是假的。

金燕子狠狠的甩下這白布，又躍上了馬，暗暗咬著牙：「我已決定不再想他，爲何又要想他？」

銀花娘像是什麼都沒有瞧見，也不去問金燕子，金燕子卻也不去問她，這一行車馬究竟要去哪裡。

車馬向西南而行，似奔蜀中。

這條路上的江湖朋友並不少，有的遠遠瞧見金燕子那一身金光閃閃的衣服，就趕快繞道而行，最多也不過遠遠打個招呼，走了一天，路上至少有四十個人是認識金燕子的，卻沒有一個人敢過來說話。

金燕子有時真想問問他們，有沒有看見一個臉上受傷的少年，和一個少女同行，但卻又咬了咬牙忍住了。

銀花娘忍不住笑道：「有大姐同行真是方便，否則咱們兩個女人，帶著三輛大車，趕路不惹上麻煩才怪呢。」

話猶未了，突見一人從後面躍馬趕了上來。

馬上人錦衣玉面，神采飛揚，一柄鑲滿珠玉的短刀，斜斜插在腰帶上，卻正是那神刀公子。

金燕子瞧了一眼，立刻扭轉頭，就好像不認得他似的，神刀公子瞧見她，卻是滿心歡喜，又忍不住埋怨道：「燕妹，你怎地不告而別，害我找得你好苦。」

金燕子寒著臉道：「誰要你找我的？」

神刀公子怔了怔，道：「我……我不找你找誰？」

金燕子笑冷道：「我管你找誰，天下的人，你誰都可以去找，為何定要來找我。」反手一鞭，抽在馬腹上，遠遠走了開去。

神刀公子想不到她突然對自己比以前更冷淡十倍，滿心歡喜，宛如被一桶冷水當頭淋下，竟呆在那裡。

銀花娘眼波一轉，卻馳馬到他身旁，悄聲道：「這兩天我姐姐心情不好，有什麼話，你不會等等再說。」

神刀公子又怔了怔，道：「你姐姐？」

銀花娘笑道：「怎麼，你不願意有我這樣個妹妹麼？」

神刀公子這才瞧清了她，瞧清了她臉上那媚到骨子裡去的媚笑，瞧清了那一雙勾魂奪魄的眼波。

他突然間像是變得癡了，竟說不出話。

銀花娘悄悄在他腰上擰了擰，嬌笑道：「你若想做我的姐夫，就該趕緊拍拍我馬屁，乖乖的聽我的話。」

嬌笑著打馬向前，突又回眸一笑，道：「你還不跟我來麼？」

神刀公子果然乖乖的跟了過去，滿心懊惱突然無影無蹤，到了正午，一行人在岳家寺鎮上打尖。

銀花娘叫了桌酒菜，硬拉著金燕子和神刀公子坐在一起，暗暗悄悄的說著話，吃吃的嬌笑。

這多情的神刀公子，竟像是已忘了金燕子，銀花娘在笑，他就笑，銀花娘眼波一轉，他一口菜幾乎吃到鼻子裡。

銀花娘突然拔出了他腰畔的刀，嬌笑道：「果然不愧是神刀公子，佩的果然是口寶刀。」

神刀公子忍不住得意起來，大聲笑道：「你可知道，江湖中已有多少名家的刀劍，斷在我這柄寶刀下。」

銀花娘似有意，似無意，抓住了他的手，撒嬌道：「你快說，到底有多少呀？」

神刀公子睥睨作態，道：「少說已有七八十柄了。」

銀花娘眼波凝住他，像是不勝羨慕，又像是不勝崇拜，一隻手更緊握著神刀公子的手，不肯放鬆，媚笑道：「有你這樣的人在旁邊，我真什麼都不怕了。」

神刀公子一顆心直跳，簡直已不知如何是好。

金燕子雖然從未將他放在心上，但瞧見他這副失魂落魄的模樣，火氣也不知從那裡冒了出來。

世上沒有一個女孩子，能眼看著自己的裙下之臣，當著自己的面，投向另一個女孩子的。

她喜不喜歡這男子是另一回事，但卻絕不能忍受這男子丟她的人，金燕子終於忍不住推杯而起，掉首走了出去。

神刀公子終於也發覺不對了，突然搭訕著笑道：「你可記得那俞佩玉麼？」

「俞佩玉」這三個字，就像是個鈎子，一下就鈎住了金燕子的腳，無論如何再也走不出半步。

她停在門口，直等到心跳漸漸平復，才冷冷道：「俞佩玉豈非已死了？」

神刀公子道：「死了一個，又出來一個。」

金燕子手扶著門，雖然拚命想裝出淡漠的樣子，但自己也知道自己臉上的神情是瞞不了人的。

她不敢回頭，自然也沒有瞧見銀花娘聽見「俞佩玉」這名字後，面上神情比她的變化更大。

她沒有說話，銀花娘已大聲道：「這兩個俞佩玉，你難道全都認得？」

神刀公子冷笑道：「這兩個人我倒全都見過，但我又怎會認得這種人。」

銀花娘眼波一轉，笑道：「聽說死了的那俞佩玉，乃是當今天下武林盟主的公子，不但模樣生得英俊，脾氣也溫柔得很，卻不知這活著的俞佩玉可比得上他。」

神刀公子臉已氣得發紅，冷笑道：「若論模樣，死了的那俞佩玉再也比不上活著的這人英俊，若論脾氣之溫柔，兩人更是差得多。」

他故意將「死俞佩玉」說得一文不値，卻不知金燕子此時已將全心全意都轉到這「活的俞佩玉」身上，更做夢也想不到這兩人原來本是一人。

金燕子咯咯笑道：「這俞佩玉難道也是個美男子？」

神刀公子眼睛盯著金燕子的背影，大聲道：「這俞佩玉倒當真不愧是個美男子，臉上雖然不知被誰劃了一條刀疤，但還是比那死了的俞佩玉強得多。」

他這話本是說來氣金燕子的，誰知卻將銀花娘氣得怔在那裡，話也說不出，笑也笑不起來。

金燕子心裡反而又驚又喜，喃喃道：「原來這俞佩玉和那俞佩玉並非同一個人，也並非林黛羽未來的丈夫，原來他臉上受的傷並不重，並未變得十分醜怪。」

神刀公子忍不住大聲道：「你在說什麼？」

金燕子淡淡道：「我心裡本有幾件想不通的事，多謝你告訴了我。」

神刀公子道：「我聽不懂你的意思。」

金燕子道：「聽不懂最好。」

銀花娘忽然又笑道：「你是在那裡瞧見他的？我們也真想瞧瞧他。」

神刀公子吐出口氣，道：「前天晚上，我就瞧見過他一次，那時我雖還不知道他也叫俞佩玉，也未留意他，卻認得跟他走在一起的那女子。」

銀花娘瞪大了眼睛，變色道：「只有一個女子跟著他？」

神刀公子冷笑道：「一個還不夠麼？」

銀花娘恨恨道：「好個小賤人，竟將老大也甩開了，一個人纏住他……」她自然一心以為這女子必是鐵花娘。

誰知神刀公子笑笑又道：「說來倒也好笑，這女子本來是那俞佩玉的未過門妻子，那俞佩玉死了，還未多久，她竟又跟上個俞佩玉……」

銀花娘怔了怔，道：「你說的這女子到底是誰呀？」

神刀公子道：「自然就是『菱花劍』的女兒林黛羽，你以為是誰？」

銀花娘突然大笑起來，道：「妙極妙極，原來他又換了個姓林的，這人倒真是個風流種子。」她想到鐵花娘也被俞佩玉甩了，不禁愈笑愈開心。

神刀公子也不知她為何如此好笑，只覺得她笑起來實在可愛已極，癡癡地瞧了半晌，才接著道：「那時我瞧見林黛羽非但沒有戴孝，反而又和別的男人在一起，心裡只道這女子原來是個假正經，外表看來雖然冷若冰霜，好像神聖不可侵犯的樣子，其實卻原來是個水性楊花的蕩婦。」

銀花娘吃吃笑道：「和男人走在一齊，未必就是蕩婦呀，我此刻不也正和你走在一起麼？」

神刀公子眼睛都瞇起來了，又想去摸她的手，癡癡笑道：「你和我自然不是……」

突聽金燕子大聲道：「後來怎樣？你爲何不接著說下去。」

神刀公子乾咳一聲，坐正身子，道：「後來我們投宿到一家客棧，我見到他們竟走進一間屋子。」

金燕子冷笑道：「原來你是一直尾隨著他們的。」

銀花娘咯咯笑道：「你跟著人家，是存的什麼心呢？難道只想偷看人家的……的好事？還是自己也想分一杯羹呢？」

神刀公子連脖子都紅了，大聲道：「我豈是那樣的人，只不過這裡總共只有那一家客棧，我不去那家客棧難道睡在路上不成？」

銀花娘笑道：「你別生氣，其實男人瞧見水性楊花的女子時，自己總覺得自己若不去沾沾邊，那簡直是太吃虧了，我本來以爲天下的男人都是差不多的，又怎知道你……你和別的男人全都不同呢。」

神刀公子就算有些惱羞成怒，聽到這樣的話，也完全沒脾氣了。

銀花娘眼珠一轉，悄笑著又道：「但你後來還是去偷偷瞧了瞧人家，是麼？」

神刀公子趕緊大聲道：「我怎會去偷看那種人，只不過我住的屋子本在他們隔壁，到了半夜時，他們那屋子裡突然大吵大鬧了起來。」

金燕子到這時才忍不住回過了頭，道：「他們吵些什麼？」

神刀公子道：「我見著他們時，林黛羽似有重病在身，連路都走不動了，那俞佩玉就像捧寶貝似的捧著她，也不管別人見了肉不肉麻，我若不知他們的底細，只怕還要當他們是對恩愛夫婦，聽見他們突然吵鬧起來，也不覺大是奇怪。」

銀花娘笑道：「所以你就忍不住想去瞧瞧了。」

請續看《名劍風流》第二部

名劍風流（一）

作者：古龍
發行人：陳曉林
出版所：風雲時代出版股份有限公司
地址：10576台北市民生東路五段178號7樓之3
電話：(02) 2756-0949　　傳真：(02) 2765-3799
封面原圖：明人出警圖（原圖為國立故宮博物館典藏）
封面影像處理：風雲編輯小組
執行主編：劉宇青
業務總監：張瑋鳳
出版日期：古龍珍藏限量紀念版2024年12月
ISBN：978-626-7464-59-5

風雲書網：http://www.eastbooks.com.tw
官方部落格：http://eastbooks.pixnet.net/blog
Facebook：http://www.facebook.com/h7560949
E-mail：h7560949@ms15.hinet.net
劃撥帳號：12043291
戶名：風雲時代出版股份有限公司

風雲發行所：33373桃園市龜山區公西村2鄰復興街304巷96號
電話：(03) 318-1378　　傳真：(03) 318-1378
法律顧問：永然法律事務所 李永然律師
北辰著作權事務所 蕭雄淋律師

行政院新聞局局版台業字第3595號 營利事業統一編號22759935

定價：340元　**版權所有　翻印必究**

國家圖書館出版品預行編目資料

名劍風流．一，／古龍 著．-- 三版．--
臺北市：風雲時代出版股份有限公司，2024.12
面；公分．（武俠經典系列）古龍珍藏限量紀念版
ISBN 978-626-7464-59-5（第1冊：平裝）

857.9　　113007071